U0044460

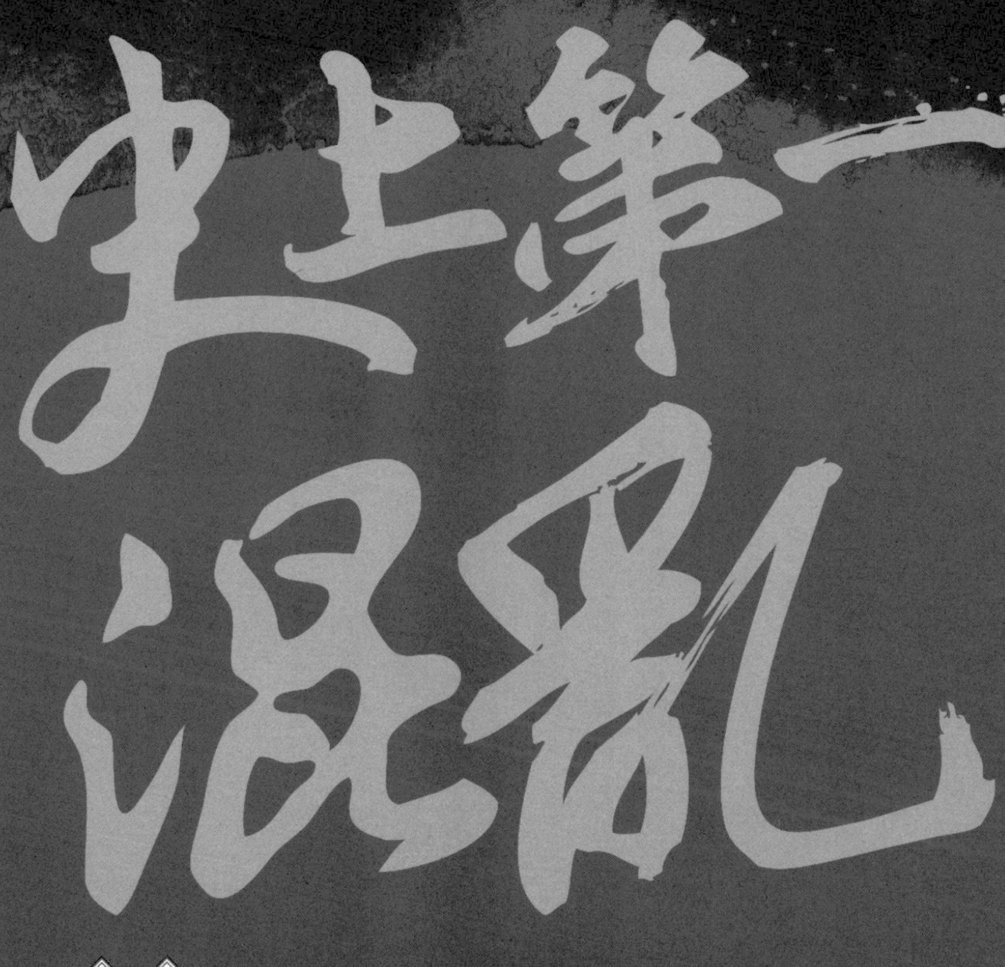

卷八 王者之戰

張小花——著

目錄

Contents

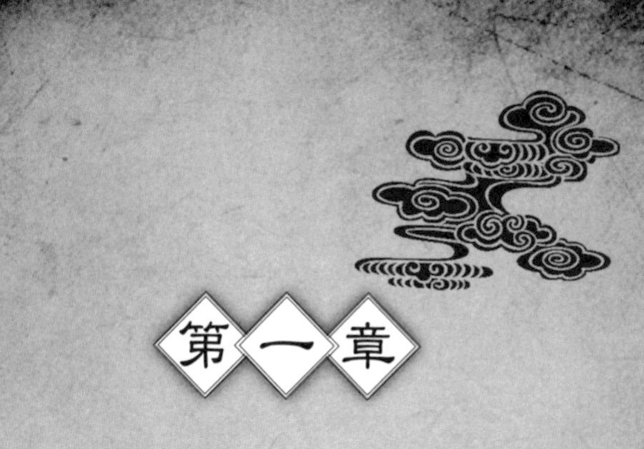

第一章

臨時演員

我笑道：「行了行了，你不說這場戲拍下來得多少臨時演員。」

秦始皇摸著頭道：「歪就這麼定咧，

等餓一會回來再社（說），餓快不行咧。」

他一邊往外走還一邊叨咕，

「太氣人咧，社餓絲（說我是）臨時演員。」

蒙毅有點茫然地抬起頭，秦始皇重複道：「死命令！歪就絲除了他，誰滴話也不好四（使），讓你往東不敢往西，他的命就絲你滴命，你明白了不？」

蒙毅還是想了老半天，這才鄭重地點點頭。

秦始皇意味深長地說：「就算餓派兵殺他，你也要拼命保護他，這你能做到不？」

蒙毅為難道：「末將只服從大王的命令。」

秦始皇氣道：「餓滴命令就絲（是）讓你聽他滴。」

這個悖論一下難住了蒙毅將軍，他暈頭轉向地想了半天，這才低著頭勉強道：「……末將遵命。」

秦始皇把蒙毅扶起來，兩手搭在他肩上語重心長地說：「餓可把身家性命都交給你咧，你要護不好餓這個兄弟……」胖子後面的話沒說，可是比說誅九族之類的還有效果，蒙毅這才堅定地點點頭。

秦始皇又強調了一遍：「記住，出了這個大殿，他就絲你唯一滴主人，就算餓要殺他，你都要保護他咧。」

事關重大，蒙毅破天荒地說道：「大王，能問問為什麼嗎？」

嬴胖子臉色陰鬱，只是使勁地捏了捏蒙毅的肩膀：「摸（沒）工夫多社（說）咧，你只要知道七天之內保住他滴命，就是保住了餓滴命。」

蒙毅意識到事情的嚴重性，不再多說。秦始皇在很短的時間內又叫來幾個大夫重複了一遍自己的聲明，這種命令自然引起了極大轟動，群臣不禁面面相覷，看我的眼色都變了。

交代完這一切，秦始皇這才如釋重負地拿起飲料喝了一口，忽然把瓶子端到自己面前仔細看了半天道：「咦，味道怪怪滴，撒（啥）東西？」

我臉色一變，急忙拉著蒙毅就往外跑：「快走，你們大王馬上要翻臉了。」

嬴胖子在後笑道：「包（不要）跑，餓逗你玩捏──」

我氣得差點當場就發動兵變。

接著，胖子讓人給我安排了住的地方，在誘惑草的副作用還沒消除之前，我還不能離他太近，就被安排在以前的相國府──呂不韋的家。

這會兒呂不韋已經被胖子扳倒了，騰出偌大的相國府，一個頭上梳個小抓髻的老頭拿著根毛筆，另一隻手握著根竹簡小心地問：「大王……這個新府邸該叫何名，蕭仙人好像還沒正式的封號？」

嬴胖子不滿道：「咋摸（沒）有，齊王麼──」

「呃……」老頭無語。

現在的齊國還是跟秦國一樣平級的諸侯國，雖然秦始皇虎視天下已經不是什麼秘密，但公然把人家的國土封給自己的大臣還是有點不倫不類，我看老頭挺為難的，便說：「暫時就叫蕭公館吧。」

老頭再次無語。

我看了看錶，秦始皇差不多該「犯病」了，我和胖子很有默契地對視了一眼，我躬身道：「大王，臣暫且告退了。」

秦始皇揮手道：「氣（去）吧。」

我帶著蒙毅剛走到大殿門口，忽聽有人報：「燕國使者荊軻、秦舞陽求見大王，正在殿前候命。」

如果胖子吃的是藍藥，一切都好說，我們可以把人遣開從長計議，可是現在不行，胖子馬上要變身，我見他向我投來了求救的信號，眼神已經不是那麼清澈了。

黃門官就跪在殿外等候秦王的旨意，我看了眼嬴胖子，急中生智道：「使者遠途勞頓，先安排館驛休息，大王改日再見他們。」

黃門官見不是秦王親自下令，猶豫了一會，仍舊跪在那裡。

秦始皇愣了一下，朝黃門官揮了揮手示意他照辦，眼裡已經滿是疑惑，這最後一道命令應該是努力克制自己才發出來的。

他看了看手中的飲料瓶，忽然一呆，手一鬆，瓶子便掉在大殿的地上，塑膠瓶與石板碰撞發出了沉悶的響聲，黃澄澄的橙汁灑了一地。

我迎著眾人好奇的目光，乾笑道：「大王吃了仙藥，會有暫時的不適，過幾天就好。」

我連招呼也顧不上打，邊說邊忙往外走。老秦已經不認識我了，不利用這個機會跑還等什麼？

有太監趴在地上小心地把那個塑膠瓶撿起來，我邊倒退著往外走，邊說：「那是聖水，小心收好，別偷喝，否則大王要滅你九族我可不管。」

那太監一凜，急忙仔細捧住瓶子不敢動了。

眾大臣見我大喊大叫，走也不給秦始皇行禮，跋扈放肆真是古今無一，看我的眼神各自不同，有的以為我用什麼邪術操縱了他們的大王。

我從殿上出來以後正碰上李斯，老李背著手悠哉遊哉地在大殿門口閒逛，見我走來，笑咪咪地說：「小強出來了？」

我一看他這樣，就知道誘惑草又起作用了，鬱悶道：「你又想起我了？」

李斯也納悶道：「是啊，我正在想剛才是怎麼回事呢。」

我簡單把誘惑草的事跟他一說，道：「就這麼一陣一陣的，現在嬴哥也不認識我了。」

李斯感慨道：「還真是個麻煩，這樣吧，等他恢復正常了，我再派人去找你。」

我擺手道：「等他想起我來你又忘了，算了，等過幾天你們都穩定一點再說吧。」

我問廣場上的衛兵：「那兩個燕國的使者呢？」

衛兵知道我成了他們的直接領導，急忙敬禮道：「他們已經被安排到館驛去了。」

我點點頭，上了車剛想發動，蒙毅忽然趴在我玻璃上緊張地說：「蕭仙……王……」

我親切道：「你就叫我強……」話說一半我停住了，讓他叫我強子或者小強好像不大對，這種制度下的軍人怎麼敢稱呼上官的名諱？我改口道：「你就叫我蕭校長吧。」

蒙毅迷惑道：「校長？」

「哦，那也是一種封號。」

蒙毅小心地看了一眼我的車道：「蕭校長，我已經叫人給您備了最好的馬，我們現在就回相國……呃，蕭公館。」

我試著發動了一下車，它喘息了一下居然著了！看來劉老六的「神風術」也不是一無是處。

這可又把蒙毅和他的兵大大的嚇了一跳，我安撫他道：「別怕，我就坐這個跟你們走。」

蒙毅擔心地看了我一眼道：「您的坐騎安全嗎？」

我開著車在廣場了溜了幾圈，示意他們這東西很聽話，士兵們一個個大眼瞪小眼，低聲議論著，我把車停在蒙毅身邊，對他說：「你也上來吧，比騎馬舒服。」

蒙毅把頭搖得撥浪鼓一樣，然後恍然道：「這東西雖然看著兇，但是跟馬一樣，拿錐子一扎就走。」

……真是有什麼皇帝出什麼將軍，這正是當初秦始皇第一次見我開車時的論調。

蒙毅慢慢的習慣了我身邊稀奇古怪的東西，大聲傳令道：「目的地蕭公館，十小隊前面開道，其他人隨我保護蕭校長。」

於是，這一萬人保護著我浩浩蕩蕩往蕭公館去也。

從早上到現在，開了十來個小時的車，我就吃了一顆生蘋果，於是等安頓好後，我一聲令下大排延宴，結果等東西一擺上來讓我大失所望，除了裝這些東西的器皿比較繁複和好看以外，居然就是單調的肉類，還有幾盆肉湯，顏色也不好看，黑不啦嘰的，難怪老秦一見面就跟我訴苦。

隨便吃了幾塊肉填填肚子，我就把蒙毅找來問：「燕國使者下榻的館驛，你能找到嗎？」

「能，蕭校長問這個做什麼？」

「我要去拜訪拜訪他們。」

蒙毅聽我這麼說，不屑道：「接待使者自然有專人負責，以您的身分親自去見他們，實在有點高看他們了。」

我看出蒙毅這麼說其實是不願意我干涉他們秦國的內政，畢竟荊軻他們的身分挺敏感的，我瞟了一眼蒙毅，忍不住問：「蒙恬和你什麼關係？」

蒙毅不自在道：「那是家兄。」

我吃驚道：「那是你哥呀？」

「正是。」

我跟蒙毅說：「你派人把李斯李客卿接到我這來，我剛來，有很多事情要向他請教。」

蒙毅這回倒是很痛快，馬上派人去了。

我又說：「還有，你把那些人分成幾班輪著值吧，留個千兒八百的就行了，這裡三層外三層地把蕭公館圍住成什麼話？」

這個蒙毅就更樂意了，我這麼說就表示我沒有發動政變的意思，不過為了保險，他還是在蕭公館外圍派了幾隊巡邏兵，把我護得嚴嚴的。

不一會李斯來了，道：「找我來什麼事？」

我說：「你吃了誘惑草，現在也算半個穿越人，我就什麼也不瞞你了，嬴哥之所以認識我，是因為在我那待了一年，至於他為什麼又回來當秦始皇，咱們時間有限，我慢慢再跟你說，我找你來是告訴你另一個事，剛來的荊軻跟他一樣，也在我那兒玩了一年，我們三個基本上是情同手足……」

李斯不禁叫了起來：「秦始皇和荊軻情同手足？」

「……我說了會慢慢告訴你，找你來是商量怎麼樣防止荊軻刺秦成功的，先前說的那些你就當背景資料聽。」

李斯抻著脖子道：「這也太混亂了！」

我嘆氣道：「沒辦法，誰讓有人要存心添亂呢！（作者ＯＳ：難道是在說我？）」

李斯理了理思路，馬上就總結道：「也就是說，歷史本來好好的發展著，可是秦始皇和荊軻突然被送去了你那兒，然後你把他們化敵為友，現在，歷史又恢復了正常，你現在要做的就是讓他們想起那段被抽走的記憶？」

我使勁點頭：「你太有才了！」

「可是你這麼做有什麼好處呢？」

「往小了說是為了不讓他們自相殘殺，往大了說，是為了不違背歷史。」

李斯頓了頓道：「照你說的，不管從什麼角度出發，荊軻刺秦都不能成功，我覺得要把這事幹成，咱倆還得跟秦始皇好好合計合計，在他的支持下要把誘惑草給荊軻吃應該不難，等他們都記起對方來，這事基本上就成了九成了。」

李斯分析得很對，這事必須從長計議，最好還是開碰頭會。

「問題是那秦王殿不像一般地方，很容易進去就出不來，而且嬴哥什麼時候清醒，我需要一個隨時通報的。」

李斯拍胸口道：「這活我合適，我現在已經是上卿了，出入很方便。」

我說：「也只能這樣了。」

我找來蒙毅，讓他帶五百人跟我進宮，蒙毅警覺道：「您想幹什麼？」

我直截了當道：「不需要你幫著造反，不過你們家大王要殺我的時候，你得把我救出來。」

蒙毅想了想道：「這個倒是我應做的，那好吧。」

我拍拍他肩膀：「這事做好了，我叫大王直接把棒子國公主賜給你。」

蒙毅：「……」

我們帶了一小隊人，把李斯安排在銅車馬裡，我則騎馬和蒙毅並排走著，蒙毅見我坐在馬上的樣子就知道我騎術不精，忍不住問道：「蕭校長以前不怎麼騎馬吧？」

我說：「可不是麼，光開車了。」

「開車？」

蒙毅道：「對了，您那坐騎吃什麼呢，我派人給牠放了不少草料和肉，都沒見牠動一口。」

「呃……就是我坐的那個怪獸。」

蒙毅突然驚恐道：「難道牠必須吃人？」

我笑道：「這個你們不用管了，牠喝點石頭裡煉出來的油就行。」

蒙毅這才放心道：「我說也是，看著挺溫順的，有膽子大的士兵摸牠，牠也不喊。」

不一會兒到了秦王殿前，為了避嫌，我沒有直接就進去，我拍拍馬車的門說：「李哥，該你了。」

可是車裡居然毫無動靜，我打開車門一看，見李斯兩眼茫然，喃喃自語道：「我怎麼會在這裡？」

「砰」，我把門摔上了，這誘惑草的副作用實在是太煩人了！

等了大概沒十分鐘，李斯滿臉歉意地下了車：「不好意思，真的是身不由己啊。」

我說：「你去偵察一下嬴哥現在的狀態，要是清醒著趕緊來叫我。」

李斯通過層層通報進去了，沒過多久就跑著出來，道：「我進去的時候清醒著呢，可是馬上就快不行了，咱們等下一次吧。」

我跺腳道：「誰知道他下一次什麼時候？再說等他好了你又不行了……」

李斯道：「他說了，等他好了馬上叫人來找你。」

我只好百無聊賴地掏出根菸來點上，蒙毅通過這些時間的接觸，已經知道我為人很隨意，便問：「您這又是什麼仙術？」

我和蒙毅一人一根菸抽著，等了一會兒就見從內城裡飛快地跑出一個太監，氣喘吁吁道：「大王令，著齊王一行人速速覲見。」

我急忙往裡跑，蒙毅遲疑了一下，帶著五百士兵也跟著我們跑進了內城，這在平時是犯大忌的事，但是秦始皇應該下了命令，所以一路上也沒人攔他們。

我每跑到一個地方，就有太監跑來為我指路，不一會就來到一處偏殿，這跟普通房屋沒什麼兩樣，就是長長的一排，門口也沒有衛兵，秦始皇就站在當中一間屋子臺階上等我，李斯也隨後跟來，蒙毅見我們一起進了屋，便止住腳步給我們站崗。

秦始皇見人齊了，開門見山地說：「那個掛皮（傻瓜）總（終）於來咧，咋辦捏麼？」

我說：「嬴哥別急，李丞相也說了，咱們幾個最好先碰一下頭，我把藥先給軻子吃了，然後在都到場的情況再商量這個事。」

秦始皇撇嘴道：「把悅（藥）吃咧還商量撒（啥）麼，歪那個掛皮不刺餓（我）就完咧麼。」

是呀，把藥吃了，二傻不就不刺胖子了嗎？可是那樣的話……算不算改變歷史？至少是少了一件非常重大的歷史事件吧。

李斯已經知道我們三個之間有淵源，沉吟道：「大王，不是這麼說，如果沒有荊軻刺秦這件事做導火線，您可能還不至於那麼快就下決心滅六國，這件事在您統一大業上既是一個藉口也是一個由頭，這件事被抹平的話，我不知道會不會對您以後產生影響。」

這李斯還真沒白叫，他從宏觀角度的考慮是我沒想到的，可是這樣的話，難道二傻必須刺一回嬴胖子？

秦始皇毫不在乎地擺擺手：「餓滴四（事）情餓知道，消滅六國歪方便滴很，不用想別滴。」

這才叫王霸之氣呢，看來胖子意思很明確，那就是把藥給二傻吃了就萬事大吉，至於有沒有刺秦這回事他是不在乎的，反正六國在他眼裡已經是煮熟的鴨子。

李斯愣了一下，隨即點頭道：「六國破滅，非兵不利，戰不善，弊在賂秦——嗯，其實就算他們不賂秦也不行，咱們秦國的生產力比他們高多了，這是本質上的區別。」

老李職業病復發，給我們講起了一通一千多年後才誕生的《六國論》。

我摸著下巴道：「這麼說的話，荊軻其實是不用刺秦的——或者說，他刺不刺秦根本影響不了以後的歷史？」

李斯點頭。

其實這是個很簡單的事情，燕太子派荊軻來殺秦始皇，是因為他野心要吞併六國，劉老六和何天竇也說了，讓我來的目的是看護住秦始皇不被荊軻殺掉，這樣的話，圖窮匕現根本就沒有再出現一次的意義，它沒影響到以後的歷史發展。

雖然有點冒險，但這個險值得冒，已經下了決心抹去這一歷史事件的我鬆了口氣道：「那秦舞陽怎麼辦？」

秦始皇隨意地揮手道：「灑（殺）掉灑掉。」

這大概是繼「統一哈（下）麼」又一大能體現秦始皇特色的口頭語，能統一的就統一，不能統一的都「灑掉灑掉」，做皇帝，有時候就是這麼簡單……

計議已定，李斯忽然犯病，見大王就站在自己身邊，戰戰兢兢拜伏在地道：「大王，不能封王啊……」

嬴胖子輕車熟路地道：「退哈（下）！」

李斯倒退著走了出去。

我擦著汗看了一下錶說：「嬴哥，為了保險起見，我們就按每次十分鐘見面，現在你還有五分鐘，夠商量個大概的辦法了。」

胖子道：「餓找人把歪（那）掛皮叫來，你把悅（藥）給他吃就完咧。」

我說：「這辦法是不錯，可是用什麼理由叫輌子過來見我們呢？」

秦始皇想了想道：「就社（說）餓明天就正四（式）召見他們，今天先教他們些兒規矩。」

「嗯嗯，見皇上前都得禮部演禮，就是這個意思，那怎麼把藥給他吃呢？」

讓我意外的是，胖子這回倒是沒怎麼犯愁，好像早就有了主意的樣子，就是看上去有些不自在，過了一會才從懷裡依依不捨地摸出一個青蘋果：「切成片兒擺在盤子裡頭，就社絲（說是）餓們秦國滴特產……」

這辦法可是挺絕的，既然是演禮，規矩不外乎人情，用本國的特產招待一下外國使者很自然，把誘惑草擺上去加上它天然的清香，荊軻應該不難就範。難為胖子能為了二傻把最後一個蘋果貢獻出來。

我看了看錶，對秦始皇說：「嬴哥，你該走了，出去溜一圈去吧，最好離這遠點，剩下的都交給我，什麼時候想起我來再來找我。」

秦始皇走後，我開始分配任務，先讓蒙毅派人去請荊軻，然後把多半個蘋果切成片放好。

等一切都佈置好了，只聽門外有人高聲稟報：「燕國使者到！」

我急忙起身來到門口，一個士兵在前領路，到了我近前往旁一讓，他身後一人便跟我來了個臉對臉。

是二傻沒錯！看著他那熟悉的眼神，我真想上去抱抱他，那個不惜為我擋槍眼的兄弟！可是傻子見了我只是點點頭，然後以四十五度角斜視天空，還不等我說話，忽然從傻子背後又轉出一人來，這人比荊軻還要高著半個頭，滿臉橫肉，眼仁白多黑少，一看就知道是狠角色。

他掃了我一眼，用輕蔑的口氣說：「七國的國君我也見過不少，怎麼就你們秦國規矩這麼多？」

我詫異道：「你是……」

「十三歲殺人秦舞陽。」

我失了一下神，勉強道：「你怎麼也來了？」

秦舞陽哼了一聲道：「不是說召見燕國使者敘禮嗎，趕緊開始吧。」

怪我沒把話說清，在我潛意識裡就根本沒把秦舞陽當盤菜，但人家確實也是燕國的使者，這怎麼辦？幹掉他很容易，可是那樣的話，二傻肯定也會當場翻臉。

我只好先把兩人讓進來，秦舞陽大剌剌地往席子上一坐，還扳著一條腿，活像個流氓頭子，二傻則低調得很，以當時禮節的坐姿跪坐在席子上，眼睛一瞬也不瞬地盯著我。

我乾笑幾聲，把放著誘惑草和蘋果的盆兒拿起來往邊上挪了挪，看秦舞陽那目中無人的架勢，他很有可能自己拿起就吃。

秦舞陽不耐煩道：「有什麼話就說吧，一般的禮節我們都懂。」

荊軻瞟了他一眼，秦舞陽這才扭了幾下身子，稍微坐正一點。我琢磨了一下，頓時有了主意，不行，必須先把這個討厭鬼支開，否則什麼也幹不成。我琢磨了一下，頓時有了主意，垂著頭冷冰冰地說：「秦國律法，見王前必須熟知我國國策。」

秦舞陽納悶道：「你們的國策關我們見秦王什麼事？」

「……這是為了咱們兩國長遠利益和共同合作。」

秦舞陽畢竟身分還是使者，只得道：「都有些什麼內容呀？」

「第一條……呃……」

我哪知道都有些什麼內容呀——我又不是本地人。只好隨口道：「第一條是，要想富，少生孩子多種樹……」

秦舞陽愕然：「這倒聽著新鮮。」

我清清嗓子道：「第二條，禁止隨地大小便。」

秦舞陽：「……這是你們的基本國策？」

我不理他，兀自道：「第三條二位聽一下，說不定有用。」

「是什麼？」秦舞陽無奈道。

「攔路搶劫，當場擊斃！」

秦舞陽：「……」

我在一邊滿口胡說，荊軻就跪在那裡眼睛定定地看著我，他當然不會理會我到底在說什麼，只是好像對我這個人很感興趣，可自己也不知道為什麼會這樣，所以眼神裡有些迷茫。

我說完三條，又不知道該說什麼了，抓耳撓腮了半天，故作神秘道：「知道麼，據我們秦國智囊研究，得出一個你們六國都不知道的結論。」

「那又是什麼？」秦舞陽不自覺地擔當起間諜的職責。

「出門坐車比走路更環保！」

秦舞陽：「……」

「還有，你們國家裡是不是有很多老百姓為買不起房而抱怨？別管他們，就是不能讓所有人都買得起房！」

秦舞陽：「……」

我見秦舞陽已經瀕臨崩潰的邊緣，趁熱打鐵道：「下面我再給你們講一下我們秦國的五十榮五十恥……」

果然，秦舞陽眉頭緊擰道：「這些我們可以不聽嗎？你就說說明天我們見秦王的時候應該注意什麼就是了。」

我板著臉道：「不行，這是規定，就算你們不聽我也必須講完——第一條，以知道五十榮五十恥辱為榮，以不知道五十榮五十恥為恥……」

秦舞陽哭喪著臉道：「這不是廢話麼，後面是什麼？」

「以熟記五十榮為榮，以不能熟記五十榮五十恥為恥……」

秦舞陽目瞪口呆。

「第三條是以能為大王服務為榮……參見第一條和第二條，以不知道和不能熟記五十榮五十恥為恥。」

我繼續道：「第四條是以做四十有新人為榮，以不能做四十有新人為恥……」

秦舞陽再沒有驕縱跋扈的神色，站起來說：「對不起，我們初來乍到，還有很多事情要我回去安頓，有機會再聆聽高見，告辭了！」說罷，看也不敢再看我一眼，望著門口落荒而逃。

我叫人先送他回館驛，笑吟吟地背手回來，見荊軻歪著腦袋還在打量我，我笑道：「荊使節是不是覺得我有點眼熟？」

荊軻撓頭道：「你像我一個喝髒水的朋友。」

我抓過水果盤遞給他道：「我們秦國特產，嘗嘗。」

二傻緩緩搖頭：「我不餓。」

「這個很生津止渴的。」

二傻搖頭：「也不渴。」

我拿起一塊蘋果塞進嘴裡喀嚓喀嚓地嚼著，開玩笑說：「你不會是怕有毒吧？」

二傻搖頭：「不怕，你們要殺我不用下毒。」

我試探地說：「你是不是認識一個叫蓋聶的人？」

「那是我朋友。」傻子很自然地說，沒有絲毫的情緒波動。

「那……小趙呢？」我小心地問了一句。

「小趙……」二傻忽然喃喃地道：「小趙是誰，為什麼我覺得這麼熟悉？」

我把果盤往前推了推：「邊吃邊想，他可老跟我說起你呢。」

二傻癡癡地看著我，機械地拿起一塊蘋果放進嘴裡，可是渾然不知去嚼，然後抱著頭苦惱道：「小趙是誰？」

我把誘惑草擺在最明顯的位置上，循循善誘道：「你好好想想，說不定馬上就想起來了——軻子，要不要錢買電池？收音機裡那些小人兒也想你了……」

荊軻臉色灰暗，喉結一動把整塊蘋果咽下去，呆呆地伸出一隻手來：「給我錢，我去買電池。」

我大喜，把那片誘惑草放在他手心裡，還沒等說什麼，門口忽然衝進一個人，大叫一聲：「掛皮！」正是秦始皇！

我見他在這個節骨眼上跑進來，大驚失色，急忙站起一個勁衝他打手勢，一邊極力用平穩的口氣說：「你先出去，一會我派人叫你你再進來。」

胖子卻不管三七二十一，一個箭步衝到二傻跟前把他攔腰抱住，叫道：「掛皮，你狗日滴還想刺餓捏？」

荊軻被人抱住，悚然一驚，低頭看了看秦始皇，猛地掙脫他的懷抱，森然道：「你是秦王？」

胖子一愣，我見再也瞞不住了，大叫道：「嬴哥快跑，他還沒恢復記憶呢！」

可是胖子再想跑已經晚了，荊軻畢竟是殺手，他一把把胖子扯在懷裡，另一隻手的拇指就食指卡在嬴胖子脖子上，然後面對著我喝道：「不許動！」

我才剛舉起一隻小鼎，急忙放下退後，雙手亂擺道：「軻子，別亂來，大家都是自己人！」

胖子在荊軻的挾持下，手舞足蹈毫不畏懼道：「你就知道灑（殺）餓，你就知道灑餓……」

荊軻冷靜無比，看秦始皇的眼神裡沒有任何情緒流露，他嘴巴一動一動平靜道：「在我殺你之前——你把欠我的三百塊錢還我吧。」

我一愣，只見二傻的臉上已經有了笑意，再看他的雙手，這才反應過來，原來就在秦始皇進門的那一瞬間，他已經把誘惑草吃了。

這時二傻放開胖子，把手直直地伸在他面前，胖子在他手上狠狠拍了一把：「餓給你個錘子！」

二傻跳到胖子背上，卡著他脖子高聲叫道：「還錢——」

胖子一邊滿屋亂躥一邊喊：「餓又不絲（是）掛皮，還了錢你就要灑（殺）餓捏。」

這兩人，一個皇帝一個殺手，久別之下居然也像孩子一樣，我看了看錶，阻止他們道：「嬴哥，軻子，咱們時間不多，先說正事。」

秦始皇趕忙坐下，道：「包（不要）鬧咧包鬧咧。」

我三言兩語告訴荊軻吃了誘惑草以後的弊端，讓他坐下，我們三個你看看我，我看看你，都忍不住好笑。

我把手機放在桌子上說：「嬴哥大概還有五分鐘，軻子要長一些可也多不了多長時間，你們自己看時間，覺得差不多了，就自己去旁邊屋子待著，等好了再來找我。」

二傻低著頭在自己胸口前掃來掃去，我問：「軻子，找什麼呢？」

二傻用手仔細地摸著身上道：「我記得我被射了兩個洞……」

我知道他在說古德白朝他開了兩槍，一時不禁又好笑又感動，拉著他的手道：「你現在好了，沒洞了。」

二傻開心地笑了，然後把手伸向我道：「我的小人兒你帶來了沒？」

我攤手道：「那東西帶來也沒用。」還惦記他的收音機呢！我身上倒是帶著荊軻上一次刺殺胖子用的匕首，不過現在我也不敢給他。

說到匕首，我忽然止不住地好奇這回他刺秦會用什麼武器，於是問：「軻子，這回目的沒變吧，你準備拿什麼殺嬴哥？」

荊軻忽然從背上解下一個圓筒，像是裝畫紙的那種，然後從筒裡倒出一張牛皮卷來，一扒拉那卷頭，牛皮便骨碌開來，露出藏在卷末的一把青銅劍。

我冒著冷汗道：「這次你就打算用這個？」

荊軻點頭。

秦始皇悚然道：「你娃夠狠滴，這回拿了個大家什！」

我失笑道：「怎麼不再照以前那樣打一把匕首了？」

二傻道：「本來是打了一把，可是我覺得不夠長，就把督亢地圖做大，這樣就能夾進去一把劍了。」

我詫異道：「……這不是我教給你的辦法嗎？你是怎麼記起來的？」

二傻嘿嘿笑道：「我也不知道，就是莫名的出現這個法子，好像腦袋裡有個小人兒在提醒我一樣。」

我無語，看來傻子真的還多少擁有一些前世模糊的記憶，尤其是他用心琢磨過的問題。

我小心地提著那劍放到門口，這兩人現在都不穩定，我怕出意外。

我轉回身說：「現在商量商量以後的事吧，軻子，你以後就跟嬴哥待著吧，那個秦舞陽……」

嬴胖子道：「灑（殺）掉灑掉！」

想不到二傻緩緩搖頭道：「不行，你們不能這麼幹。」

我奇道：「你跟他關係不錯？」

二傻道：「他死不死我不管，可是我這一劍必須刺。」

嬴胖子頓時跳了起來，暴叫道：「狗日滴你摸（沒）完咧？」

我忙問二傻：「這是為什麼？」

二傻低著頭道：「我如果連殿也不上，很快天下人就都知道了。」

我恍然道：「你是怕人們說你當了叛徒？那這樣吧，一會兒你就回館驛，然後讓嬴哥派人去抓你們，對外就說你們刺王的陰謀已經敗露，到時候秦舞陽一殺，誰也不知道你的下落。」沒想到傻子還挺愛護自己的名聲。

二傻依舊是搖頭道：「不行。」

「還有什麼事？」我不禁納悶了，我就不信以這倆人現在的交情，荊軻真的想殺秦始皇。

二傻搓著衣角道：「太子丹對我不薄，我這麼做對他不起……」

秦始皇怒道：「歪他絲（是）想讓你給他拼命捏。」

我說：「是啊軻子，他那是沽恩市惠，為的就是讓你送命來了，你不會連這都不明白吧？」

二傻喃喃道：「我知道誰真的對我好，可是……我已經答應他了……」

嬴胖子一下跳到荊軻面前，搖著他的肩膀道：「那你把餓灑（殺）了氣（去）！」

二傻的身子在胖子的魔爪裡左搖右擺，又不好反抗，一副可憐巴巴的樣子。

我急忙拉開兩人，問荊軻：「那你想怎麼辦，你不會真的想殺嬴哥吧？」

二傻搖頭：「不想。」

秦始皇坐在一邊，用手揉著腦袋道：「哎呀，氣死餓咧——」

我看了他一眼道：「嬴哥，你是不是快不行了，去那屋裡休息一下吧。」

胖子看了一眼手機道：「還有兩分鐘。」說著指住荊軻罵道：「你掛皮把餓氣滴犯咧病你也活不成。」

二傻低頭不語，但是好像還是沒有悔改的意思。

傻子都是很執拗的，我扶著他的肩膀道：「軻子，你看這樣行不，明天你跟那個秦舞陽還照常上殿，然後咱們三個合演一齣戲，你假裝刺嬴哥一下，接下來就和你們上次的經過接軌，你先受傷，最後被我們殺掉——當然，這都是假的，這樣你千古壯士的名聲還在，那個太子也說不出個什麼來，同意嗎？」

二傻不說話，也不抬頭，我又說：「太子丹對你那點小恩小惠你還真放在心上了？再說你上輩子已經為他死過一次了，還不夠麼？」

二傻終於點點頭：「好吧……」

我又看看秦始皇道：「嬴哥，咱們就成全軻子一次吧。」

秦始皇瞪著荊軻道：「餓幫你演戲，那三百塊錢就絲（是）報酬。」

二傻喃喃道：「李師師說過，臨時演員演一場戲才三十塊錢……」

我笑道：「行了行了，你不說這場戲拍下來得多少臨時演員。」

秦始皇摸著頭道：「歪就這麼定咧，等餓一會回來再社（說），餓快不行咧。」他一邊往外走還一邊叨咕，「太氣人咧，社餓絲（說我是）臨時演員。」

胖子前腳剛出去，荊軻眼裡就閃過一絲茫然，癡癡道：「我這是在哪？」看來他也不行了，這倒是個好現象，說明他和胖子的藥性保持在同步的時間。

果然他很快就不認識我了，問我道：「不是敘禮嗎，你剛才說到哪了？」

「呃……說到五十榮五十恥的第五條了。」

第二章

復刻版荊軻刺秦王

秦舞陽卡在兩人的必經之路上，張開胳膊要抓秦始皇，

胖子一遲疑的工夫，二傻雙手捧劍，惡狠狠地朝胖子背上刺了過來，

秦舞陽大驚，雙手繞過胖子拿住荊軻的攻勢，叫道：

「不能殺他，抓住活的好保我們活命！」

又過了十幾分，胖子派李斯來偵查情況，李斯正在清醒期，走進來先衝我使了個眼色，我小心地看了一眼面無表情的荊軻，二傻忽道：「行了，讓他進來吧，我好著呢。」

秦始皇這才進了屋，我說：「好，現在繼續討論明天刺王的細節……」

李斯忽然又不行了，愣頭愣腦地站了一會，看見秦始皇剛想施禮，胖子一指門口：「退哈（下）！」

李斯走以後，我拿出那把荊軻從前使用過的匕首，道：「軻子，你那長傢伙不能用，還是用這個保險。」

那長劍一揮，胖子八成是凶多吉少，真應了何天竇那句話了，我要不來一趟還不知道出什麼事呢。

二傻拿過匕首看了看，又在自己帶來的大地圖上比劃了一下道：「太短了……」

我搶過匕首把地圖橫切成兩半，把另一半丟開道：「這不就解決了嗎？」反正到時候這圖只有胖子和二傻能看見，上面就是張白紙也沒人知道。

二傻把匕首藏在地圖裡見正好，露出經典的傻子式的狡猾笑容：「小強就是聰明。」

我轉向嬴胖子：「嬴哥，你那把轆轤劍呢？」

胖子不多時便命人取來，我一看，好傢伙，有賣衣服攤子上掛鉤那麼長，掛在腰上跟騎了頭驢似的，威風固然是威風了，可他從沒想過要怎麼抽出來嗎？

我笑道：「嬴哥不是我說你，你打這麼個玩意圖什麼呀？」

秦始皇呵呵笑道：「燒包唄。」

「嗯，我教你個辦法看上去既燒包又好用——你把它從中間打斷再插進去，平時也沒人知道，等有了危險還能當片刀使！」

秦始皇瞪我一眼道：「社（說）正四（事）吧！」

其實胖子帶那麼長的劍也是有原因的，一方面是好看、威風，還有就是在彰顯國力——這個時候的冶煉技術要打造出這麼長的兵器來，那絕對是國家的榮耀，可以充分說明自己國家技術先進實力強大。

我說：「現在，咱們把各個因素都討論一下，結合你倆上次的經歷，從哪開始呢，對，從覲見開始。」

秦始皇道：「明天這樣，讓這個掛皮在殿門外等著，餓在明白滴絲（時）候就趕緊見他。」

我擺手道：「不行，我的意思是先把細節討論好，可不急在這兩天見，你們現在都不穩定，說不定哪會就翻臉，咱們不能等個十天半個月再見嗎？那會你倆就正常了。」

二傻道：「不行，等的時間長了，秦舞陽會胡猜，他一則是來幫忙的，也是來監視我的。」

我皺眉道：「這人是個麻煩，對了軻子，他見過你拿的地圖嗎，別上了殿他見你換了圖，到外邊瞎說去。」

秦舞陽作為燕國本國人，這次來協助荊軻刺秦應該是知道內幕的，他一看荊軻換了武器難免不生疑心，以後肯定會對二傻的名聲不好，在可能的情況下，我還是希望把事情做得完美一些。

嬴胖子知道我在想什麼，乾脆道：「歪絲（那是）個死人，你包（不要）管他。」

我汗了一個，是啊，秦舞陽一進大殿就再出不去了，可不是死人麼，還是胖子想得周到……

我說：「還有，這個人看上去可不慫啊，他上殿以後真的會畏畏縮縮，話也說不出來嗎？如果他和軻子一起獻圖怎麼辦？」

二傻道：「反正上次就是這樣，要不是他……」二傻忽然問我，「小趙還好嗎？」

其實荊軻走以後我去看過趙白臉，不得不說傻子之間的情誼和默契很難讓人明白，他見了我之後，還沒等我說話就淡淡道：「那是他的命。」

這句話讓人很悚然，當我剛想問問趙白臉這句話的深意，他已經拿一根小棍兒劃著牆縫，與我漸行漸遠。我只能對二傻說：「他很好。」

我對秦始皇說：「嬴哥，還有幾個細節問題，當時幫你擺脫困境的好像還有幾個人吧，那個趙高就不說了，是不是還有一個拿著什麼東西丟軻子來著？」

二傻頓時耿耿於懷道：「就是，有個老頭拿著個臭袋子扔我。」

秦始皇笑道：「夏無且麼，歪絲（那是）個看病滴。」是胖子的私人醫師。

「那這兩人怎麼辦，咱們儘量逼真一點。」

秦始皇道：「就你來麼。」

我詫異道：「我去？」

胖子道：「就你，到絲（時）候你就站在餓旁邊兒。」

二傻點頭道：「我看行。」

我想了想這活我能幹，反正胖子見二傻的時候肯定得是清醒著的，也就不怕他翻臉，我無非是拿個包丟人，然後大喊一聲「王負劍」而已，就點頭同意。

接下來是最重要的問題了，我凝神道：「嬴哥，你把劍給我看看。」

秦始皇把長劍遞在我手裡，我倒騰了兩下這才拔出來，只見劍刃冷森森的，不禁讚道：「好劍！」

書裡說，胖子拔劍在手，一下就砍斷了荊軻的腿，然後八處重創荊軻，可見在整個刺秦的過程中，轆轤劍起到了扭轉局面的關鍵作用。

我拿過長劍和二傻的匕首互相碰了碰，兩把劍居然都毫髮無傷，可見兩把劍旗鼓相當，都結合了當時最高的冶煉技術。

我擔心道：「你們倆要是做戲的話，絕對不能用這兩把傢伙，太危險了！」

嬴胖子道：「歪（那）咋辦捏麼？」

我摸著下巴想了半天，這可是個很嚴重的問題，也是整個表演裡最重要的道具和環節，我掂量著手裡的東西說：「這兩把劍我給你們加工一下——」我說：「現在，你倆還得把當年的情景給我再現一遍，怎麼打的，一下也別落。」

二傻接過匕首，做了一個刺殺的動作，嬴胖子舉起件東西一擋，這個相當於以後的秦王鼎，然後胖子就繞著柱子轉起圈來，二傻就在他身後大喊大叫著追。

這個時候應該就是最亂的時候，秦始皇繞柱逃跑，荊軻持劍追擊，殿裡的大臣一片慌亂，兩個人一前一後跑著跑著，二傻忽然站在原地不動，胖子繞過一圈來正和他來了個面對面，二傻興高采烈地大喝一聲：「呔！」

我大吃一驚，當年如果是這種情況，那胖子豈不是凶多吉少？

卻見嬴胖子頗有迷茫之色，忽然踹了二傻一腳道：「掛皮，按擋（當）年滴來。」

我長出一口氣，原來是二傻在耍寶，我氣道：「軻子，注意忠於原著！」

這時秦始皇忽然把長劍擰在背後，手環在腰側「嚓」的一聲拔了出來，二傻猝不及防下便在右腿上吃了一記，當然，秦始皇並沒有真的砍他。我在一邊用毛筆在地上記錄著什麼。

等二人停下，我把毛筆別在耳朵上站起身道：「軻子劍的前部和嬴哥長劍的側面需要加工，刃磨平了不心疼吧？」

我把兩個人的劍拿過來在地上蹭了蹭，頓時把地面蹭出一道壕溝來，可是劍身卻沒什麼明顯變化，磨了一會我就失去了耐心，扔在一邊道：「這個一會再弄，現在還有最後一個問題——你倆當時打架，軻子到底流了多少血？」

兩個人面面相覷，嬴胖子指著二傻道：「他流咧很多。」

二傻怒道：「你是不是還想再來一次？」

我連忙擺手：「別吵，這就是咱們現在最主要的問題。」細節上，有兩個當事人在不難搞定，最困難的就是技術層面上的，你說兩個人抄著傢伙對砍，半天一點血也不見，別人會怎麼想？

我在屋裡轉來轉去道：「現在主道具有了，至於這個血嘛——嬴哥，你這有番茄醬沒？」

這一下可戳到秦始皇的痛處了，胖子委屈道：「要有，餓早吃上西紅四（柿）雞蛋麵咧。」

我摸著頭道：「那你這紅顏料有嗎？」

秦始皇點頭。

我擊拳道：「這不就結了，嬴哥你叫人送點紅顏料過來，咱們把它調成假血，然後讓軻子帶在身上。」

二傻抬頭看天，忽然說了一句很經典的話：「水在身上是藏不住的……」

「我們可以找東西做血囊……」這話說了一半我就抓狂了，這個時候拿什麼做血囊啊？

我蹦躂了兩下，急道：「這可怎麼辦，你們這破地方怎麼什麼都沒有啊？」

二傻道：「不行就用真的吧。」

我忽然眼睛一亮道：「對了，我車裡有塑膠袋。」那還是我結婚前包子放我車裡的。

我興奮道：「我的想法是這樣，嬴哥明天拿上我『加工』過的劍，軻子掛上血囊，嬴哥，這就要看你功夫了，記住！要照著掛血囊的地方砍——軻子，考驗你的就是演技了，等水一滲出來你就得裝受傷，別演砸了也別太誇張，我一直認為你是那種實力派和偶像派的代表，不要讓我們失望。」

我把東西都收拾好，說：「時間緊迫，我現在就得回去準備去，你們兩個也該分開了，我一會兒就回來。」

我跟秦始皇並肩走到門口，胖子眼睛已經開始犯渾，我趕緊把他拉在另一間屋子門口，在他背後使勁推了一把，胖子茫然回頭，問道：「誰推額捏？」

我撒腿就跑，跑到外面扯了一把蒙毅的胳膊：「快跑，大王又要翻臉了……」

蒙毅不禁納悶：「蕭校長，什麼叫大王又要翻臉了？」

我叮囑李斯照看著二傻和胖子，回到蕭公館，先取過一長一短兩把劍來，端詳了一會兒，頗感撓頭，要把它們磨平看來不是個輕鬆活，然後我看見了我那輛寶貝車子……

我抄著二傻的匕首先試探性地在一個車輪上扎了幾下，看來我這車輪子也是刀槍不入，我叫人把車架起來，然後發動汽車，那四個迅速轉動的車輪就像四個電動磨砂機一樣，我戴著車上的墨鏡，手裡抓著二傻的短劍在一個車輪上磨著，火星四濺，聲震四里，過一會兒，那短劍已經被我磨得胖頭魚一樣了。

兩把劍磨好以後，我先在自己身上試了試，荊軻的匕首捅在胸口上有點疼；胖子的劍砍在腿上除了蹭了一身鐵粉外，也跟掃帚打上去感覺差不多。能用了，就是可惜了兩把神兵利器。

剩下的就需要用高科技手段了。紅顏料確實哪都有，可是調成水以後，那顏色醬紅醬紅的非常難看，不過高科技麼，咱仗的就是戰國時候的人想不到有塑膠袋這種東西，我把調成液體的紅顏料倒在一個塑膠袋裡，用袋底憋成一個錐形的小包，然後用麻線緊緊的紮住口，這樣一個小血囊就做成了。

鑒於有的袋子漏水的情況，我決定統一套兩層，我一口氣做了十來個，把其中一個綁在腿上，當時人穿的都是長袍大袖，尤其是荊軻作為使節，那衣服更是繁複，一個小小的袋子掛在裡面根本看不出來。

我掛好以後剛想拿笨劍砍試，忽聽外面報說有人求見，我顧不得解，急忙跑出去，只見院子裡頭已經站了十幾個老頭，基本上都在大殿裡見過，不是這卿就是那大夫，都是秦始皇的重臣。

老頭們一見我出來，紛紛拱手施禮，有叫齊王的，有叫蕭仙人的，還有機靈一點叫蕭校長的，一個個臉帶笑容親熱無比，原來都是拍馬屁的。

我站在臺階上志得意滿地還禮，上午剛來，還沒吃晚飯就官封齊王，還接管了胖子的禁衛軍，這待遇就連以前的呂不韋也沒法比啊。

可惜的是還沒等我問清在場眾人的名字，看看有沒有值得提點的歷史名臣，府門口就衝進來一幫盔甲鮮明的軍人來，當先一人怒喝道：「蕭逆聽旨，你自號為王，陰謀造反，大王令，當場格斃！」說著，兩個士兵頓時氣勢洶洶就來抓我了！

這事情也太突然了！剛剛我還在自己的蕭公館受一幫大臣追捧，怎麼還沒等我作威作福呢就成了「蕭逆」了？不用問，這是秦始皇沒克制住藥性把我給忘了！

兩個窮凶極惡的士兵還沒等衝到我跟前，忽有一人大喊一聲：「住手！」正是胖子派來保護我的蒙毅。

蒙毅阻住抓我的人，對對方的頭領抱拳道：「王將軍，我奉大王親口令在此保護蕭校長，你怎麼能說他是叛逆呢？」看來他認識這位王將軍。

群臣聽到「親口」二字，都是精神一振，然後用很不友善的目光掃著王將軍。

王將軍毫不含糊道：「我奉的也是大王的親口令！」

群臣頓時萎靡……

蒙毅驚疑不定，看看我又看看王將軍，我見他很有倒戈的危險，暗地裡使勁捅捅他的腰道：「記得大王怎麼託付你的嗎？就算是他派人來殺我，你也得聽我命令，大王英明，他早就料到這一天了！」

蒙毅一頓，隨即單膝跪地道：「蒙毅謹遵蕭校長號令！」

蒙毅話音未落，他手下的人「嘩啦」一聲全部把矛頭斜豎對著王將軍他們，後排的人則全體把弩平舉在胸前，弩頭也全指向了王將軍帶來的人。

王將軍這回來只帶了一百多人，而光在蕭公館裡巡邏的蒙毅軍就有五百多，周邊至少還有兩千，加上有人通風報信，不斷有禁軍從四面八方湧過來，一隊隊邁著整齊的步伐跨啦跨啦地不停在王將軍他們周邊重疊集結，不一會就把王將軍他們圍得跟饅頭上那個小紅點兒似的了。

王將軍看看形勢，忽然緩緩拔出長劍，黯然道：「蒙將軍，請你不要讓我為難，你要是不退開的話，我們只能刀兵相見了。」

蒙毅面無表情道：「是你別讓我為難才對。」說完這句話再也不做聲，就死死擋在我身前。

王將軍一拔劍，他的手下也都猶猶豫豫地各拿兵器在手，這一下局勢立刻嚴重起來。

當是時，王將軍在裡，蒙毅軍在外，其實這一戰要打起來是沒懸念的，唯一的差別就是如果王將軍他們的人先動手的話，我們的士兵會有少量的死傷。

蒙毅手下的幾個隊長見蒙毅十分為難，把頭都轉向我道：「校長，殺不殺？」

殺個鬼啊！過過掌握生殺大權的癮就行了，還能真的把胖子的人幹掉不成?!

王將軍他們眼睛瞬也不瞬地盯著我的嘴，所有人都有求生欲望，不到最後一刻，他們也不願意自己找死，一幫老頭還聒噪道：「校長，殺！校長，殺！」

我一擺手，所有人都安靜了下來，我朗聲道：「不能殺！」

我看出蒙毅在我說完這句話以後長長地出了一口氣，王將軍他們更不用說，在生死關頭上走了一遭，要不是險境未脫，人早就軟了。

我高聲道：「王將軍他們並沒有錯，同是為大王服務，怎麼可以手足相殘？這其中有一個大大的誤會……」

我站在山一樣的護衛前，隔山探海地對王將軍說：「我保證，只要你們不往前衝，我們也絕對不傷害你們，你們給我點時間，我要沒猜錯的話，大王的新命令馬上就會到……」

我話音未落，只馬蹄聲遠遠傳來，一個又尖又亮的聲音帶著惶恐之意高叫：「大王令，王將軍速速回宮，不得入蕭公館一步！」

等來到近前我們一看，這人是秦始皇身邊的太監，就是我上殿之前要給我搜身那個，他跑過來見我們還沒動手，頓時放下心來，誇張地用手拍著胸口「嬌笑」道：「嚇死奴家了，我還以為這裡已經血流成河了呢。」

他穿過層層包圍來到王將軍面前，對還有點發愣的王將軍說：「大王嚴旨，王將軍見奴家即刻回宮，不得傷齊王一根頭髮！」

這道旨意與其說是赦免我的，還不如說是赦免王將軍他們的，他一聽之下頓時如聞天籟，激動道：「末將得令！」隨即走到我面前跪倒，用顫抖的聲音一字一句說：「齊王，我欠你一條命，我這幫弟兄們欠你一百條命，以後但有什麼差遣，我們兄弟萬死不辭。」

我拍拍他肩膀道：「好了，一場誤會，不必往心裡去。」一幫老傢伙們頓時喜笑顏開，紛紛道：「原來是一場誤會呀，哈哈哈，害我們白擔心半天。」

隨著這一道旨意，一時間阿諛奉承之詞如潮水湧來。

這時不知誰突然詫異道：「血，齊王褲子上有血！」

我低頭一看，大腿根那一片潮紅，血水還有往褲腿蔓延的趨勢，這是我剛才綁在大腿上那個血囊，應該是剛才在應付突發事件的時候沒注意給擠破了。

一個老傢伙脫口道：「齊王這是被你們氣得尿血了！」

王將軍滿臉尷尬地看了我一眼。

這時又有一個太監騎在馬上衝到我們面前，一邊不停在空中虛揮著馬鞭，氣勢洶洶地嚷嚷著：「讓開！讓開！」

他闖到我們近前，剛剛傳過一道旨的那個太監認識此人，說道：「徐公公，又是大王讓你傳旨召回王將軍嗎？我已經辦了。」

那徐公公一眼都不瞧旁人，忽然對著王將軍道：「大王口旨，問你為什麼還沒回宮，速速提蕭逆人頭來見！」

眾人愕然，王將軍這會就站在我身邊，納悶道：「大王不是剛發了赦免令嗎，我到底是該殺齊王呢還是不殺？」

徐公公眼睛一翻道：「咱家只管傳大王口令，別的不管。」

一群大臣裡有人小聲議論道：「大王又變卦了。」

有人道：「只怕這回是心意已決。」

王將軍一拔劍，他手下的人只能又把武器拿在手裡，蒙毅的人隨之也把兵刃再對準他們，只是這次已經不太有劍拔弩張的氣氛，兩邊的人面面相覷，倒更像是黑社會談判等著老大發話的小弟。

王將軍哭笑不得地跟蒙毅說：「蒙將軍，咱們個人之間並沒有恩怨，同是大王的臣子，你得理解我。」

蒙毅嘆氣道：「我理解……」說著用眼睛往後掃了一眼道：「蕭校長，你看怎麼辦？」

我說：「再等著吧，看新命令什麼時候到。」

我也很奇怪，兩道命令相隔不到十分鐘，按理說不應該出現這樣的情況，難道是誘惑草藥性開始頻繁反覆了？

徐公公催促著王將軍道：「你怎麼還不動手？」

我失笑道：「像你這麼沒眼力的太監，我還是頭一次見，難道你就看不清局勢嗎？」

徐太監這才看了一眼場上，見王將軍可憐巴巴的幾個人被我們裡三層外三層圍著，不禁尖叫道：「你們竟敢造反嗎？」

我看著他來氣，吩咐一聲：「把他拽下來！這個不男不女的東西！」說完趕緊向第一個來傳旨的太監陪笑道：「公公我可不是說你。」

那太監咯咯笑道：「沒關係，奴家雖然生了男兒身，不過把那髒東西割了那就是女人了。」說著還輕蔑地看了已經被士兵拉下馬的徐公公一眼，「誰像他，不男不女的東西！」

我噁寒了一個，問道：「還沒請教公公高姓大名。」

「女太監」捂嘴嬌笑道：「什麼姓呀名的，在大王身邊都是大王的奴才，不過我沒淨身以前倒是有個俗名叫趙高。」

還沒等我說什麼，遠遠的又來一個太監，把胳膊在胸前拼命交叉揮舞高喊道：「大王令，王將軍速速回宮，不得入蕭公館半步……」

這回不等王將軍發令，他手下的人都忙不迭地收起武器，蒙毅軍也有點習以為常的意思，輕車熟路地解除了包圍，兩邊的士兵相互望望，啼笑皆非。

王將軍唉聲嘆氣地把劍收回匣裡說：「你說大王這……」他衝我拱拱手道：「蕭……那個校長啊，我還是趕緊回去看看到底是怎麼回事吧，這一波一波的誰受得了啊。」

我笑道：「不忙，我也跟你一起回去。」

我回屋換了條褲子，拿上磨好的兩把劍和做好的血囊，帶上蒙毅的部隊和王將軍他們一起進宮。

就我進屋換衣服這麼會兒工夫，又來了倆太監，自然，一個是傳令殺我的，另一個則是來取消命令的，現在蒙毅和王將軍的人早就見慣不驚，到後來，隨我進宮的士兵們竟然以此為樂，下起賭注來：「誒，你說這道旨是殺的還是赦的？」……

我們一行人來到咸陽宮前，仍不斷有人從裡面飛奔出來下達各種旨意，我頓時犯了難：你說照這樣的情況，我是進去還是不進去？

在宮門口垂手站著一個太監，見我們來了，笑道：「大王說了，要是小強來了，請他放心大膽地進。」

我回頭看著蒙毅和王將軍道：「情況你們也見了，一會兒進去，大王要再殺我，你們可得保住我。」

蒙毅不免惴惴，進了秦王宮再公然抗命，那性質可就不一樣了。我拍拍他肩膀道：「放心，我不會亂來，更不會傷害你家大王。」

蒙毅道：「那就這麼說定了，只要你下的命令不妨害大王，我堅決執行。」

話是這麼說，不知道到底出了什麼狀況的我還是戰戰兢兢地來到我們剛才分手的地方，李斯正在門口溜達呢，我小心叫道：「李……大夫？」

李斯見是我，伸手朝屋裡一比劃：「快進去吧，大王他們都等著你呢。」

看樣子李斯在清醒期，我問他：「李哥，到底出什麼事了？」

哪知道李斯忽然有點畏縮道：「原來是齊王到了，裡面請。」

我進了屋一看，只見嬴胖子和荊軻相對而坐，我的心先放下一截，但還是試探著問：

「大王……找我來什麼事？」

嬴胖子一抬手道：「小強進來。」

我這才真正放心，走過去坐在倆人中間道：「嚇死我了，你們這是唱的哪齣啊？」

秦始皇道：「剛才餓腦袋亂滴很。」

我說：「你知道你都幹了些什麼嗎？」

秦始皇道：「知道，不過有滴很快就忘咧。」

「你下了很多殺我的命令還記得不？」

胖子不好意思道：「知道，餓不是馬上就糾正咧麼？」

我說：「是啊，犯了錯誤就改，改了再犯，這倒像是你們一貫的作風。」隨即我問，「這樣反覆的頻率有多高？」

胖子道：「有絲（時）候一分鐘兩次，有絲候兩分鐘一次。」

我驚道：「這麼高？那你來來回回地豈不是像抽風一樣？」我看看二傻道：「你呢，剛才你在幹什麼？」

二傻定定道：「我看他抽風。」

我失笑道：「難為嬴哥沒殺你。」

這時李斯走進來道：「大王聽說秦國裡還有個齊王，已經顧不上殺別人了——其實我們還得同時慶幸荊軻沒有殺大王。」

我一拍大腿暗叫好險，胖子一聽有人自號為王了，自然顧不上別的，縱然看見荊軻，在他眼裡，這無非也就是一個外國使節，可荊軻卻有的是機會殺秦始皇！

我問荊軻：「軻子，你怎麼樣？」

二傻道：「我一直很好。」

我又問了一下李斯，李斯道：「我跟大王一樣，腦袋裡亂得厲害，一會清醒一會糊塗。」看來誘惑草的副作用也是因人而異的，二傻因為對孟婆湯自帶三分抗性，所以吃了誘惑草以後要比別人相對穩定。

我小心翼翼地問秦始皇：「大王，你現在感覺怎麼樣——要不要殺齊王？」

胖子擺手道：「餓好滴很，已經好些兒絲（時）候摸（沒）糊塗咧。」胖子忽然笑道：「就算餓現在真想灑（殺）你，就怕也抹油（沒有）人敢。」

李斯笑道：「是呀，經過這麼翻來覆去的一鬧，誰還敢真把小強怎麼樣？只怕大王親自下令也不好使了。」

我得意道：「這就是狼來了的故事啊。」

我看看時間，正色道：「不能再耽誤了，咱們把明天的戲趕緊地排一下吧。」我把兩把劍還給二傻和胖子，又把幾個血囊拿出來在二傻身上比劃著，「嬴哥，這就是你上次砍軻子的地方，明天照舊來一次，我把血囊還掛在老地方。」

我們在一邊忙活著，李斯眼神一變，忽道：「咦……」

還不等他把話說完，我、胖子、二傻異口同聲道：「退哈（下）！」

李斯急忙低著頭倒退出去了。

我擔心道：「嬴哥，明天要是你和軻子遇到這種情況怎麼辦，尤其是你？」

秦始皇道：「餓只要叫你們上殿，就社（說）明好著捏。」

我拍拍手道：「那就這樣吧，軻子也該回去了，明天就聽天由命吧。」

我又囑咐二傻：「軻子，血袋一定掛對地方，要不受苦的是你；還有，走路注意點，別把血袋蹭破。」

我轉過身面對嬴胖子鄭重道：「嬴哥，明天決定因素還在你身上，記住千萬要克制，我和軻子的命都在你手裡呢！」

第二天我一早趕到咸陽宮，胖子已經上朝，在宮門口，二傻和秦舞陽靜靜地等在那裡，我打量了二傻一眼，表面看去看不出任何夾帶，而且傻子屏息凝視，表情上也看不出任何異常，我在一邊不停朝他擠眉弄眼，傻子也不理我，真沒想到二傻居然也是有城府的人。

又過了一會兒，只聽裡面太監悠長的聲音道：「傳，燕國使者荊軻秦舞陽覲見。」

胖子發信號了！

在殿門口，趙高隨著另一個太監迎上來要例行搜身，我急忙搶上一步站在荊軻面前：「趙公公，這個我親自搜！」

趙高見是我，先討好地叫了聲「齊王」，然後千嬌百媚道：「齊王真是關心大王安危，居然親自幹這種下人們才幹的活。」

這是我們計畫中很重要的一步：二傻的身體不能由別人來搜，那些血囊一捏就破，別人來搜非穿幫不可。

趙高和另一個太監去揩秦舞陽的油了，我便小心地在荊軻身上四處捏著——剛才的話還沒說完，我們擔的更大的風險是：如果二傻一直不清醒，那他很有可能忘記掛那些血囊！

我仔細地用手指畫過二傻的胸口和肩膀以及腿側，發現那些地方都軟軟的，好像那裡都有一個大水泡似的，我抬頭看了看他，二傻目不斜視地看著殿中的胖子，好像很肅穆的樣子，可是誰也沒發現這個傻子不易察覺地向我眨了下眼睛。

我心下大定，示意此人身上沒帶凶器，然後快步跑上去站在胖子身邊。

這時秦舞陽也被搜完了身，我一腳把秦始皇身邊的傳話太監踹到底下，越俎代庖高聲道：「大王令，命燕國使者上殿。」

荊軻聽傳，緩緩走上大殿，他手裡還捧著一個盒子，我們知道，那是樊於期的人頭，秦舞陽則端著燕國的督亢地圖，以半步之差跟在荊軻身後，大殿上人人肅穆，只有兩人的腳步聲一下一下走到殿中，荊軻跪在地上行了叩拜之禮，秦舞陽跪在他身後，亦步亦趨。

行禮已畢，我小聲問秦始皇：「嬴哥，該說什麼了？」

胖子面沉似水，臉上毫無表情，我馬上喊道：「大王問你們幹啥來了？」

群臣聽我在這麼莊重的場合問了一句大白話，不禁面面相覷，可是又礙於我「權勢熏天」，誰也不敢笑，有幾個老臣實在憋不住，把身子側開咳嗽了幾聲。

荊軻毫不含糊道：「我奉燕國太子所託，代整個燕國向大王請和，為表誠意，我帶來了大王的叛臣樊於期的人頭和燕國最肥沃的督亢之地，太子願以此城獻王！」

荊軻把捧盒放在地上，自然有人拿過請人辨別。

當下有人報告了秦始皇，胖子裝模作樣點點頭，接下來好像就該看督亢地圖表演節目了，但這必須有個前提，就是二傻一個人上前，而這時的秦舞陽應該是戰戰兢兢的樣子，荊軻這樣才能借坡下驢，一個人捧著地圖接近秦始皇。

可是意外就在這個時候出現了，秦舞陽在這宏偉的秦宮和眾人的注視之下，雖然有點鬼頭鬼腦，但離「戰戰兢兢」好像還要一定差距，這個時候叫荊軻上前講圖，難免秦舞陽也會跟著過來。

我不禁急道：「嬴哥，他怎麼不害怕呢？」

秦始皇小聲道：「趕緊想辦法！」

我已經急出了一頭大汗，何天竇說的沒錯，歷史事件真的會因為一點小意外而脫離原來的軌道，如果讓秦舞陽上來，胖子八成要凶多吉少，而且自保能力恐怕連上次都不如——他的劍都被磨成燒火棍了；最要命的是我沒有時間可耽誤，誰也不知道二傻或胖子在下一秒是什麼樣。

在這千鈞一髮之際，我信口胡說道：「按照慣例，下面請兩位使節集體背誦我們大秦的五十榮五十恥……」

秦舞陽驚詫道：「不是不用背嗎？」

我上前兩步，在嬴胖子的桌子上使勁一拍，喝道：「大膽，王駕面前不得喧嘩！」

秦始皇那桌子可能不是每天有人擦，更沒人使勁拍，這一下把桌子上的塵土全拍了起來，胖子嗆得直揮手。

我指著秦舞陽斥責道：「快點背，否則拉出去閹割半個時辰。」

秦舞陽愕然道：「什麼叫……閹割半個時辰？」

我胡亂指了幾個太監道：「看見他們沒，這以前都是各國的使節，就因為背不上五十榮五十恥才變成這樣的。」

不得不說我們面前這個秦舞陽要比書裡寫的那個有種的多，只是冷冷哼了一聲。

我又使勁一拍桌子，還沒等說什麼，只聽身後有人驚詫地「咦」了一聲，一隻胖手拽了拽我的衣服，有些疑懼地問：「你絲隨（是誰）呀？」

我心一沉，胖子在這節骨眼上犯病了！我一個勁衝身後擺手，小聲道：「嬴哥，別鬧，忍著點。」

胖子勃然大怒，厲聲喝道：「來人！」

秦舞陽陡然變色，忽然一隻手死死抓住了地圖的一端，荊軻掃了他一眼，默默地把秦舞陽的手拿下去，仍舊是神態自若。

嬴胖子這麼一喊，殿外武士便衝進兩隊來，為首的那人正是王將軍，他雙手抱拳威風凜凜道：「大王！」

嬴胖子陰著臉叫道：「將刺客拿哈（下）！」

只聽撲通一聲，秦舞陽臉色蒼白，一跤跌倒，抖似篩糠。

王將軍環顧四周，茫然道：「大王，不知您所說的刺客是？」

胖子忽然伸出胖手指著我怒道：「你們瞎咧，速將此人拿哈（下）！」

群臣見大王指住我喊刺客，似乎都沒怎麼奇怪，一個個似笑非笑地看著我們，因為他們知道，大王就喜歡跟齊王開這樣的玩笑，而且能得此「恩寵」的，舉國上下也只有齊王一人。

王將軍看看我，又看看秦始皇，臉上表情極不自然，有點哭笑不得又有點茫然無措，昨天半個時辰內，又是殺又是赦的，就接了十幾道不同旨意，這會的他當然不敢把我真怎麼樣，可是這王庭之上大王已經下了命令，要違抗也是不對。

最後，王將軍只得無奈地囑咐身邊的手下：「去，先把齊王請下來。」

王將軍的那兩個手下也參加過昨天的行動，知道大王不定什麼時候就會再轉風，都憋著笑，裝模作樣地向我走來，腳下卻故意慢了幾分，我卻快急死了，胖子的藥性已經沒有規律可尋，誰知道他這一糊塗過去要多長時間？

兩個護衛慢騰騰地走上來，一邊一個攙住我的胳膊，其中一個還溫言道：「齊王，先跟我們出去，一會大王叫你再上來。」

我在兩個人懷裡手舞足蹈，一邊回頭大叫：「大王，嬴哥，胖子，你快醒醒啊！」眾人都寒了一個。

秦始皇眼睛一翻，忽然向兩個護衛揮揮手：「退哈（下）。」

兩個護衛相視一笑，齊齊站在臺階下乾脆道：「是！」說著還默契地向我眨了眨眼睛，他們也是跟李靜水魏鐵柱一樣年紀的孩子兵，童心未泯。

我擦著額頭上的汗長噓一口氣道：「嬴哥……」

胖子小聲道：「餓好咧，趕快讓那個掛皮上殿。」

我擔心道：「你行不行啊？」

胖子篤定道：「摸（沒）問題咧。」

經過這麼一鬧，秦舞陽那根脆弱的神經終於繃不住了，做賊心虛的他一聽胖子喊人，就已經嚇得面如土色，等衛兵一上來他幾乎站不住了，到衛兵退下去，秦舞陽一條腿依舊抖個不停，嘴唇發白。

我抓住機會趕緊問：「荊使節，你的同伴怎麼了？」

荊軻鎮定道：「沒見過市面的粗野鄙夫，讓大王和各位見笑了。」他順手把督亢地圖接過來道：「下面請允許我為大王講解此圖。」

「准！」我與高采烈地喊了一聲，暗自鬆了一口氣：終於走上正軌了。

二傻手捧地圖一步一步走上來，我回頭看了秦始皇一眼，他衝我微微點了點頭，示意自己很好，我心裡一陣輕鬆，終於就剩最後一刻了。

二傻低著頭走到桌前，默默打開地圖道：「大王請看……」

這時他正好背對著群臣把我擋住，我使勁衝他出怪相，低聲叫著：「軻子，軻子！」希望得到他的回應，二傻卻對我置之不理，緩緩展開地圖道：「這是燕國最肥沃的土地，人口……」

我忽然有一種不祥的預感，按說現在就剩我們三個人在上面，相互間不需再搞小動作，可是二傻是不是也太入戲了？如果事先不知道他的目的，還真就被他蒙蔽住了。

我站到秦始皇身邊，在他耳邊低低道：「嬴哥，有點不對勁……」

秦始皇俯身在地圖前專注地看著，滿眼都是貪婪之色，全沒聽到我說話。

荊軻把地圖展到最後一截，赫然露出一把匕首，他以迅雷不及掩耳盜鈴之勢，如破竹抄起來刺向秦始皇：「嘿！」

隨著這短促而乾脆的一聲，那匕首閃電一樣刺了過來，荊軻和秦始皇之間距離又短，而且胖子好像有點魂不守舍，眼見是躲不開了，幸好我早有準備，扳著胖子的肩頭把他往後一帶，荊軻的匕首尖堪堪觸到他衣服上，這把匕首要不是經過我的改造把尖頭磨成圓頭，只怕胖子現在已經受傷了。

二傻一擊不中，毫不猶豫地跳上桌子，半邊屁股坐在上面，探身又向胖子刺了過來，我一把把嬴胖子推開，小聲道：「嬴哥，跑！」

秦始皇驚恐地看了我和荊軻一眼，轉頭就向一邊的銅柱跑去，荊軻一語不發，輕盈跳下桌子隨後就追。

冷汗瞬間濕透我的純棉褲衩——我看出這兩個人在此刻都已經不認識對方了！媽的，真應了那句話了：誰也阻不住歷史的車輪滾滾向前啊。

此刻王庭之上，嬴胖子繞著一根銅柱在前跑，荊軻咬著牙在後追，我腦子一片混亂，不由自主地往前走了兩步，卻不知道該做什麼。

秦始皇繞到第二圈，殿上的群臣這才悚然大嘩，有往前湊的，有往後退的，更多的人七嘴八舌大喊「有刺客」，荊軻緊攥匕首頻頻刺出，砍在銅柱上鐺鐺作響，我的心也跟著七上八下，事先說好的步驟全被打亂了，我現在應該幫誰呢？

又繞半圈，嬴胖子剛沒入柱後，荊軻堪堪跑在群臣面前，一個瘦乾瘦乾的老頭手裡早捏好一個藥囊，見荊軻出來，怒喝一聲丟了過去，荊軻不知是什麼東西，下意識地一閃身，嬴胖子便得到了片刻的喘息時機，他一手按劍一手扶著劍鞘，想往外拔劍，拔到一半胳膊就不夠長了，往後褪劍鞘，劍鞘也卡在了腰帶上。

眾人見事態危急，不禁又亂哄哄地喊了起來，在這一片嘈雜之中，一個尖利而高亢的聲音叫道：「王負劍取之！」

正是趙高——該我幹的活，我是一件也沒搶上啊。

秦始皇怔了怔，把長劍從背後抽出，他看了一眼身後氣勢洶洶的二傻喃喃道：「你娃又要灑（殺）餓捏？」

二傻也猛地止住腳步，看著手裡的匕首訥訥道：「我不知道……」

我大喜，兩個人在這千鈞一髮之際又恢復了意識，而且此刻兩人正好都站在銅柱背後，眾人誰也看不見裡面的情況，還沒等我走過去三個人計較，秦始皇忽然砍了二傻一劍，又驚慌地跑了出去，二傻疼得倒吸一句冷氣，眼神一變，也跟著殺了出去。

這時，一個人猛然衝過人群，一邊張牙舞爪地往這邊跑一邊大喊：「荊軻莫慌，我來幫你！」卻是剛才一直在發抖的秦舞陽。

如果是平常，大殿上這麼鬧騰，衛兵早該進來了，可是今天情況特殊，人們都知道大王愛一驚一乍地跟齊王開玩笑，如果是他親自發令，那沒辦法，結果一幫大臣也跟著起鬨，衛兵們都一笑了之，所以，早該被亂刃分屍的秦舞陽緩了半天之後，居然鼓起勇氣衝上來了。

我伸手把桌上所有能當暗器的東西都抄起來朝秦舞陽砸過去，這小子身手居然也頗為矯健，一一閃過，貼到了胖子和二傻近前。

秦舞陽卡在兩人的必經之路上，張開胳膊要抓秦始皇，胖子一遲疑的工夫，二傻雙手捧劍，惡狠狠地朝胖子背上刺了過來，秦舞陽大驚，雙手繞過胖子拿住荊軻的攻勢，叫道：

「不能殺他，抓住活的好保我們活命！」

贏胖子趁機從兩人空隙中鑽出來，一眨眼又跑到柱子後面去了。

荊軻忽道：「你說的對，我們不能殺他！」說著朝我掃了一眼，我明白在這一剎那的時間，荊軻又經歷了一來一往的過程，剛才要不是秦舞陽，就算鈍頭劍只怕也已經要了胖子的性命。

我又驚又急，眼見秦舞陽已經把守住了柱子的一點，更不知道那倆什麼時候就會反目成仇，一失足成千古恨，我慌不擇路地把懷裡的東西都掏在桌上，然後想也不想地就把複製過趙白臉的那片餅乾塞進了嘴裡。

餅乾下肚那一瞬間，世界嗡的一聲完全變了樣，我眼前的三個人身上不住散發出讓我腦袋發疼的輻射，如果沒猜錯的話，這就是趙傻子經常說的：殺氣！

這種殺氣有時候發自一個人，有時候發自兩個人，有時候會憑空消失，之所以會出現這種情況，大概是因為二傻和胖子的記憶在反覆糾纏，所以會在不同時刻不同對待彼此所致。

我掃了一眼桌上的東西，把一隻小鼎包在外衣裡，隨即像傻子一樣大喊一聲「有殺氣」，便加入了戰團。

等我動上手以後，才發現傻子的世界真是精彩，所有在戰團裡的人都是虛虛實實的紅影，而且最爽的是，對方最先做出的動作和心裡想的，都能從這些紅影體現出來，我好整以暇地躲過他的一拳，往旁邊挪挪讓開他那一腳，最後再蹲下身子閃開他胳膊的一摟，影子一個一個消失，又一個一個產生，我永遠能知道他半小時以後想怎麼對付我，簡直比吃冰棒還輕鬆。

第三章

最倒楣客戶

我莫名地感覺到一陣不自在，好像是哪裡不對勁……

講臺上，一條高大的漢子正跺著腳、義憤填膺地說：

「我他媽怎麼這麼倒楣，碰上那麼個傢伙，就會掄鞋底子……」

講臺上那位，赫然正是秦舞陽！

「是你？」

除了能料敵先機以外，趙傻子的餅乾吃了以後還有最大一個好處，就是能分清敵我，我能清楚地從人身上散發出來的殺氣判斷二傻和胖子現在的精神狀態，如果二傻身上的殺氣陡然濃起來，就說明他迷糊勁上來了，就得對他多加小心。

可是我很快就發現一個致命的弱點：傻子的餅乾吃了以後，體力明顯不行了！我只是掄了幾下小鼎，走了幾步路而已，就已經感覺氣喘吁吁，那只不過五六斤重的小東西拿在手裡像重了十倍。趙白臉跟人動手，一次是拿著蒼蠅拍，一次是拿這劍鞘，原來再重的東西他根本用不了。

這一點讓我驚喜之餘馬上鬱悶起來，可是沒辦法，你吃了餅乾就得承擔它帶來的一切後果，你不能指望你擁有項羽的力氣同時再擁有趙白臉的預知力，真要是那樣的話，我看離天下無敵也就不遠了。

我揮舞著小包擋開刺向胖子的一劍，又幫他拍開胖子的偷襲，胖子只顧陰人，秦舞陽的一雙手幾乎就要抓到他的肩上了，我忙在秦舞陽胯骨上踹了一腳，這一下可不得了了，三個人同時勃然大怒，一起衝我來了。

就在這時，胖子身上的殺氣突然消失，隨之那些如跗骨之蛆的紅影也不見了，他站在原地愣了一下，但以胖子的智商馬上判斷出了局勢，恢復了記憶的他眼見我似乎有點力不從心，先抱歉地看了我一眼，然後抄著劍向秦舞陽頭頂砍去——他倒是在這個關頭還想著不跟荊軻為難。

秦舞陽和荊軻之所以暫時放棄贏胖子來攻擊我，只怕兩人都是一樣的心思，他們把我當成了胖子的保鏢，現在殿上有還手能力的只有我一個人，於是兩人皆抱著欲取胖子必先取小強的想法一致對外。

他們平時雖然不睦，但此刻是作為戰友，雖然二傻不明白胖子剛才為什麼也站在了他們的一邊，但是忽然見胖子舉劍砍向秦舞陽，想也不想用匕首幫他格了一下，秦舞陽衝他微一點頭以示感謝，一擰身朝秦始皇抓了過去……

這會兒我已經把小鼎扔在一邊，身子也綿軟得不能指揮自如，眼見胖子就要被秦舞陽抓住，忽然間荊軻殺氣頓斂，用匕首狠狠刺向秦舞陽的前心，毫無防備的秦舞陽手忙腳亂地躲開刀鋒（其實已經沒鋒了），顧不得場合和時間緊迫，對荊軻怒目道：「你幹什麼？」

荊軻也不理他，向秦始皇一個勁擠眼，意思是自己剛明白過來，想不到贏胖子二話不說，一劍就掄了過來……胖子又糊塗了。

我在一邊看得清清楚楚，也不知道是該氣還是該笑，趁這個混亂的工夫，我給自己找到了一件順手的兵器——我左腳上的牛皮靴子！

這還是巧妙地吸收了劉邦的姘頭鳳鳳的經驗，我記得她就曾用一隻高跟鞋大戰小六他們，並且把小六的一個兄弟的腦袋敲得跟西天某佛一樣。

這會場上的情勢又有變化，胖子難得地和二傻並肩戰鬥，秦舞陽本來有好幾次馬上就要挾持成功了，都被二傻攪局，可是要說荊軻有貳心，自己也被他從秦王劍下救過不止一次，現在一長一短兩把劍一起刺過來，秦舞陽又驚又疑，對誰也不敢下殺手，連連後退。

我跳在他身後拍了拍他的肩膀，秦舞陽一回頭，「啪」的一聲，牛皮鞋結結實實抽在了他的臉上，那裡頓時出現了一個清晰的腳印子。

秦舞陽大怒，不顧一切地用拳頭朝我臉上砸過來——早在我剛跳到他身後的時候，我就看見他有這一招了，從容地歪了歪腦袋，秦始皇瞅準機會長劍刺出，馬上就要給秦舞陽來個透心涼的時候，荊軻清喝一聲，再次用匕首把劍引開，同時對胖子痛下殺手……

那是一場有史以來最別開生面、最詭異、最混亂……和最敵我難分的戰鬥。

在這場戰鬥中，湧現了四個複雜的人，兩個抽風的人，一個抓狂的人，和一個長時間處在莫名其妙中的人。

在這場戰鬥中，我時而和胖子一起對付二傻和秦舞陽；時而跟二傻對付秦舞陽和胖子；當然，有時候自然也免不了跟秦舞陽對付胖子和二傻……

我手舞皮靴，在混戰之中有時候以一敵二，有時候以一敵三，可是鞋底子無一例外地都抽在秦舞陽臉上啪啪作響，秦舞陽手裡沒有武器，又搞不清狀況，極度鬱悶之下忍不住問我：「為什麼你只打我一個人？」

我不知道該怎麼回答這個倒楣鬼，索性不說話，繼續抽……秦舞陽那張臉不一會就被我抽得滿是腳印子，就跟火車站大廳裡的方磚似的。

這時終於有衛兵聽見大殿裡的動靜，探頭看了一下，這一看不要緊，頓時嚇得魂飛魄散，一邊往裡跑一邊喊人，不一會，王將軍帶著大隊的衛兵衝了進來。

秦舞陽一見大急，喝道：「荊軻，拼……」我搶前一步，掄著牛皮鞋邊抽邊數落他：「拼，拼，讓你拼！」

秦舞陽下意識地用手護住臉，繼而哇呀呀怪叫，發狂一樣向我抓了過來，他的動作確實比剛才快了不少，可是沒用，動作再快，在我眼裡無非是多了幾個加了標注的影子而已，我往後退一步，「啪」一下抽在秦舞陽臉上，然後跟著進一步，他這會正是回拳的時候，「啪」，又一下，跟著事先低頭，讓開他的拳鋒，「啪」又是一下……

秦舞陽再也受不了了，帶著哭腔喊了一聲，撲通栽倒在塵埃裡，兩條腿還抬起來蹬了蹬，也不知道是被我打暈的，還是自己氣不過氣暈的。

秦舞陽一倒，二傻和胖子都是一愣，我同時感覺到兩個人的殺氣都迅速消散了，我低低地喝了一聲：「照原計劃來！」

胖子看了看我，又看了看二傻，忽然發一聲喊又跑到柱子後面去了，二傻這時的反應也不慢，提著匕首喊打喊殺地追了過去，不過我一眼就看出這回是傻子在作秀。

一眨眼工夫，胖子就又從柱子另一端跑了出來，卻不見二傻追出，待胖子再跑到柱子後面，只聽二傻的聲音大喝道：「呔！」

群臣大驚，急忙往上湧，我伸手攔住他們道：「大家退後，讓我去！」

人們眼見我剛才勇鬥刺客遊刃有餘，紛紛退後，還有不忘拍馬屁的高喊：「齊王英武！」

我提心吊膽地繞到柱後一看，差點氣得冒煙，只見二傻笑咪咪地捏著匕首，臉對臉和秦始皇站著，胖子提著劍，在二傻腿上指指戳戳地找血囊，二傻見胖子笨手笨腳的，索性自己用匕首把腿上的血囊戳破，頓時紅顏料水便滲了出來，我小聲提醒道：「軻子，喊兩聲！」

二傻揚起頭拿腔拿調地喊道：「啊──你戳中我了！」「好痛，我流血了！」……

二傻一邊喊，一邊低頭把胸前的血囊也摳出來，正要戳，我抓住他的手說：「這個一會兒用，現在換嬴哥追你！」說著一把把他推了出去。

二傻一瘸一點地跑了出去，只聽群臣一起驚叫起來，我適時地把胖子也推出去，大臣們頓時驚喜道：「大王沒事！」「大王英武！」

這時殿前武士在王將軍的帶領下已經來到近前，有人過來把秦舞陽捆綁了帶下去，王將軍手裡緊緊握著長劍就要上前截住二傻，我把頭從柱後探出來示意他止步，低聲道：「把這個表現的機會留給大王！」

王將軍看了一眼場上的局勢，見秦始皇手持長劍，威風凜凜地追殺著一拐一拐的刺客，忙點頭表示會意，伸手攔下幾個護衛，大聲道：「大王勇武，我們看他老人家生擒此賊。」

二傻跑到柱子後，立刻恢復了正常，稍稍喘了口氣，自己把自己胸前的血囊挑破，隨後胖子趕到，二傻不用我吩咐，就又誇張地叫道：「啊，你又戳我，我的血啊……」這回瘸著腿捂著胸踉踉蹌蹌跑了出去。

大臣們轟然叫道：「大王又得手了！」一時不少人喝起彩來。

就這樣跑了三圈，二傻已經是「血流如注」，我看看時間差不多了，餅乾也快失效了，感覺不到倆人身上的氣息的話，這種情況下跟睜眼瞎子沒什麼區別，等二傻又跑進來，我一把拉住他道：「行了軻子，差不多了。」

胖子汗津津地跑進來：「累死餓咧！」

沒想到二傻表演欲還挺強，眨巴著眼睛道：「再跑兩圈唄。」

胖子一個勁擺手，低聲道：「包（不要）跑咧包跑咧，餓跑不動咧。」

我對二傻道：「躺下。」然後拿過他的匕首扔在外面，群臣一看刺客的凶器也被他們大王打落，歡聲雷動。

王將軍帶著人繞進來，看了一眼「奄奄一息」的二傻，向秦始皇跪倒道：「大王受驚了！」胖子擺擺手。

就在這時，我忽然感覺到地上的二傻身上又散發出那種逼人的殺氣，同時，從他身上立起來一排紅影，最先的那個影子從地上爬起來，用雙手緊緊扼住了秦始皇的脖子，二傻又犯病了！失去記憶的他，下一步的動作就是站起來繼續刺殺秦始皇。

如果他在這會兒起來，嬴胖子的安危不說，一切都會穿幫，王將軍他們肯定會毫不猶豫地把二傻亂刃分屍，我萬般無奈之下，順手撿起地上的那只小鼎，二傻剛一抬頭，我就給他後腦勺上來了一下，可憐的傻子一聲不吭又暈過去了。

我出了一身虛汗，感覺趙白臉的餅乾在這一瞬間也完全失去了作用——幸好是這樣，否則我也拿不起那只鼎。

王將軍呆呆地看了一眼二傻，奇怪道：「這……」

我擦著汗拍拍他的肩膀說：「這個刺客已經死了。」

王將軍伸手探了探二傻的鼻息道：「……好像還沒死。」

嬴胖子忽然冷冷道：「餓社（說）他死咧，他就死咧。」

王將軍忽而悟道：「是，大王勇武天下無匹，區區一個刺客自然逃不過大王的劍鋒。」

嬴胖子背著手滿意道：「社（說）滴對，社滴對……」

歷史上有名的荊軻刺秦王就在我們的合演下基本完美落幕，在這次事件中，我深深感到歷史的莊重性是不容——呃，是不容褻瀆的。

就拿這次事件來說，在我們幾個當事人的操縱下，從上殿開始，秦舞陽畏縮不敢前，荊軻圖窮匕見，胖子繞柱而逃，夏無且丟藥，趙高提示秦始皇背劍，一件一件幾乎都跟原來的情形吻合了。

讓我感慨最深的是：原本計畫中為了能讓事情順利發展而分給我的兩個任務，還是被原來的主人搶走了——在慌亂中，我既忘了用藥包丟荊軻，也忘了提醒秦始皇背劍。

這就是人與人性格和立場不同而引發的結果，看到兩個最好的朋友自相殘殺，當時我的腦子是一片空白，可是忠心耿耿的夏無且還是為了他的大王向刺客丟出了唯一能出手的東西，而善於投機取巧的趙高則是又一次抓住了這個一步登天的機會，這就是他們之所以被歷史留名的原因，他們自身的性格決定了以後的命運。

而我也不是一無是處，至少我起到了一個調節的作用，如果不是因為我，嬴胖子就不會喊那一聲有刺客，秦舞陽也不會原形畢露得那麼早，如果不是這樣，他很可能跟荊軻一起上前刺王，那結果就很難說了。

歷史是由無數偶然和必然組成的，我就是那個絕對偶然，作用是換回二傻一條命。

我看了一眼躺在地上呼吸均勻的二傻，把蒙毅叫進來吩咐道：「刺客抬回蕭公館。」

蒙毅小聲道：「他醒了怎麼辦？」

我說：「不許為難他，這個人已經『死』了，你明白嗎？」

蒙毅看秦始皇不置可否，知道這其中牽涉了很多他不該知道的秘密，點點頭，嚴格執行命令去了。

在群臣眼裡，二傻渾身是「血」一動不動，自然認為這人已經死得不能再死了，也不疑有他，紛紛上前讚美他家大王英明神武天佑鴻運。

我跟胖子說：「嬴哥，那我也先回去了，等明天你再好一點我來看你。」

秦始皇眼神渙散，但還是木然地點點頭，看來他這會又開始犯糊塗了，只是這樣的情況往復多次已經有了一定的抗性，所以對我在半認識不認識之間，沒叫人殺我那就是進步了一大截。

我回到蕭公館，二傻已經睡醒了，披紅掛彩地在屋子裡走來走去，我一陣好笑，忙叫人取來一套乾淨衣服給他，二傻邊唉聲嘆氣地換衣服邊說：「這次不如上次精彩，我還有好多話沒說完呢。」

我知道他介意的可能就是最後靠在柱子上的那兩句場面話沒說，笑道：「沒事，叫嬴哥的史官給你加上不就完了。」

二傻繼續唉聲嘆氣道：「就這麼一會兒，三百塊錢沒了。」

……

第二天陽光明媚，今天我還有一件很重要的事要辦——阻止了二傻，這只是一個序幕，擁有了前世記憶的胖子再次成為秦王，順利的話，不久後還會成為皇帝，他的一舉一動都會深刻地影響歷史，我必須得告訴他人界軸的事。

隨便帶了幾個隨從直接進宮，護衛已經沒必要帶了，正如胖子說的，現在整個秦國沒人敢真的把我怎麼樣，宮禁是王將軍主事，那更屬於自己人。

一路暢通無阻來道咸陽宮前，我立刻被眼前的景象嚇了一跳，只見寬闊的宮前廣場上已經搭起長長的將近兩百米的土木工程，不少原木椽用繩子牽住四角，高高地吊在兩邊巨大的腳手架上，再往前還有不少直徑可供一人自由出入的青銅柱，在半空中，細繩子吊著不少圓形方孔錢……

怎麼看著這麼眼熟呢？等我看見一道高臺階前面那桿旗時，終於恍然：這不是超級瑪麗裡的遊戲場景嗎？

這時我忽聽一個尖細悠長的聲音喊道：「往前助跑，大跳——吃金幣……」

我納悶地循聲音一看，只見秦始皇正坐在一張小板凳上，雙手捧著一小塊木板不停按著，目光卻專注地看著對面。在他身邊，一個太監恭謹地立著，眼睛眨也不眨地盯著胖子的手，不敢有絲毫的疏忽，就是他在那裡不斷發號施令。

我來到跟前，倆人誰也顧不上理我，我鬱悶地順著嬴胖子的眼神一看，差點氣樂了：只見一個太監化妝得稀里古怪，頭頂牛皮做的工程帽，腳蹬一條臨時拼湊成的背帶褲，下巴上還黏了兩撇馬尾巴做成的大鬍子，隨著太監的口令做出各種動作，一會兒爬高，一會兒又跳，還一邊伸手把吊在天上的金幣抓進口袋——這分明就是一個山寨版瑪麗兄弟嘛。

就聽秦始皇坐在那裡失望道：「哎，連個蘑菇也抹油（沒有）。」

我忍住笑，站在他旁邊說：「嬴哥，快，該拔旗了，拔它個五千分。」

胖子見是我，在木板上按了一下丟在一邊，身邊的太監喊：「暫停！」

遊戲裡的太監本來剛把一隻腳抬起，聽了這個口令頓時僵在那裡，一動也不敢動。

胖子揮手叫傳令太監退下，我拿過他手裡的木板一看，見上面用毛筆劃了一個十字，另一邊是四個鍵位，中間還有「選擇」和「暫停」。

胖子訥訥地也有點不好意思，說：「延詞（遲）太厲害咧，彆扭滴很。」

我在木板上胡亂按了幾下，既沒有了傳令太監，那位瑪麗自然是紋絲不動，一隻腳撐地憋得滿頭大汗。

我笑道：「你這機子一點也不靈啊。」我把木板放下，換上一副痛心疾首的表情說，「嬴哥，你又搞這些勞民傷財的東西。」

胖子見我有責備之意，辯解道：「餓無聊滴很麼，這個造好以後，阿房宮餓不弄咧還不行麼？」

還沒等我說話，一個七八歲拖著鼻涕的孩子忽然跑過來，搖著胖子的手央求道：「父王，給我也玩會兒吧。」說著眼睛直勾勾地盯著那個小木板。

胖子不耐煩地揮手道：「碎娃包亂髮（小孩子不要亂耍），影響學習捏——」

不知從哪冒出來的李斯在我耳邊說：「這孩子就是以後的秦二世胡亥。」

我急忙站起來掏出兩百塊錢塞在孩子手裡說：「來，初次見面也沒什麼準備，拿著買糖吃。」又忍不住笑道：「瞧這名字取的，胡害——」

嬴胖子忙道：「客氣撒（啥）捏麼。」又對胡亥道：「快謝謝你叔。」

小胡亥把兩張鈔票舉在陽光下看了半天，捏了把鼻涕道：「父王，這上面畫的是誰呀？」

胡亥道：「父王，咱們以後也把錢印上你的樣子，你說好不好？」

嬴胖子：「……」

看來這小子不光會胡害，還挺有政治頭腦的，不過他確實不像人家曹沖那麼靈氣，這樣的孩子一般不會對人有什麼戒心，要是教育不得當，身邊再有幾個壞人慫恿，不難成為後來那種混蛋皇帝。

想到我跟項羽還合夥欺負過人家，我不由得摸著小胡亥的頭頂愧疚道：「叔叔下次來，一定給你帶個遊戲機。」

秦始皇和胡亥都是滿眼小星星，異口同聲道：「真的？」

我白了胖子一眼道：「嬴哥你也不要亂髮（耍）了，抓緊點孩子的教育。」

胖子背著手忽然冷笑數聲，不說話。

我忽然產生了一種很不妙的預感，小心問：「嬴哥你笑什麼呢？」

秦始皇揮退不相干的人，只留下我和李斯，緩緩道：「餓想過咧，等餓顧上咧把該灑（殺）滴人一灑，六國一統一，好好兒滴當幾天皇帝。」

我不知道他所謂的「該殺」的人裡包括不包括劉邦和項羽，但基本上趙高這種人是跑不掉了，別看胖子表面不聲不響，可內心照舊是雄心萬丈，想著要創下比以前更輝煌的業績呢。

我搓手道：「嬴哥……告訴你個不幸的消息，不管是該殺的還是不該殺的，你都不能亂殺，你的任務就是繼續當你的秦始皇，從統一六國開始……」

我把人界軸的事原原本本說了一遍，李斯邊聽邊搖頭，最後道：「照你這麼說，以後焚書坑儒還得幹，萬里長城還得修？」

我無奈道：「只怕是這樣的。」

「這樣的話，嬴哥和我，一個皇帝一個丞相，實際上就是兩個照本宣科打雜的？」

我補充道：「只能說是高級打雜。」

秦始皇陰沉著臉，把腳下的一顆小石子踢遠，憤懣道：「那還不把餓無聊死？」

確實，人就是這樣，對未知會有恐懼，但更多的還是期待，如果你給他的人生設計好軌道讓他走，就算很完美，大部分人還是會逃跑。

我抱歉道：「對不起啊嬴哥，我不該來的。」

這句話我跟項羽也說過，我的到來除了能帶來短暫的歡聚和一時的幸運以外，給當事人還帶來了後半輩子的鬱悶，我想我以後在對待穿越任務的時候，很有必要抱著更謹慎的態度了。

秦始皇呆了一會，擺手道：「算咧，繼續當餓滴皇帝也抹油撒（沒有什麼）不好，少灑（殺）些兒人就完咧。」

他一句話讓我的愧疚頓時全部消於一空，合著我要不來這一趟，按他的想法還要殺更多人，這胖子是不是極端人格分裂呀？

咦，說到這個，胖子和李斯今天的狀態倒是都滿穩定的，李斯連一次讓胖子說「退哈」的機會都沒給。

我們正說著話，就聽旁邊撲通一聲，還在「暫停」中的那個瑪麗兄弟一頭栽倒了，他急忙爬起來誠惶誠恐地跪倒在地上對嬴胖子道：「大王恕罪，奴才實在是堅持不住了。」

我看了那太監一眼，跟秦始皇說：「嬴哥，你再玩幾天趕緊拆了，把木頭都還給老百姓吧。下次來，我一定給你帶個遊戲機。」

我忽然眼睛一轉，拍著胖子肩膀道：「對了嬴哥，以你現在的能力完全可以玩俄羅斯方塊嘛。」那個省工省料，技術難度低，而且可以反覆使用。

秦始皇有點黯然道：「你絲（是）不絲要走咧，撒（啥）時候才能再來麼？」

我勉強笑道：「既然把意思傳達到了我也就該走了，現在大家都剛回到自己的朝代，是事件多發期，用何天竇的話說，我得趕緊繼續巡邏去。」

胖子緊張道：「撒（啥）時候？」

我說：「吃了中午飯吧——我陪著你再吃一頓什麼都沒有的國宴，回去以後就能吃番茄雞蛋麵了。」

嬴胖子狠狠瞪了我一眼，賭氣道：「要不然這個皇帝你來當，餓回氣（去）。」

看得出胖子確實有點怠工的意思，在這待著只能重複昨天的事，應付一幫唯唯諾諾的大臣，吃不上番茄雞蛋麵，搞笑的是，張騫出使西域還得是劉邦奪了鼻涕蟲的江山以後，所以現在別說番茄，連蘿蔔、玉米、葡萄這些東西都沒有，對胖子來說，這是相當悲慘的事。

午飯就在我的蕭公館吃，除了二傻和胖子，李斯也在其列，二傻聽我們聊了一會兒忽道：「這裡又用不上我，我要跟你回去！」

我抱歉地說：「軻子，不是我不想帶你走，實在是帶人不保險，還有，把你帶回去不知道跟天道犯不犯忌諱，你等我弄明白了再來接你。」

胖子滿臉不愉：「當個摸油（沒有）懸念滴皇帝歪（那）摸（沒）意思滴很……」他忽然跟李斯說：「要不你替餓當？」

李斯急忙擺手：「嬴哥，都是自己人，你這麼說說就算了，以後千萬別開這種玩笑，我可不想死在小胡亥還沒登基以前。」

我有點不自然地看著李斯道：「李哥，你是怎麼打算的？」這些人裡，荊軻已經完成了自己的任務和歷史使命，可以輕鬆了，秦始皇是以後自己病死的，只有李斯的命運最悲慘，雖然當了幾年丞相，可最後落了個腰斬的下場。

李斯毫不當回事地笑道：「嗨，我還是那樣唄，不就是一刀嗎？我等著挨就是了，這有什麼看不開的，上輩子得病死得更難受，再說——」李斯有點自嘲卻掩飾不住關切道：「再說我妻兒老小不是還在你手裡當人質嘛！」

原來他還是放不下他的老婆閨女，他情願去挨那一刀，多半還是怕自己要不順應歷史牽累了在另一個時代的親人。

我拍著胸脯說：「你放心，你閨女以後就是我乾女兒，她婆家的事也包在我身上——稱象那小傢伙你知道吧，那是我乾兒子……」

算上厲天閏和費三口兩家的閨女，曹小象已經有三個預選對象了，或者不用選都收了後宮？

李斯湊到我跟前小聲說：「嬴哥那你放心吧，有我提醒著他呢，我以前可是教歷史的。」

我笑了笑道：「就這樣說定了，我也該走了。」

在場的人都有點傷感，二傻快跑幾步搶先來在我車前，低著頭用腳踢地上的土，就是磨磨蹭蹭地不想讓我走，他用一隻手拉著車門，身子向後傾斜道：「我想包子他們了——」

我勉強笑道：「有機會，我一定帶她來看你和嬴哥。」

二傻不依不饒道：「還有李師師那個小妞，還有大個兒他們……」

我一邊胡亂答應著一邊上車，蒙毅見狀過來道：「蕭校長，您要走了？」

我笑著說：「是呀，可惜沒見上你哥，待我向他問好。」

蒙毅納悶道：「蕭校長見過我兄長？」

「呃……仰慕而已。」

李斯上前低聲道：「其實這位蒙毅以後也是個了不起的人物，不過要說到滅六國，還得說王家父子——」

我奇道：「王家父子？」

李斯朝院子裡的王將軍努努嘴：「你饒了一命的那小子就是王賁，他爹就是鼎鼎大名的王翦，現在是秦國的大司馬，正領著兵在外面打仗呢。」

我意外道：「哎喲，聽說過聽說過，王離跟他們怎麼論？」

李斯道：「那是王賁的兒子，後來被項羽打敗了。」

還挺複雜——王賁欠我個大人情，項羽是我哥們，以後見了怎麼處啊？

王賁因為是跟著秦始皇來的，所以沒有大王的命令他不方便來跟我道別，但是眼睛卻一個勁地衝我眨啊眨，胖子道：「王賁，去跟齊王道個謝。」

王賁急忙一個箭步來到我車前，滿富感情地道：「齊王……」

我擺手道：「啥話也別說了，等我老婆來了，讓你爸把大司馬給她當幾天，咱倆就兩清了。」

王賁：「……」

我緩緩發動車子，衝身後的眾人搖了搖手：「兄弟們，以後再見。」

看著後視鏡裡漸漸遠去的二傻和嬴胖子，我心裡又有點難受了，幹我這個活，就是要在不停的歡聚和分別裡度過，可是我也不知道什麼時候才能來一次真正的歡聚，起碼把五人組湊齊，有可能的話再找到三百和好漢他們……

我剛回來就收到包子的好幾條簡訊，前幾條還氣勢洶洶地質問我跑那裡去了，後面幾條開始可憐巴巴地讓我回電話，等我把車停在草坪上時，趕緊給包子彙報，包子正在花木蘭的陪同下在醫院做檢查，聽我回來也就放了心。

這樣不行啊，老三天兩頭地瞎跑聯繫不上，包子遲早得懷疑！

家裡吳三桂也不在，我喝了幾口水，叼了根菸就去敲何天竇的門，結果他和劉老六這倆老神棍都不知道去哪了，這時顏景生給我打了一個電話，說是我又有新客戶到了，他已經通知王寅去酒吧接人了。

我就開著車去見這位新客戶，到了育才的老校區，見王寅剛從階梯教室出來，我問他：「新客戶呢？」

王寅指指身後的門說：「剛送進去，他們正開歡迎會呢。」

我這才想起今天是星期五，客戶們固定的開交流會的時間，新人趕上這個時間點，正好交流會和歡迎會一起開。

我點點頭，剛要推門進去，就聽王寅跟剛趕來開會的方鎮江笑說：「剛接來的這哥們太搞笑了，說他臨死之前是被人用鞋底抽暈過去的，哈哈哈……」

方鎮江也失笑道：「誰呀，這麼衰？」

王寅道：「秦朝來的，說是叫秦什麼來著……」

不知道為什麼，我聽了這幾句話忽然莫名地感覺到一陣不自在，好像是哪裡不對勁……

這時我推開了會議室的門，講臺上，一條高大的漢子正跺著腳，義憤填膺地說：「我他媽怎麼這麼倒楣，碰上那麼個傢伙，就會掄鞋底子……」

我終於知道哪不對勁了，講臺上那位，赫然正是秦舞陽！

「是你？」

「不是我！」

當秦舞陽和我相遇時，我們之間產生了這句經典的對答。

本來要是他沒看見我的話，我還想先回避一下，等這哥們冷靜幾天，或者我換身衣服改個髮型，用別的身分來見他。

可是現在一切都晚了，秦舞陽一見我，就像一個悶了幾十年的老光棍看見一個妙曼的裸體女郎一樣，從講臺上衝了下來，十根指頭開開的探在胸前向我撲來，狂喝道：「我掐死你！」

從我接待客戶以來，人們還沒見過這麼熱情洋溢的打招呼方法，在座的眾人都笑咪咪地看著他，紛紛議論：「這可能是秦朝的禮節。」

只有我明白，我們之間的恩怨可不是一句兩句能說清，我一溜煙轉到方鎮江身後，探頭探腦道：「你聽我說……」

這時秦舞陽已經來到近前，方鎮江意識到不對勁，伸手化開秦舞陽的攻勢，摟著他的腰把他扳倒在地，失笑道：「你這人怎麼回事，小強跟你有仇啊？」

秀秀道：「他倆就不可能見過嘛——」說著給秦舞陽介紹道：「這是咱們蕭校長。」

秦舞陽不聽這句話還罷了，一聽到「蕭校長」三個字更加氣急敗壞，眼裡冒火道：「對，就是他，我聽見過有人這麼叫他。」

方鎮江一邊阻止著繼續撲上來的秦舞陽，一邊道：「喂喂，有話好好說，你們怎麼認識的？」

方鎮江不愧是練了八年少林寺功夫，把秦舞陽拽得團團轉，秦舞陽眼見報仇無望，索性站在當地指著我怒道：「就是他用鞋底子抽我！」

眾人啞然，李世民笑道：「怎麼可能嘛，小強難道還能跑到兩千多年以前去見你？」

秦舞陽橫他一眼道：「你是何人？」

朱元璋抱著同行之間應該相互捧臭腳的想法，隆重介紹道：「這位是大唐的皇帝，比你當時要刺的秦王級別還要高。」

秦舞陽往地上啐了一口道：「他媽這些人沒一個好東西！」

趙匡胤狠狠拍了拍桌子！……

秦舞陽再次指住我喝道：「你們問他有沒有這回事！姓蕭的你敢不敢承認？」

我翻著白眼道：「這又不是什麼丟人的事，幹嘛不敢承認。」

人們見我居然應了下來，不禁一陣納罕，方鎮江詫異道：「這麼說你去過秦朝？」

我遲疑地點點頭，會場裡忽然站起一人道：「小強，在座的都是自己人，我看你也不用再隱瞞了。」

正是吳三桂，原來他跑到這開客戶會來了，我可以穿回去的事，他和花木蘭是知道的。

吳三桂這話一說完，整個會場忽然一片肅靜，繼而頓時大嘩起來：「小強還可以回去？」「他回去，那我們回不回去，這不是亂套了嗎？」

忽然有一人站起，帶著顫音問我：「這樣的話，我是不是也能回去看哥哥們了？」正是花榮。

他身邊的關羽關二爺也發呆道：「回去……那我豈不是能見到大哥和三弟了？」

這兩個人這麼一討論，立刻帶起周圍一片人的遐想，亂哄哄地議論起來。

秦舞陽抓狂地揮舞著手臂道：「別吵別吵，先解決我的問題。」

眾人怒道：「你有毛問題！」

秦舞陽隔著方鎮江，用手點指我道：「他……」

方鎮江不屑道：「他什麼他，不就是用鞋底打了你兩下嗎？我們這比你苦大仇深的多了，前段時間，項羽和劉邦、我們梁山好漢和八大天王都能一塊相處，你有什麼不能接受的？」

成吉思汗道：「要較真的話，我們這四個人（說著指指李世民和另兩個皇帝）互相也算是仇人，可我們還不是和和氣氣的，男兒的胸懷就應該像草原一樣廣闊。」

顏真卿微笑道：「刺秦的秦舞陽是吧？很遺憾地告訴你，你的形象一直是當反面人物出現的，書上都說你一上咸陽殿就畏縮不前了，可要照你說的，倒是小強成全了你。」

秦舞陽沉著臉道：「總之我是因他而死。」

毛遂過來摟著秦舞陽的肩膀道：「兄弟，你這麼說就不對了，當時就算小強不在場，還有那麼多衛兵呢，還有——不是哥哥我說你們，威脅君主嚇唬嚇唬也就行了，沒想到你們真殺，你們這屬於沒有職業操守。」

李世民出來打圓場道：「好了好了，說到底這都算是上輩子的事了，誰也不許再沒完沒了。」

秦舞陽帶著哭音叫道：「你們說完就完啦？」

這幫人為了快點把這篇揭過去，好問我回去的事，渾沒顧及到秦舞陽那顆需要安撫的心，我同情地看著他說：「兄弟，我對你個人沒有任何意見，之所以阻止你，一是因為秦始皇是我朋友，二是他不能死，這麼說吧，他要不死，不管怎麼說你還混個千古留名，在我這還能消閒一年；他要是死了，你我，包括在場的諸位都得玩完。」

李世民關切道：「小強給咱們好好說說到底怎麼回事。」

緊跟在他身後的幾個皇帝也都把腦袋探了過來，理論上說，上輩子過得越好，自然就越希望回去，而有資格到我這裡的，基本都是聲名顯赫的傑出人士，所以他們一聽還有回去的希望，無不關心。

我走上講臺，清清嗓子道：「是這樣，大家現在一定都相信這個世界上有神仙了吧？那麼，在神仙之上，還有一種制約力量叫做天道……」

我特別著重說了關於歷史軌跡不能更改的事，這應該是一個不太好的消息，誰願意總重複過去的老路啊，而且一重複就是一輩子，連自己什麼時候得意，什麼時候失意，什麼時候嗝屁著涼都知道，這對這群創造力和控制欲旺盛的人來說絕對是不可忍受的。

果然，我說完以後，人們面面相覷沉默了好一會兒。

吳道子小心地問：「這麼說的話，我們回去以後，你要是不去找我們，我們甚至都不知道自己活著？」

我撓撓頭，這個問題太難回答了，這已經超越了哲學，快上升到倫理問題了。

還沒等我想出答案，花榮已經不管三七二十一道：「那我以後死了，是不是又能和哥哥們在一起了？」

我又氣又笑：「你就甭指望了，天道總有恢復正常的時候，就算不是，你總比我活的時間要長吧。」

花榮還不死心：「你不是能任意來回嗎？下次你走的時候把我也帶上。」

方鎮江道：「還有我。」

我使勁擺手道：「不行不行，我要回去的話，那邊的花榮和武松都還沒死呢，你倆去了怎麼算？」

這個致命的假設一下就把花榮和方鎮江給打擊蔫了，兩人頹然坐下，低頭不語。

朱元璋眼睛一轉道：「小強，那等我們走了以後，你就再帶上藥去找找我們唄。」他身邊的趙匡胤也使勁點頭。

我笑道：「你們要是不改變歷史進程，我找你們幹什麼？」

朱元璋想了想道：「這樣吧，你找完我們以後，我們照樣不改變什麼不就行了麼？我是實在不想喝完那碗孟婆湯以後再把自己是誰忘了，你等我當了皇帝以後再去找我，我吃了藥就算只能按部就班地活著，可至少知道自己是誰，是怎麼過來的，還能當個十年二十年安穩皇帝，你們說是不是——」

趙匡胤和李世民忙表示贊同，其他人也有不少轟然叫好的，這些人來我這不是被迫無奈，都是自己選的，他們之所以這麼做，無非是留戀前生，現在得知能回去，居然有一多半人叫嚷著讓我去找他們，這樣也就等於過了兩世不同尋常的人生，只不過後一世少一些懸念，多一些清醒——用一句概括，他們寧願生活無聊一點，也不願意失去一段記憶，迷失了自己。

扁鵲和華佗對視了一眼，忽然一起站起來說：「小強，請你務必在我們倆走以後去找我們一趟，我們研究的抗癌藥已經有了門道，但是時間明顯不夠了，假如你能在我們回去以後幫我們恢復記憶，就一定能成功，到時候你可是無數人的救星。」

我滿眼小星星道：「這個要求看來我無法拒絕，諾貝爾醫學獎在向二位招手了。」

華佗只是淡淡一笑，扁鵲道：「沒出息，老惦記著外國人的那點獎幹什麼，你不會設個華佗獎扁鵲獎，甚至是小強獎超過他？」

這句話如同當頭棒喝，我茅塞頓開道：「對，以後咱們設立一個育才獎，讓所有老外都來搶。」

李世民呵呵一笑接口道：「然後心甘情願地搶不著——」

瞧瞧，這就是帝王胸懷。

這會兒會場上又有人七嘴八舌地給自己找理由讓我去看他們，我連連揮手道：「這個問題咱們今天就到此為止，以後具體情況具體對待。」

我來到秦舞陽面前說，「這下你明白了吧？」

秦舞陽嘆息道：「哎，明白不明白的有什麼用，只能認了，就算我想殺你，他們也得讓啊。」

……

我回家以後，看見何天竇屋裡的燈亮著，我一頭撞進去粗聲大氣地喊道：「你們兩個老不死跑哪兒去了，老子有事問你們。」

劉老六嘿嘿笑道：「看看，我就說這小子不會領情吧。」

我愕然：「領什麼情？」

何天竇道：「你先說你有什麼問題。」

我氣咻咻道：「我問你，李斯上輩子怎麼是現代人？」

何天竇笑道：「這有什麼奇怪，這是一直都存在的現象，你以為秦朝人死了以後只能再投生到漢朝啊？六道輪迴聽過沒，既然是輪迴，現代人死了當然就有可能投到秦朝，不過投胎到前代的事情在以前不怎麼常見，人界軸倒了以後多一些罷了。」

我恍然道：「難怪花榮方鎮江他們上輩子還在宋朝，這輩子就一下到了二十一世紀，原來是這個原因啊。」

我又轉頭面向劉老六，「該你了，說吧，秦舞陽成了我客戶我沒什麼意見，為什麼他居然是那個被我抽暈的秦舞陽？」

劉老六無辜道：「這也沒什麼呀，你以為歷史上有幾個秦朝？既然你穿回去把人家抽暈了，當然就得允許人家記得你，人界軸倒了只是讓時代平行而已，又不能多出一截來。」

我整理著思路道：「也就是說秦舞陽被我抽暈以後，不管史官按不按事實寫，那是他們那一段裡的事，但是已經傳不到後世了？」

劉老六打個響指：「你終於了解了。」

我攤手道：「等等，那我又糊塗了，既然這樣，我為什麼還要巴巴地跑來跑去阻止他們改變歷史呢，反正各過各的，就算項羽把劉邦打敗坐了江山，我們還是我們，在下一截人界軸裡，劉邦的子孫還是漢朝的皇帝，對任何人都沒有妨礙呀！」

何天竇道：「沒錯，就是這樣呀。」

劉老六看我馬上要崩潰的樣子，笑道：「這個我不是早就和你說過了嗎，之所以要順應歷史，是因為天道的監視，雖然任何朝代的巨變都不會影響到整個人界軸，但在天道的默認思維裡不是這樣的，它只認它那一套，打個比方說，它就像一台刷卡器，而我們是一張磁卡，磁條上有裂痕的話，它就會認為這張磁卡已經壞了，它吐卡，我們就會被抹殺。」

我只覺靈台一片空明：「我所做的這一切，目的只是騙過天道？」

劉老六和何天竇一起鼓掌：「誒，大澈大悟！」

我跺腳道：「那你們不早說明白，搞得老子還以為自己多偉大似的。」我隨即捅著劉老六的腰說：「你剛才說什麼，我領你們什麼情？」

何天竇自信滿滿地拿出一張紙，跟我說：「剛才你也明白了，咱們要幹的不過是利用天道的漏洞蒙混過關，等咱們這張磁卡被它放行就萬事大吉了，要想讓它放行，咱們的磁條就得順順當當地下來……」

「少廢話，說重點！」

何天竇一拍手：「接下來絕對是真正的重點——我和老六不眠不休幾天幾夜，終於研究明白一個關鍵，歷史其實就是由每個朝代的那麼幾個點構成的，你只要抓住這幾個點，其它瑣事大可不用管它，我們這幾天就是把這些關鍵的點都找出來了。」

我正色道：「你們把這些點找出來又能怎麼樣？」

何天竇揚了揚手裡的紙：「我們管這張紙叫集點表，在這張表上，秦始皇只有三個點，項羽只有兩個點。」

「……什麼意思？」

劉老六得意道：「這就是說，秦始皇一生只要做三件事就可以蒙混過關了，而項羽只有兩件，他們把這兩三件事做完，其他時間是不是就可以很輕鬆了呢？」

只是一瞬間，我豁然開朗，驚喜道：「照這麼說，他們只要完成這表上的幾件代表性任務，就可以不再顧忌什麼歷史影響，能舒舒服服重新做自己了？」

兩個老神棍緩緩點頭。

我看看何天竇手裡的紙，一伸手，何天竇卻縮了回去，他扇著風跟劉老六說：「剛才我好像聽有人罵咱們兩個是老不死來著——」

劉老六悠悠道：「是呀，還說什麼兩個老光棍什麼什麼的。」

我忙陪笑道：「你倆都是我爺爺，是我祖宗！」

劉老六道：「不對呀，我們都是老光棍，哪來的……」

第四章

逼上梁山

何天寶語重心長道：「我明白你的心情，

其實你不用有心理負擔，方臘就算得了天下也改變不了歷史，

大混戰只能把更多的人波及到戰爭裡去，你去把這件事早點了結了，

也算解萬民於倒懸，還有，你看看表上的梁山。」

不等他說完，我趁何天竇不注意，一把把他手裡的紙搶了過來，罵道：「兩個老不死還得寸進尺了。」

劉老六看看無語中的何天竇跺腳道：「你怎麼不防備著他呢！尤其正是咱揚眉吐氣的時候。」

何天竇委屈道：「誰能想到啊，我還從來沒見過這樣的。」

劉老六嘆道：「跟你合作從來就沒默契過，老何呀，不是我說你，你是不是下界以後在西洋鬼子那兒待的時間太長了，紳士那一套根本吃不開嘛，對小強這樣的，你就得像防我一樣防著他！」

我和何天竇：「……」

我背轉身仔細地看著紙上的內容，見上面密密麻麻都是螞蟻頭大小的字，一個格一個格的那是朝代，我先看秦始皇那一格，上面只寫了一個秦朝，然後括弧裡寫著秦始皇三個字，他需要做的三件事是：統一六國、修長城、造地下秦始皇陵。

短短一行字已經涵蓋了一個朝代，在胖子後邊是秦二世胡亥，胡亥名字後面批著幾個簡單的字：為劉項聯軍所滅。

我再看項羽的，也是寥寥幾字：鴻門宴、輸掉垓下之戰。

看到這裡我不禁有點心驚，這點找得真毒啊，秦始皇統一六國那不用說，他所修的長城雖然給後世留下了一個世界奇蹟，可對當時的人民絕對是一個災難，長城能不能防住匈奴不說，為以後的民變倒是打下了良好的基礎，加上胖子一修地宮，還沒穩固的秦帝國立刻風雨飄搖了。

這三個點構成了胖子的一生，可以說不管是誰做完這三件事，都可以成為那個後世毀譽不定的秦始皇了，至於胡亥，本來就是歷史上曇花一現的人物，他的歷史使命就是給人家搞定……

而項羽就更慘了，鴻門宴和垓下之戰，基本上是他一生最大的兩個轉捩點，鴻門宴上他要殺了劉邦，就等於七分江山到手，劉邦再有韓信張良，他們未必一心；而鴻門宴以後，項羽其實還是占盡主動的，按常理發展的話，他沒理由失敗，但歷史是不能這麼假設的，所以楚霸王有垓下一敗，不論他的一生有多少勝利多少榮耀，這兩個點就把項羽卡得死死的了。

我問何天竇：「這個準嗎？」雖然有點缺德，但總好過沒頭蒼蠅一樣亂撞，至少這表上沒阿房宮，省下的料能讓嬴胖子多蓋座遊戲場。

何天竇道：「錯不了，這也不是我們自己總結的，而是根據以往天道運動的記錄拓下來的，頂如一字一句都是天道的指示。」

我說：「那就行了，我這一兩天得趕緊再去趟嬴哥那兒，既然沒有焚書坑儒，就讓他少殺點人吧。」

劉老六忽道：「這一兩天你估計沒工夫。」

我篤定道：「有，正好我沒什麼事……」

劉老六凝重道：「你得去北宋跑一遭。」

我納悶道：「我去北宋幹嘛？」

劉老六道：「你先看看表上的北宋。」

我低頭找了半天才找著一行小字：北宋為金所滅。

這行字上面，是自趙匡胤以來直到宋哲宗的名字，別人都有自己的點——也就是都有自己的事做，只有到了宋徽宗這就這麼一行小字，這老小子跟胡亥一樣，對歷史最大的貢獻就是把自己祖輩的江山斷送了。

我笑道：「這好啊，簡單明瞭，我去幹什麼？」

劉老六道：「方臘提前起兵造反了。」

我抓抓頭說：「不對呀，方臘給我當木匠呢，他回去了嗎？」剛才開會我還見他來著。

「方臘是沒回去，可是那五十四條好漢不是回去了嗎？他們一回去，原來的軌跡都沒了，那個時代的方臘提前造反也就沒什麼稀奇了，這跟秦始皇他們回去以後，秦舞陽被你抽暈一樣是連鎖反應。」

我說：「那怎麼辦？」

劉老六道：「解鈴還須繫鈴人，這事還得著落在梁山好漢們身上，總之，你得回去阻止方臘。」

我鬱悶道：「為什麼要這麼做呢，造反讓他們造去唄。」

劉老六搖頭道：「方臘一反，很有可能真的一鼓作氣滅了北宋，而北宋必須是由金國來滅的，這就是最大的問題。」

我啞然道：「不至於吧？」

何天竇插口道：「方臘和宋江作為農民起義軍是很有勢力的，但是因為他們最終沒能改朝換代，所以在正史上很少被人提及，他們失敗的原因也很多，不過再來一次，結果就很難說了，當時北宋政權已經腐朽到了極點……」

我說：「這不就結了，總之結局是被金滅掉。」

何天竇侃侃而談道：「不一樣，記住，被打敗的只有政府而不是民族，北宋如果真能做到上下一心，金國是不可能贏的，萬一方臘先一步得了江山，那就等於是北宋滅在了金國侵略之前，這就與天道不符了，別忘了那時的梁山還沒招安，方臘少了這致命的敵人，真能當了皇帝也說不定。」

我攤手道：「那你想讓我怎麼辦，這營生沒一個團的聖階魔法師根本沒戲呀。」

何天竇道：「所以讓你去找梁山的人，好在宋江是一心想招安的，你去找上他，然後領著他去見李師師，李師師把宋江介紹給宋徽宗，招安，除方臘，這樣歷史就可以回去了。」

我聽得寒毛直豎：「怎麼沒一件是人事啊？」

何天竇語重心長道：「我明白你的心情，可是沒辦法，其實你不用有心理負擔，方臘就算得了天下也改變不了歷史，大混戰只能把更多的人波及到戰爭裡去，你去把這件事早點了結了，也算解萬民於倒懸，還有，恐怕你不得不這麼做——你看看表上的梁山。」

沒想到這上面誰都有，我再一找，距離宋徽宗不遠的地方就有梁山的點：平方臘！

我注意到括弧裡連招安都沒有，這就是最缺德的地方，它只用一個點把你串起來，要不招安好漢們憑什麼要跟方臘作對？我使勁搓著手，滿臉為難。

劉老六嘿嘿笑著摟住我的肩膀說：「別那麼苦大仇深，任務其實挺簡單，咱們好好研究一下，總能糊弄得過去，天道這東西，你不糊弄它，就對不起自己的良心，它再厲害畢竟是個死玩意兒，再說咱們時間還充裕。」

同是神仙，劉老六說話我就愛聽多了……

我說：「最快我只能後天出發，既然是要去梁山，方鎮江就不說了，花榮那裡我總能問到點該注意的東西。」

我決定先不告訴育才版方臘和四大天王他們，要讓他們知道我這次要去攛掇上好漢們再打過去版的自己，真不知道他們會是什麼反應，起碼不利於他們和方鎮江花榮的團結。

劉老六點頭：「對，儘量對花榮也不要說實話，要不他一聽要打仗，非跟著你去不可。」

我說：「這兩天我還得陪陪包子，老是木蘭姐陪著她做檢查，醫院裡護士都以為她是單親媽媽，直罵男人沒良心呢！還有，老這麼也不是個事啊，總得讓她能聯繫上我吧，你知道剛懷孕的夫妻間正是敏感期，她要懷疑我有外遇我冤不冤啊？」

說到這，我忽然想起一件事，趕忙又說：「對了，從嬴哥那回來的時候，車開在二〇〇七年我就能收到簡訊了，這怎麼解釋？」

兩個老神棍詫異地對視了一眼，奇道：「有這種事？」

劉老六道：「你確定是二〇〇七年？」

「確定。」

劉老六看看何天竇道：「那這是……」

何天竇琢磨了一會緩緩道：「你看是不是這樣——人界軸倒了以後，各個時代平行了，那把時代換成年月日，理論上是不是也成立呢？那麼二〇〇七年和二〇〇八年也是平行的，所以簡訊的時效性不受這個年跨度的影響，當距離適中的時候就收到了。」

我說：「那要是這樣，我在秦朝也就相當於在咸陽，為什麼收不到？」

何天竇道：「我怎麼知道，我都是猜的。」

我擺手道：「那算了，還有一個事兒，秦舞陽一年以後怎麼辦，他要再回秦朝我是不是還得阻止他一回？」

何天竇訥訥道：「這個……理論上不會，你知道，我們以前並沒有遇到過類似的情況，缺乏相應的處理經驗。」

「……那好吧，最後一個問題，你的誘惑草加工出來沒？」

何天竇一聽這個，馬上變得自信滿滿，從樓上拿下一隻大口袋來，放在桌子上攤開一看，裡面是滿滿當當的藍色小藥丸。

我像小孩子見到一袋糖果一樣：「這有多少啊？」

何天竇得意道：「你甭管有多少，反正夠你用了。」

我聽他這麼說，就一把一把往兜裡裝，何天竇急道：「誒誒，你揣那麼多幹什麼？」

劉老六按了按的他手道：「沒事，讓他裝。」

我又抓了一把說：「就是，你還怕我貪污不成？這東西又不是搖頭丸，我是能賣錢啊還是能偷吃啊！」

何天竇無奈道：「那你抓那麼多也沒用啊。」

「怎麼沒用，光梁山上就得五十多。」

何天竇擔心道：「我提醒你一下，給藥的時候，你可千萬注意記住誰吃過誰沒吃，要不一個人有三四輩子的回憶，這人非精神分裂死不可，還有，以我看，不建議你把藥給那五十四個人吃，藥是為李師師準備的，那五十四條好漢恐怕未必肯跟方臘作對……」

我揮手道：「行了行了，是你去還是我去呀。」

我一出門，剛好碰上從醫院做檢查回來的包子和花木蘭，包子一手叉腰，另一隻手圈住花木蘭的胳膊，挺著肚子慢慢往前踱步，我笑道：「檢查得如何啊？」

包子一見是我，立刻怒目而視，馬上又想起孕婦不能生氣，急忙調整出一副懶得搭理我的表情，只是用一根指頭指了指我的鼻子，表示讓我小心點，我忙一溜小跑走到她另一邊小心地攙扶住，滿臉陪笑。

吳三桂剛好從門裡出來，一見我們三個這樣，看看包子說：「你腳麻啦？」包子也覺得自己有點誇張，訕訕地甩開我和花木蘭，輕盈地飄到屋裡去了，花木蘭這才得空問我：「事情辦完了？」

我點頭。

吳三桂回頭張望了一下包子，小聲跟我說：「我想過了，你去梁山能不能把我帶上？」

「你去梁山幹什麼？」

吳三桂撓頭道：「我看看能不能幫上什麼忙，說不定還能撈著仗打。」

我笑道：「再過幾個月等你回去以後，有的是仗打。」

老吳變色道：「說實話，我是真不想回去，哪怕下輩子給人做苦力挨打挨罵也不想再那樣活一遍了──小強你記住，我走了以後你千萬別去找我，那樣的話，我又得為難兩次。」

我很想問問老吳，再給他一次選擇的機會他會怎麼做，可終究沒有問出口，我看看花木蘭道：「你呢姐，如果下輩子你老爹也不用上戰場的話，你還願意去當兵嗎，是不是找個人嫁了，安安穩穩地過一輩子？」

花木蘭對榮譽什麼的看得很淡，她上輩子吃了那麼多苦，再選一次應該會選真正做一回女人吧，我見她看包子的眼神裡滿是羨慕，她羨慕包子可以做母親。

因為花木蘭和吳三桂還沒走，所以表上沒有他們倆的資訊，可是花木蘭的存在對歷史的影響可以說微乎其微，我猜表上八成沒有她的點，那樣的話，她就可以選擇做一個普通人了。

誰知花木蘭毅然地搖頭道：「我還是要做我自己，去當兵，去打仗，因為那有我的國家，需要我保衛。」

我嘆道：「你要是能不女扮男裝就好了，在軍隊上找一個也挺好，兩人都是高工資……」

「呸！」花木蘭啐了我一口，揚長而去。

我乾笑著對吳三桂說：「三哥，你那個事也不好辦，清朝人去宋朝也就不說了，主要是我那車還沒有帶人的先例，出了事就不好了，就像登月和複製技術也是，一般都是先拿動物做實驗……」

「呸！」吳三桂啐了我一口也走了。

晚上我特別對包子進行了安撫工作，更答應她，忙完這段時間帶她出去度蜜月，她知道我是在忙關於客戶的事，這才不多問了。

第二天我直接去育才找到了花榮瞭解情況，旁聽的還有方鎮江，他很想順便多知道一些梁山上的事情，我把一顆藍藥拿在手裡衝他晃著說：「吃不？吃了就能想起你上輩子是武松的事了。」

方鎮江連連搖頭：「我覺得現在就挺好的，別吃了再跟老王（方臘）他們鬧彆扭。」

其實我也沒打算真讓他吃，我也沒告訴他們我這次去宋朝的真正目的，只說回去看看李師師，順便探望梁山的兄弟們。

關於歷史不能被更改的事，他們已經知道了，幸好吳用已經走了，否則智多星一推測，恐怕就明白我這回去不止那麼簡單，花榮遇事喜歡簡單對待，方鎮江更是粗豪的性格，所以兩人誰也沒多想。

花榮道：「你要想上梁山，東南西北都能上，在這四個方向的山腳下都有兩個頭領照看著買賣，其實是豪傑們投靠梁山的門戶，別人我就不多說了，你去的話，當然最好走北山酒店，那是朱貴和杜興負責的，我覺得這兩個人就算不吃藥也跟你能對性子，你只要說上山，他們也就簡單盤問幾句，就叫人來接你了。」

我說：「你們也不怕有奸細混上山？」

花榮呵呵一笑：「上去又能怎麼樣，梁山四面環水有天然的屏障，要想破梁山，得先過了張家兄弟和阮家兄弟他們，這可做不得鬼。」

我點頭道：「這我就放心了。」我還怕被當間諜處置了呢，朱貴在他的南山酒店當經理的時候，脾氣好像就不是太好。

花榮忽道：「誒強哥，照你說的歷史上什麼人必須還幹什麼事的話，那我那些哥哥們是不是還得招安打方臘？」

我臉色微變，勉強笑道：「不會，歷史沒他們什麼事，我就是隨便去看看。」

「哦，那……強哥你能不能讓他們不招安，至少別讓兄弟們分崩離析？」

方鎮江也說：「對對，還有別打方臘了，老王自己不是也說了麼，都是窮人，打來打去有什麼意思？」

我苦笑道：「那就要看你們的宋江哥哥是什麼態度了。」

方鎮江看了花榮一眼，有點遲疑道：「花哥，我有句話是從局外人角度說的，你別見怪——宋江就他媽不是東西！」

花榮無奈地笑笑，想說什麼卻欲言又止。

我說：「好了，具體情況我會到時候再看，其實花榮你也不用那麼揪心，兄弟們轟轟烈烈一場痛快了也就算了。」

方鎮江拍桌子道：「說得好——不過我還是得說，要沒宋江就更好了。」

花榮嘆氣道：「秀秀已經按後來的思維幫我分析過了，她說後世一般對宋江哥哥的評價都不太高，但是中肯一點說，大哥他的思路還是成熟的，他只是沒料到奸臣的副作用居然有那麼大而已。」

花榮抬頭看著我，可憐巴巴地說：「真的不能帶我走嗎？」

我笑盈盈地說：「是啊，你是花榮，梁山上也有一個花榮，你要回去，那個花榮的老婆也就是你老婆，這對現在的你當然沒影響，可過去的你就很狼狽了；而過去的你以後註定要投胎成為現在的你，跟秀秀結合，也就是說……我說你們四個到底什麼關係呀？」

花榮和方鎮江早已目瞪口呆，方鎮江頗有點幸災樂禍地說：「幸好我上輩子沒結婚。」

我手在空中一劃，跟花榮斷然道：「太複雜的就不說了，往簡單了說，梁山上有你過去的女人，而你再上梁山的事一旦被秀秀知道了……」

花榮寒了一個：「我不去了還不行麼？」

因為去梁山的準備工作，我還特意去見了關二哥，為的是把子母餅乾給他吃，自從在贏胖子那把趙白臉的餅乾也用了之後，我只剩下五片空白的了。

在所有的這些工資中，我最偏愛餅乾，它們與讀心手機和變臉口香糖最大的區別是：是賴以保身立命的最堅實的基礎。

尤其是去梁山這樣的地方，好漢們在沒想起我以前，其實就是一群土匪，跟前兩次比，項羽是割據勢力，秦始皇是一國諸侯，他們還要顧及到人心和律法，而土匪們根本沒有任何顧慮，法律和道德都約束不了他們，所以，我想我還是把保障做好為妙，就算平安無事，在那個崇尚武力的地方，有武聖人關二爺附身，起碼能讓人高看一眼。

二哥顯然有點心事重重，他一邊吃著餅乾一邊跟我說：「小強，你真的不能把我帶去見見大哥他們嗎？」

我甩手道：「二哥，你這是為難我，你跟花榮他們還不一樣，他們是又投胎轉世來到這個世界的，而你是直接從那邊穿過來的，他們回去也就是見見自己的孿生兄弟，你回去那可就是完完全全的一個人，你說這……」

說到這個我也犯難了，昨天忘了問劉老六他們，如果真的把二哥帶回去會有什麼後果，二哥要回，當然是得回到自己生前，可那會兒不是還有一個二哥嗎？這「兩」人見了面得是什麼樣？

二哥黯然道：「那你能不能等我走了以後去找我一趟？」

我認真道：「二哥，要是別人我也就敷衍過去了，可對你我得說實話，這得看情況，萬一我找完你，你更為難，你不是得恨我嗎？」

關羽嘆氣道：「我明白的，凡事不總得有得有失嗎？」

「如果再讓你敗走一次麥城怎麼辦？」

關羽臉色變了變，我握了握他的手道：「放心吧二哥，如果我覺得合適肯定去找你，比如光讓你斬個華雄什麼的。」

周倉小心道：「那我呢？」

我笑道：「你跟他們又不一樣，忠誠的朋友永遠不嫌多，我要去看二哥一定帶著你。」

反正是牽馬墊鐙的，大不了兩個周倉一個趴著，一個蹲著，二爺上馬就可以走臺階了。

安頓好亂七八糟的事，我直接找了個僻靜地方開車去梁山。經歷了兩次遠行，我已經有點習慣了，除了聯繫不方便以外，其實也跟旅遊沒什麼差別，這回就當去山東出趟差。

不過這次我多了個心眼，車開進時間軸以後不停地留意手機，我驚奇地發現：離開現代時它還有信號！甚至在清朝中前期，信號還是滿的，我給家裡打了個電話，吳三桂接起道：「喂？」

能通！

這可雷到我了，找項羽和秦始皇的時候我先入為主，根本沒想著這個問題，不過那兩次也基本可以確定是沒信號的，因為在贏胖子那看時間拿出來過，但信號是半路上從哪中斷的還真沒注意。

等到了明朝開始，信號有了波動，在四格和三格之間晃蕩，但相對還是穩定的，結果到了元朝電話還能打，簡訊卻很難發成功了。這個發現已經讓我很驚喜了，照這樣，到宋朝以後豈不是還能聯繫上花榮他們？

當指標指到地方的時候我抓狂了：信號最後一格也奄奄一息地離我而去，我差點就跳腳大罵，南宋的時候還有兩格呢！

我看看時間，從育才到北宋不過花了四個多小時，比真去趟山東還省時間。

窗外一邊是一片靜謐的樹林，另一邊是一條延展過來的小道，道邊一間原木裝潢風格的店鋪上題著三個大字：「貴興酒」——那個店字很可能是掉了，不過因為不礙事也沒人去修。

現在正是盛夏時節，酒店裡一個胖胖的一臉和氣的中年人正坐在那用蒲扇扇涼，看外表倒滿像一個老實本分、財源廣進的掌櫃，但是那隻跨在凳子上毛茸茸的大腿深深地出賣了他——明眼人一眼就能看出這位絕非善類，正是「旱地忽律」朱貴！

我驚喜之餘也有點意外，每回都這麼巧，想去哪就到哪，想找誰就能找到誰，不過倒也在常理中，總之車能停下來的地方就說明肯定有我的客戶。

這種感覺真的很奇怪，四個小時以前我還在育才，開了一會車就穿越了，總覺得似真似幻的，所以我老有一種並非穿越，而是開車到了旅遊開發區的錯覺，尤其是朱貴，看著是那麼熟悉，好像他還是逆時光的經理。

車在這裡暫時安全，朱貴並沒有看見我，我下了車走進店裡，一個夥計走上來懶懶問：「客官要點什麼？」

我看了一下四周，這店面大概有七八十平，卻只稀稀落落地擺了十來張糙木桌，那夥計無精打采地，也不像個正經做生意樣，我說：「聽說你們這有種酒叫五星……呃，三碗不過崗？」

朱貴抬頭掃了我一眼，不過沒說話。

那夥計把手巾往肩上一搭道：「要多少？」

我也不知道他們拿什麼算，隨口說：「那就來三碗吧。」

夥計去打酒，我就坐在朱貴對面衝他一揚下巴：「朱哥，最近挺好的？」

朱貴把腿放下來，笑笑說：「你認識我？」看樣子他經常遇到這樣套交情的，所以既不拒人千里也不過分熱情。

我笑著說：「不覺得我眼熟嗎？」

這會兒夥計已經把酒端上來了，砰砰砰三聲墩在我面前，濺得到處是酒。

朱貴看看我，笑了一聲道：「兄弟的這身行頭倒是稀奇得很。」

我跟花榮是瞭解了不少情況，可是衣服什麼的沒特別注意，一時也找不到符合宋朝審美觀的衣服。

我用手腕擋著，神不知鬼不覺地把一顆藍藥放在一隻碗裡，往朱貴面前擺了擺道：「這碗酒我請哥哥喝。」

朱貴終究是梁山實業連鎖店的常任經理，見我鬼頭鬼腦的樣子呵呵一笑道：「兄弟是不是手上有些不方便了，還是想上山，直話直說吧。」說著，真就端起碗來喝了一大口。

江湖上講的就是栽人不栽面，不管我是幹什麼來的，既然面子上到了，就不能駁了人家。

我趕緊趁熱打鐵，一口氣喝乾一碗道：「乾了。」

朱貴又笑一聲，隨即也喝乾了碗裡的酒。

這回換我笑咪咪地坐著，看著朱貴。

朱貴放下碗，眼神一閃，忽然朗聲笑了起來，莫名其妙地罵了一句：「狗日的小強。」

幾個店夥以為我在酒裡做了什麼手腳，全都神色不善地圍了上來，朱貴擺手讓他們退下，想上來跟我敘舊，我示意他冷靜，小聲問：「我鬼哥呢？」

朱貴衝櫃檯那一努嘴，只見杜興正百無聊賴地趴在櫃檯上，手裡也拿把扇子胡亂搖著，好像是快睡著了。

朱貴大喊一聲：「杜興！」

一張滿是智慧褶皺的醜臉應聲而起，大眼珠子骨碌骨碌轉著，手一抬一放間，扇子已經換成了一把鋼刀，茫然道：「官兵又來了？」

朱貴笑罵了一聲道：「過來喝酒！」

這時，我把另一顆藥放進了碗裡，杜興見是朱貴叫他，自然毫不懷疑地過來把酒喝了，他抹著嘴這才打量我說：「這位兄弟是……」下一秒，鬼臉換了副表情驚叫道：「小強？」

我們三個哈哈大笑著抱在一起，互相捶了幾下之後，朱貴和杜興衝那些土匪店夥高齊聲叫道：「快過來拜見你們一百零九哥！」

在到過我那裡的五十四條好漢中，除了張順阮家兄弟他們，我和朱貴杜興算最鐵的，朱貴屁股上讓人家捅了一刀，杜興幫著我釀酒，還跟人比過街舞，這些到現在都成了美好的回憶。

所以我們三個乍見之下又蹦又跳，店夥們面面相覷，朱貴、杜興喝道：「還愣著幹什麼，快叫哥！」

老大發話了，一幫服務生只得唯唯諾諾地胡亂叫了一氣，我得意道：「好好，既然叫哥了就不白叫，以後給你們改周休二日……」

朱貴湊在我跟前小聲道：「他們一個禮拜不是休三天就是休四天，你一來就給人家改五天工作日了。」

我嘿嘿乾笑，杜興問：「小強你怎麼來了？」

朱貴這才也問：「對呀，這是怎麼回事，我們不是都死了嗎？」說著他四下看看，見真是自己的南山酒店，這才稍稍放心。

我嘆道：「一言難盡啊，我現在急需見那些位哥哥們，這件事得大家一起合計合計。」

朱貴聽我這麼說也不多問，安頓杜興道：「那你先看著店，我帶著小強上山。」杜興點頭。

我往外指了指道：「車停這行嗎？」

朱貴看了看道：「停我店後面去吧。」

我上了車，朱貴派了一個夥計跟著我幫我，我跟他說：「等會兒啊，我先調個頭。」等我把車頭調好，夥計已經掩飾不住驚異之色。

我探出頭問：「從哪走？」

夥計這才回過神，把兩隻手向自己方向指揮著：「跟著我，往前來，走走走……」

我跟著他來到店後一看，才發現對面是一望無際的蘆葦蕩，我剛把車開在蘆葦蕩邊上，那夥計又轉到我車後指揮：「再往後點，倒倒倒，往左……好勒——」

我下了車一看，車子停得方方正正的，那夥計也面有得色，我差點給他十塊錢小費——這位上輩子絕對幹過泊車的！

朱貴拿出一張弓來，掛上響箭，朝著蘆葦蕩開了一弓，沒一會兒，一個船老大草帽上插著支響箭，面色陰沉地划條小船搖過來了。

朱貴見狀嘿嘿直樂，那船老大面無表情道：「朱哥，你箭法又精進了！」

朱貴樂道：「反正又沒尖兒，再說我又不是故意的。」

船老大抓狂道：「你要是故意的，箭神就不是花榮了，我說你以後能不能朝天上射？這都幾回了！」

朱貴壞笑道：「朝天上射？那不成了打飛機了嗎？」

「……什麼是飛機？」

朱貴笑而不答，拉著我跳上小船，對船老大道：「快走，上山。」

那船老大見有人上山居然要朱貴親自陪同，忍不住多看了我一眼，然後就和朱貴天南海北瞎聊起來。

他雖然不是什麼頭領，但久和朱貴打交道，就跟朋友一樣，我們三個人就這麼直向梁山進發。

那小船大概最多能坐四五個人，船頭尖削，在水裡吃力很小，船老大看似慢悠悠的划著，可每一槳撥出去，船就能前進一大截，等出了蘆葦蕩，更是像飛一樣在水上飄起來。

就算如此，我們也整整划了一個多小時，這才慢慢看見一座水寨，一個眉目頗有幾分熟悉的漢子正站在木板上閒逛，朱貴捅捅我道：「那是張順他哥。」

那麼這位是「船火兒」張橫。

我說：「對了，現在山上什麼情況？」

朱貴道：「剛把聚義廳改了忠義堂。」

那就是說現在祝家莊打了，晁蓋死了，座次也排了，朝廷的軍隊已經鬧了幾次灰頭土臉，是梁山的鼎盛時期，但是宋江的招安時機也慢慢成熟了。

朱貴道：「我說你上山到底什麼事？」

我唉聲嘆氣道：「不是什麼好事，跟方臘有關係，得好好找人商量對策。」

朱貴愣了一下道：「那我們先去找軍師吧。」

這會兒小船已經靠了岸，朱貴叫人取過兩匹馬來，我們騎著上山，這一路上，大寨套著小寨，人歡馬嘶，一時又是良田萬頃，山路也不太陡峭，只是慢慢延伸向上，如果不是剛坐船過來，這倒更像是一個城市。

朱貴得意道：「咱梁山怎麼樣，沒想到吧？」

我還真是沒想到，以前潛意識裡一直以為梁山就是水裡的一座小山，嘍囉都藏在樹林裡，手裡牽著絆馬索，真看來梁山作為割據勢力，還是跟一般那種山土匪是有區別的。

又走一會兒，山丁驟然多了起來，路也陡了不少，隨著越往高走，也就越接近梁山的權力中心，最後，在一道長長的山階上面，終於看到了那面傳說中的「替天行道」大旗。

馬已經騎不上去，朱貴帶著我邊爬臺階邊說：「哥哥們一般不回自己寨子的時候都在這裡住著……」

他話沒說完，迎面我就看見張清了！剛想喊，又急忙下意識地閉了嘴——他現在還不認識我，亂喊容易招來暗器。

上了臺階以後，眼前的情景完全變了，在廣袤的山頂上，屋舍鱗次櫛比，高高低低地相互依靠，卻一點也不顯凌亂，像一座放大了無數倍的白宮，這多半就是出自李雲的手筆。在最顯眼的地方是一處大廟似的巨廳，隱約可見裡面頗為深邃，廳頂掛三個大字：忠義堂。

屋裡屋外不停有人來回走動，日常的問詢聲和貓叫狗吠混在一起，根本沒有半點土匪窩的跡象。而且這次熟人可就多了，我看見段景住跟著一個矮子從我面前路過，聽朱貴介紹，那矮子就是扈三娘的老公「矮腳虎」王英。

朱貴隨口跟身邊的人打著招呼，看看天色道：「要找軍師現在正是好時機。」

我也看看天，憑感覺也就是下午兩三點鐘，我問道：「為什麼？」

朱貴道：「每天的這個時候正是軍師午睡完要喝茶的工夫。」

我說：「好『動手』嗎？」

朱貴伸手道：「來，把『貨』給我，我給他下藥去。」

我鬼鬼祟祟地把一顆藍藥遞在他手裡，一邊小心道：「說話注意點，免得引起人誤會！」

朱貴笑道：「不礙事，跟我走吧。」

我隨著他彎彎繞繞地來到一處院子裡，見正屋門大敞著，一個人躺在屋裡的涼席上正在午睡，看身材正是吳用，此外再沒別人，朱貴攥著藥，施施然踱進去，在裡面逗留了一會就出來了，往牆角那一蹲，眼望門口道：「等著吧。」

我愕然：「這就完了？」

朱貴道：「完啦。」

我汗了一個，原來這麼簡單。吳用怎麼說也算梁山上的頭幾號人物，我還說怎麼的也得費番周折呢。

我也跟著往牆根一蹲，沒過幾分鐘，吳用翻了個身坐起，臉上全是涼席褶子，他吧嗒吧嗒嘴，把桌上的茶碗端起，順手拎把扇子走了出來，身上穿著小汗衫，邊喝茶邊還有點夢囈，往蔭涼地的小木墩上一坐，掃了我們這邊一眼，波瀾不驚地問：「誰呀那是——」

朱貴笑道：「軍師，是我。」

吳用道：「哦，朱貴呀，有事嗎？」

朱貴不懷好意地笑笑：「沒事，等您醒了再說。」

我見吳用已經喝下大半碗還是無動於衷，有點急道：「你把藥下對地方沒？」

吳用聽我說話聲音耳生，又問：「朱貴，你旁邊那是誰呀？」

我這才反應過來，吳用是個大近視眼。

朱貴樂道：「是小強。」

吳用很平常地點點頭，把最後一口茶喝進嘴裡，然後站起身說：「小強你先隨便坐啊，我回屋找眼鏡去……」

聽到這句話，我和朱貴終於都樂不可支起來，吳用可能還沒徹底醒悟，白了我們一眼走進屋裡去了，翻騰了一會納悶道：「我眼鏡呢？」

下一秒，吳用狂奔出來，扶著門框喊道：「小強，你把我眼鏡帶來了嗎？」……

項羽醒了跟我要霸王槍，贏胖子醒了跟我要番茄雞蛋麵和遊戲機，二傻醒了跟我要收音機，現在，吳用醒了跟我要眼鏡……

人類的發展和科技進步的影響由此可見一斑，不過吳用這個更情有可原一點，畢竟眼睛是心靈的窗戶，剛才雖然看不清，至少還帶著三分睿智，這會再看他，摸摸索索地像個瞎子似的。

我笑道：「吳用哥哥，這次來得匆忙，下次幫你帶副隱形的。」

吳用這會兒已經徹底清醒，下意識地做了一個扶眼鏡的手勢道：「小強，你怎麼來的？」

「我開車來的。」

「……梁山外邊是什麼年代了？」

我明白他的擔心，笑道：「放心吧，不會有人開著飛機坦克來攻打梁山的。」

吳用鬆了口氣，衝我招手道：「來，說說怎麼回事。」

這就是吳用和朱貴他們的不同了，朱貴他們見到我最先敘舊，而吳用就想到我這麼「老遠」巴巴地跑來肯定是出事了。

我跑到屋裡又搬出兩個小板凳來，跟朱貴坐在吳用對面，沒說話之前先嘆了口氣，緩緩道：「這回我來找哥哥們還是因為方臘——聽說了嗎，方臘已經起兵造反了。」

吳用和朱貴面面相覷，都搖了搖頭，吳用道：「方臘他不是……」

我趕忙說：「老王那個方臘還在育才當木匠呢，我說的是你們這會兒這個方臘。」

吳用反應了一下道：「是，方臘死後變老王，他這會兒沒死，自然還是那個江南方臘。」

朱貴道：「反就讓他反唄——」他撓撓頭道：「這會兒的老方跟我們還沒碰過面，也就是說跟咱們沒關係。」

我尷尬道：「問題就出在這兒了，咱們梁山有個任務就是要去打方臘。」

朱貴立刻道：「憑什麼呀，不打！我覺得老方人還是挺不錯的。」

吳用凝神道：「你聽小強把話說完。」

我搓著手道：「是這樣，那些到過我那裡的人確實是都被送回來了，那一年相當於白送，可以說你們賺了一倍，但是隨之客戶們也都有了必須要完成的任務，基本上都是以前做過的標誌性業績，咱們梁山……是必須打方臘。」

我把人界軸和集點表的事原原本本都跟吳用詳細說了，尤其是一旦違規帶來的嚴重後果，土匪們做事全憑一己好惡，不把事態講清楚，只怕他們會投機取巧。

吳用聽得眉頭緊鎖，半晌無語，朱貴懊惱道：「這他媽叫什麼事啊。」

吳用緩緩道：「這事好生為難，而且恐怕必須得經過宋江哥哥的批准。」

我說：「宋江哥哥不是一心要招安嗎？」

吳用道：「我現在擔心的是咱們那五十四位兄弟吃了藥以後不肯去征方臘。」這也正是我最擔心的！在育才的一年，好漢們跟方臘表面上打打鬧鬧的，其實後來就跟哥們一樣，現在要真再打起來，我和他們都得彆扭死。雖然現在的方臘是無知無覺，可一旦掐起來，好漢是不是下得去手還是一個問題。

吳用又道：「如果不給他們吃藥，那麼大夥跟著想招安的宋大哥去打方臘還有可能……只是，這麼做不現實也不厚道。」

朱貴急道：「那到底怎麼辦呀？」

吳用毅然道：「方今之計，還是把大家都叫『醒』再說，畢竟人多點子也多，尤其是俊義哥哥和林教頭他們這些人。」

我說：「那麼多人呢，光靠我和朱貴兩個……」

吳用道：「我也來吧，咱們兵分兩路，我朝西你們朝東，老盧和林教頭那我包了。」

我往他手裡塞了兩把藍藥道：「那就辛苦軍師了，這藥我也不數了，吃不完的再給我拿回來。」

吳用點頭道：「對了，李逵那個黑廝就先別給了，咱們最後再找他，否則什麼事經他一嚷就被動了。」

我和朱貴都覺有理，我們剛走到門口，吳用又道：「還有，給過誰，沒給過誰都記著點，雖然這東西吃過的自己有感覺，但難免有個差錯。」

我覺得這個建議很及時，這藥少給了還可以補，要給重了後果就嚴重了！

我們剛出吳用的院子就碰上段景住了，朱貴和我對視一眼，從我手裡拿出一顆藍藥朝段景住晃道：「景住兄弟，給你個稀罕玩意兒吃。」

段景住乜斜著眼睛道：「你有好東西還肯給我？」說著拿過藍藥嗅了嗅，頓時被香味迷惑了，忍不住扔進嘴裡嚼了起來。

朱貴看了他一眼道：「過一會自己去找我們，我們再去安神醫那轉轉。」

段景住在我們身後道：「聞著香，吃著卻也沒什麼特別……」然後就有點迷怔地愣在了當地。

我知道這藥乾吃得過段時間才起作用，就把段景住晾著，跟朱貴繼續走，迎面一條紅髮大漢噎噎乎乎地走過來一拍朱貴肩膀道：「老朱，你不在酒店看家，上山幹啥來了？」

朱貴一邊胡亂應付著，一邊小聲問我：「咱那五十四個人裡有沒有『赤髮鬼』劉唐？」

我遲疑道：「沒有吧……」

「那甭管他——」朱貴小心地問我：「你能把五十四個人記全嗎？」

「呃……走著看吧，見了人差不多就能想起來了。」

我們第一次見時，他們這五十四個人就一窩蜂一樣亂哄哄湧出來，直到送他們走，我都沒機會系統地看一看這些人裡到底都有誰，同是土匪，畢竟還有身分和性格的區別，有的喜歡抛頭露面，就有那喜歡煢煢孑立的，相處起來終究是生熟有別，雖然應該不會弄錯，但我不得不說還是有一定的風險。

這就是有組織無紀律的壞處，像三百就不一樣，他們的隊形是固定的，我看得多了自然多少有個印象。

離了劉唐，再轉過一處院子，正是神醫安道全的地盤，院當中種了兩棵大古槐，安道全正和另一個老頭在樹下走棋，正是金大堅。

兩個老傢伙都是雞皮鶴髮，棋坪邊上端放著考究的紫砂壺，遠遠看去真有點古畫裡的意境，可是我深知這倆老頭都是臭棋簍子，走過去一看，果然——

「我跳馬將軍！」這是安道全。

「嘿，我回來。」這是金大堅。

「我再跳！」

「我上去！」

「我繼續跳！」

……倆老頭又在那磨棋砣呢！我背著手悠然道：「支士別馬腿。」

金大堅嘆道：「對呀，這招我怎麼沒看出來？」

這時朱貴已經把兩顆藥都下在茶裡了，朝我使個眼色：「走。」

金大堅把士支上去以後手舞足蹈道：「這回我看你怎麼辦？」

安道全求助地看我一眼，我都走出去好幾步了，最後還是忍不住道：「他支士，你就吃了他的。」

安道全看了一會，叫道：「對呀，反正他倆士已經撇開了，哈哈，這招我早就應該看出來了嘛。」

安道全得意之下端起茶杯來喝了一大口，忽然對快要走出門口我的背影「咦」了一聲，我回頭向他做個噤聲手勢，然後指指金大堅，安道全會意，朝金大堅大聲道：「快走，這局誰輸了誰喝茶……」

搞定安道全，金大堅就範也就是個時間問題，這才五分鐘不到，就已經召回三個人了，照這樣下去，一個下午應該能把人聚齊了。

朱貴一扯我，指著對面坡上一個小涼亭說：「看！那是誰？」

涼亭上，三條漢子懶洋洋地各靠著一根欄桿半倚半坐著，每人手邊擺一個酒罈，有一句沒一句地聊著，不時喝幾口酒，看著那叫一個愜意啊，其中倆人我認識，阮家兄弟裡的小二和小五。

我問朱貴：「還有一個是誰？」

朱貴道：「阮小七唄，還能是誰——小二小五，下來！」

阮小二和阮小五醉醺醺地懶得動彈，瞇著眼道：「什麼事啊？」

朱貴把手掌攤開露出兩顆橄欖一樣的藥丸：「稀罕東西，剛在酒店裡搶的——」

阮小二拍手道：「扔上來！」

朱貴一拋，阮小二順手接住，讚道：「喲，果真香噴噴的。」他往自己嘴裡丟了一顆，問那哥倆，「誰要？」

他和阮小五中間隔著阮小七，阮小七道：「給我。」

我和朱貴大急，朱貴喊道：「別給小七！」

阮小七三角眼一睨，笑罵道：「作死的朱貴，為什麼不給老子，老子還偏要吃不可！」

我們知道，在阮家三兄弟裡，阮小七有點偏執狂，你不讓他幹什麼他非幹什麼，最後硬是忍不住好奇心把龍袍還穿了穿，同時他也是本事最大的一個，聽那倆兄弟說，他能在水裡待七天不換氣，鯨魚都幹不過他。

阮小七這麼一說，阮小二便拿著那藥欲扔給他，朱貴急得幾乎跳起來，藥雖然有的是，但不是說誰都能吃的——阮小七上輩子要是得狂犬病死的，那他還敢下水嗎？

但是他們自家兄弟渾沒把這種小玩意當回事，既然阮小七想要，阮小二自然照辦，在這千鈞一髮的緊要關頭，我急中生智，大喝一聲：「阮小七，你給我下來！」

阮小七大概還是第一次被人這麼指著鼻子叫喚，雖然是土匪，可他怎麼也是天罡裡的頭領，不禁愕然問朱貴：「這是你朋友？」

朱貴道：「我不認識他。」

阮小七嘿了一聲，從涼亭上跳下站在我面前：「那就不用客氣了——我說你是誰的手下?」

看身段，阮小七陸地功夫絕不次於張清、楊志他們，現在他怒氣衝衝地瞪著我，我感覺腿肚子有點抽筋。

阮小二樂呵呵地進入看戲狀態，隨手把那顆藥拋給了阮小五。

這時，段景住慢悠悠地湊了過來，從剛才我們出來的院子裡，安道全和金大堅也都圍了過來，他們相互打量一眼，臉帶高深的笑意，彼此試探著問：「吃了嗎?」

後來，這句問候語在相當長的時間裡成為上梁山的切口，並長遠地影響了後世，現在，你只要在華人地區都能不時聽到……

第五章

真假招安

宋江道：「什麼叫假意招安？」

吳用朝他微一躬身道：「哥哥，事有輕重緩急，

這個話題咱們最好在平了方臘之後再討論，

當下不管真假，總之是要招安的。」

宋江一聽招安，便不再多說，他和吳用都在轉自己的小念頭。

面對阮小七，我就不信他還能揍得了我——這麼一會兒工夫，阮小二和阮小五也都清醒了，站在涼亭上衝我一個勁的笑，段景住、安道全他們也都圍過來和我寒暄，

阮小七奇道：「你們都認識啊？」

我拉了拉阮小七的手道：「七哥，久仰啊，可惜你沒去我那兒，要不奧運金牌也不會全被老外拿走了。」

阮小七納悶地左右看看道：「你們是什麼時候的朋友？」

好幾個人異口同聲道：「上輩子的朋友。」

眾人又是一陣大笑，我邊笑邊說：「都跟著我走吧，咱們把人召集全了再說。」

阮小二阮小五毫不猶豫地把阮小七晾在原地，跟我走了。

於是，在我身後就拉起了不短的隊伍，正好解決了找人的問題，只要遇到我以前的客戶，他們馬上就有人指給我，我們一路下來找到了蕭讓、朱武和歐鵬。

在一個拐角處，我見到一個帥小夥正在擦拭一張古弓，花榮！段景住一把拉住他的手對我喊道：「小強，快點快點，弄他——」

不等我說話，朱貴和阮家兄弟就要動手給花榮強塞藥，花榮猝不及防下被阮家兄弟拿住了手腳，失笑道：「哥哥們，你們幹什麼？」

朱貴正要把藥往花榮嘴裡放，我大喊道：「等等，錯了！沒有花榮。」

段景住白我一眼道：「怎麼沒有，龐萬春是你對付的呀？」

我跳腳道：「龐萬春是冉冬夜對付的——還有一個花榮呢！」

眾人一聽都是一愣，然後遲疑地離開花榮身邊，仍然不住回頭看他，花榮滿頭霧水道：

「你們搞什麼玄虛呀？」

蕭讓嘿嘿笑道：「你小子下輩子好命啊，又找一個漂亮老婆。」

花榮呆呆道：「啥意思啊？」

朱貴湊到我身邊小聲問：「花榮這怎麼算啊？」

我搖頭道：「反正不能給他吃藥。」

這是我這次要面臨的很複雜的一個問題，花榮武松在梁山和育才各有一個，其他的好漢是死於宋朝，然後在我那過了一年，一年後相當於又死一次，從育才離開又喝了一回孟婆湯，藍藥正好把他們的這碗湯的藥性解掉，所以他們能想起我是小強。

而梁山上的花榮和武松死後並沒有「隨團旅遊」，他們成了廿一世紀的普通人，因而沒有被天道送回梁山，自然也不需要吃了。

眾人依依不捨地離了花榮，阮小二道：「照這麼說，鎮江是不是也回不來了？」他已經習慣把武松叫鎮江了。

正說話間，只聽前面有人呼喝拼鬥，我們駐足一看，見方鎮江和寶銀，一個手拿兩把戒刀，一個手持禪杖正在比試功夫，一干人紛紛叫起來，有叫哥哥的，有叫兄弟的，語氣裡充滿親熱，他們雖然天天見，但恢復記憶之後卻是頭回碰面，就跟項羽當初見到虞姬一樣。

這倆人自然是正版的武松和魯智深，他們停下手看我們一眼，莫名其妙地呆在那裡。

告別了癡呆版方鎮江和寶銀，段景住抬頭一看，拽著我的胳膊道：「快看，三姐！」

果然，扈三娘背著手正在那東張西望，段景住叫道：「三姐，找什麼呢？」

扈三娘回頭一看：「正找你們呢——」

她一眼掃見我，忽然大步流星趕在我面前，二話不說把我腦袋夾在她胳肢窩裡，用拳頭擰我頭皮，一邊罵道：「不在家裡陪包子，滿世界亂躥什麼呢你，嗯？」

眾人相顧駭然，我手舞足蹈道：「你怎麼想起我的？」

扈三娘扔開我，手一揚道：「我從吳軍師那邊過來的，聽說小強來了，就溜達到這兒了。」說著，她指著我罵道：「上了山也不說先想著你三姐，嗯？」

我苦著臉道：「不行啊，我怕我王英哥哥不樂意。」

扈三娘一愣，段景住哈哈笑道：「今天晚上三姐可不用一個人睡了。」

扈三娘難得地臉一紅，踹了段景住一腳。

我阻住眾人道：「不能再瞎給藥了，吳軍師那邊也在行動，跟咱們這邊容易衝突到，三姐要是藥性揮發得慢一步，險些就給重複了，咱們最好能和吳軍師碰個頭，把人都聚齊，然後看看還落下誰了，最後統一行動。」

阮小五笑道：「小強還學會運籌帷幄了。」

我撇嘴道：「這算什麼，兄弟我一個人單挑七萬大軍，出入如入無人之境。」

好漢們早已瞭解我的秉性，只當我放了個屁，相互商量道：「家屬院人太多，給軍師打個電話，讓他去小倉庫會合吧。」

當他們意識到不能用電話之後又說：「應該先把戴宗哥哥找到來著。」這幫傢伙從現代回來以後，明顯要比以前懶了。

段景住道：「只能派個人去找軍師了，大家說誰去跑趟腿吧。」

眾人忽然齊齊指著他的鼻子：「你去！」

段景住頓時哭喪著臉說：「為什麼是我？」

眾人：「因為你最小。」

段景住指著我說：「這還一個一百零九的呢。」

神機軍師朱武正色道：「小強的事咱們先別往外傳，等和俊義哥哥他們商量完以後再定奪，我看這事最後還是不能瞞宋大哥。」

段景住死死拉著我的手說：「你放心，就算他們所有人都不同意你加進來，我也一樣把你當一百零九弟！」

嗯，下回就該我跑腿了！

段景住走後，我們也慢慢向他們說的小倉庫走去，一路上又收了七八條好漢，一路上也見了不少另外五十四位裡的名人，不停有人在我耳邊指點說：「看，那是『霹靂火』秦明。那是拼命三郎石秀！」「別胡說……什麼陳浩南呀，那是九紋龍史進！」……

我們到了小倉庫不久，吳用帶著一夥人也趕來了，遠遠看去就有不少是熟人：林沖、楊志，連同剛上山不長時間就見過的張清都赫然在內，他們老遠一見我，都是滿臉帶笑。

忽然一個人從人群裡衝出來嚷道：「小強你個王八蛋，我饒不了你！」

卻是董平張牙舞爪地撲過來，眾人趕忙攔住問怎麼了，董平氣咻咻地指著我質問：「我託你養的那兩條魚，你是不是我一走就給吃了？」

我想了半天才明白他說的是那兩條泥鰍——董平走了以後，我順手交給小六，然後小六順手就給油炸了。……

我納悶道：「你怎麼知道的？」

董平叫道：「我剛到奈何橋就在河裡看見牠們了！」

這時一人越眾而出，溫和笑道：「小強，歡迎你回家。」這人年紀在五旬開外，身材微胖，正是梁山的二把手盧俊義。

我上前一把拉住他的手道：「俊義哥哥，我想死你們了。」

盧俊義笑道：「我們也……呃，我們倒是沒怎麼想你。」

人們再次大笑起來，因為老盧說的是實話，他們要想我，那就亂了套了。

吳用笑著擺手道：「來，咱們坐下再說。」

梁山的所謂小倉庫可一點也不小，足有七八個籃球場大，主要放一些暫時用不著的兵器，我和吳用兩邊一共聚了三十多人，會場氣氛一度陷入混亂，這些「內部」人生死重逢，有回憶在育才生活的，有陶醉在新加坡比賽的，還有展望未來的，吳用跟我說他暫時還沒告訴大家我這次的任務，所以土匪們都很輕鬆。

而且這些人在我那兒待慣了，一開會就下意識地想摸出手機來玩遊戲，有嫌不開空調的，還有湊上來跟我要菸的，吳用明白大家都有很多感觸要發，所以也不急於進入主題。

這時，一個小瘦子在倉庫門口探頭探腦地往裡看，董平喝道：「時遷，進來！」

時遷閃身進來，嘿嘿笑道：「哥哥們都在呀——」

我和吳用交換個眼色，都搖搖頭，示意誰都沒給時遷發過藥，董平和張清見狀，同時站在時遷身後封住了他的去路，吳用拿出一顆藥來像哄孩子似的說：「來，時遷兄弟，把這個吃了。」

時遷一見那藥，下意識地往後站了一步，卻靠在了董平身上，他臉色微變道：「我不吃。」

吳用奇道：「你為什麼不吃？」眾人也很奇怪，一向貪小便宜的時遷不吃倒是稀罕事。

時遷不停擺手道：「不能再吃了，再吃連上上輩子的事都想起來了——」他轉頭向我道：「小強，你挺好的吧？」

聽他叫出我的名字，我不禁又驚又奇道：「我和軍師都沒給你藥，你是怎麼想起我的？」

時遷看了一眼眾人，不好意思地說：「我見軍師神神秘秘的不知道發什麼好東西，就忍不住自個兒從他那『拿』了一顆……」

在眾人歡聚中，吳用擺擺手道：「好了，下面開會。」

有人兀自問我道：「小強，你這次來，能不能再把我們帶回去？」

吳用道：「接下來我就要說這事了——小強這次來是有任務的。」

眾人依舊七嘴八舌地議論紛紛，吳用高喊道：「別吵，抓緊時間商量，還得打方臘呢。」

場面一下靜了下來，大家你看看我，我看看你，一起問：「打方臘？打方臘幹什麼？」

吳用嘆道：「本來是想等人聚齊了再說的，現在不妨先告訴你們，讓你們有個心理準備，小強這次來，是通知我們去打方臘的——咱們人回來了，相應的，以前那些事兒也得幹，也就是說，方臘還得咱們梁山去打，否則歷史被改變，咱們所有人都得死在天道下。」

在座的都是自己人，而且很多話不用說太明白大夥都能懂，所以吳用三言兩語就把事態講清楚了。

林沖沉吟道：「可是現在的方臘還沒有招惹我們，我們憑什麼貿然發兵呢？」

董平冷笑道：「就算上一次他們又何曾招惹過我們，還不是宋大哥……」說到這，董平也自覺失言，後面的話便不再往下說了。

張清頓時叫了起來：「就是說為了保咱們的性命，就非得再去把老王他們幹掉?!」

土匪們和方臘以及四大天王在一年時間裡早已冰釋前嫌，平時在嘴上爭個長短，但是一到真格的時候終究是下不去手，就連張清這樣跟厲天閏有深仇大恨的人也這麼說，其他人紛紛附和。

見到這個局面，說實話我挺欣慰的，這些土匪平時是混蛋了一點，但在大節上畢竟是無愧好漢二字，我急忙搶出去大聲道：

「哥哥們聽我說，關於打方臘那是無可奈何的事情，但是在細節上還可以再商量嘛，所以我才先找到你們，要不然我坐著看戲就好了。你們的宋江哥哥遲早還得招安，到時候再領著你們和老王殺個兩敗俱傷效果還是一樣，但是現在主動權在我們手上，大家群策群力，商量出個兩全其美的辦法來不好嗎？」

眾人一時沉默，盧俊義道：「小強，你不是說有個什麼集點表的東西嗎，你再拿出來我們看看。」

我把那張紙拿出來鋪在桌上，幾個頭領都圍過來看著。

吳用指著北宋那一欄道：「這上面說北宋必須要滅在金的手裡，以兩個皇帝被擄去為標誌，大宋軍備鬆懈這個只是時間問題，現在意外就出在方臘身上，他這一起兵，結果就難說了，而我們梁山的任務就是把他打敗，這兩件事既獨立又有聯繫，看來是非做不可。」

集點表在幾個頭領手裡傳來傳去，無一不是眉頭緊鎖，其他人都奮力往前擠，想看看上面究竟寫了什麼。

扈三娘乍開雙臂，把身邊的段景住、時遷之流都扛飛，抓過表看了一眼道：「咦，這上面寫的是平方臘，又不是滅方臘，我們把他抓住，別讓他造反不就行了麼？」

沉靜……所有人都不說話，盯著扈三娘。

扈三娘先是側開頭檢查了一下自己臉上是不是有髒東西，發現沒有不妥當的地方以後，這才理直氣壯地面對眾人道：「怎麼，我說的不對嗎？」

吳用呆呆地看了她一會兒，喃喃道：「很對……你說的很對，可是我們為什麼就沒想到呢？」

扈三娘不屑道：「你們腦袋裡轉軸多，誰知道你們犄角拐彎的冒什麼壞水呢。」

眾人大慚。

這就是文人和武人的區別了，其實要論計謀，除了吳用以外，林沖、盧俊義都是很成熟的政治家，這些人無論碰到什麼難題都講究從長計議，你給他們一個規則，他們首先想到的是扭轉這個規則，就「平方臘」這件事上，在不與方臘真的大動干戈的前提下，吳用可能已經想了很多計策，現在用讀心術讀他，起碼得翻好幾頁。

而扈三娘是個標準的武將，她平時只負責衝鋒陷陣，在她的理念中，只有朋友和敵人，殺和不殺而已，既然已經認定方臘是朋友，那麼和他拼命就不在考慮範圍內，所以她一看到這個「平」字，首先想到的就是打一場假仗，這跟羅成的佯敗回馬槍，張飛智取嚴顏是一個性質。

有這個「平」的前提，討論氣氛再度熱烈起來，如果是「滅」，那就是死仗，和方臘再惺惺相惜，最後也只能是你死我活，可要是「平」，如扈三娘所言，最有效的辦法就是把方臘擒住，事後再怎麼解釋那就簡單多了。

神機軍師朱武道：「按小強說的，方臘如果已經起兵的話，那我們就可以在平地上和他們一較高低了，這在地利上我們已經占了便宜。」

眾人點頭：「嗯，說的有理。」

朱武繼續道：「還有，方臘現在起兵肯定不如上次那樣準備充足，在天時上我們也占了先機，所以我們打這場仗，生擒方臘的可操作性還是很強的。」

眾人：「嗯，說的有理。」

……真懷疑這幫土匪上輩子是不是秦始皇的手下。不過朱武說的還真是在理，上回好漢們打方臘，是逼進方臘的老巢裡去，人家方臘也是一方勢力，高牆大寨的，土匪們被滾木擂石報銷了不少，尤其是張順他們那群水鬼，更是幾乎全部死於機關埋伏，但是要在平原上，梁山一百零八對方臘八大天王，那優勢就大多了。

張清摩拳擦掌道：「這回能跟姓厲那小子好好幹一仗了。」

吳用看看大家，忽然擔憂道：「如果去打方臘，必然還是我們一百零八位兄弟齊去，我們這邊的人明白內情，我擔心的是那另外五十四位兄弟不知就裡……」

盧俊義點頭道：「不錯，我們兄弟向來稱不離砣，要去自然是一起，那五十四個倒真是個棘手問題。」

林沖道：「依我看還是把話挑明了吧，包括小強的事，總這麼瞞著，大家相處起來彆扭，真要去打方臘，其餘的兄弟下手沒輕重，跟方臘做下死仇，只能又是你死我活的一場拼鬥。」

阮小二叫道：「怎麼說嘛，說我們死過一回？別人跟我這麼說，我是不會信的。」

盧俊義看看吳用道：「這事還得著落在軍師身上，想一個萬全之策。」

吳用道：「當務之急還是要把我們當中沒恢復記憶的兄弟找到——大家數數我們這是多少人，還差哪些兄弟沒有歸隊。」

統計出來的結果是：加山下的杜興現有三十八人，還有十六個人沒吃藥，包括張順李逵他們。

這時，一人由遠到近飛跑前來，在門口叫道：「三娘，你在裡邊嗎？」

有人笑道：「是王矮虎。」

隨著話音，我和朱貴上山時見過的那個矮子跑進倉庫，一見扈三娘在場，便眉開眼笑道：「我聽有人說你在這兒，果然找到了。三娘，回家吃飯吧，我親自下廚給你做羊肉炒葫蘆絲……」

好漢中有人笑道：「王矮虎，你每天巴巴地跟在老婆後面，是不是怕她跑了呀？」

王英也不惱，笑道：「可不是麼，你找個這麼漂亮的老婆，也跟我一樣。」

扈三娘身高約有一米七三左右，王英比她要低多半頭，扈三娘低頭看看他，表情似乎頗為厭惡，哼了一聲率先走出去，王英滿臉陪笑跟在後面東奔西顧的，像條闊太太養的哈巴狗。

吳用笑著看看扈三娘兩口子的背影，道：「今天天色不早了，弟兄們先都回去吧，晚上睡覺的時候，把落下的人都想想，明天咱們統一行動把這些人找回來。」

好漢們答應一聲，就有不少人來拉我回去喝酒，阮家兄弟因為「人多勢眾」而搶得了主動。

到「阮公館」一看，這處院子要比別家都大，兄弟三個各有妻室，就在一處過，阮小二一邊叫老婆炒菜燙酒，一邊隔著牆喊：「張順，張順——」原來張順就住隔壁。

一個女人的聲音罵罵咧咧道：「張順死了！」

阮小二陪笑道：「是嫂子呀，張哥呢？」

那女人依舊沒好氣道：「又跟一幫人耍錢去了。」

阮小二小聲跟我說：「張順就喜歡耍錢，被他老婆打好幾回了。」說著又揚著脖子喊：「嫂子，張哥回來讓他來我這一趟。」

女人憤然道：「他去不了啦，回來老娘就剁死他！」

我巨汗了一個，小聲問：「不是說咱們這還是男權盛行的好時候嗎？」

阮小五插口道：「那可不一定，你想啊，這世界上就男人和女人，哪有那麼固定的，反正梁山上不怕老婆的少——」

我又問：「你們住在山上要錢幹什麼？」

阮小五道：「賭啊。」

我：「……」

這時阮小二的老婆一邊跟我客氣，一邊把捆蔥堆在阮小二腳下，阮小二邊剝蔥邊說：

「要不怎麼叫好漢呢，好漢都怕老婆！」

我笑道：「這話厲天閏肯定愛聽。」心裡想的卻是：難怪人家宋江當大哥呢，老婆說殺就殺了。

後來我仔細一分析，梁山的座次是不是按怕老婆程度排的呀?宋江殺老婆，所以排第一，盧俊義也殺老婆，但是他殺的不如宋江那麼銷魂，所以排第二；吳用、公孫勝他們沒老婆所以排三四，林沖老婆死了，所以排第六……這樣看來我排一百零九還是有一定道理的。

不過他們怕老婆是有實際基礎的，再怎麼了得，這群人身分都是提不起的土匪，老婆跟著擔驚受怕不說，又住在與世隔絕的山上，不對人家好點，誰跟你過呀?!

不一會兒酒菜端上，我們三個就圍坐在一起杯來盞去地喝起來，話題也跟著扯得沒邊了，一會說他們剛到我那時候的糗事，一會又說到我們和張順第一次去游泳。

阮小二問：「對了小強，小雨怎麼樣?」

我說：「兩棲類不敢說，反正哺乳類裡誰也幹不過她，一下水就跟回了娘家似的。」

阮小五笑道：「小妮子談戀愛了嗎?」

我嘆氣道：「沒有，她嘴上不說，心裡可能還想著她的大哥哥呢。」

阮家兄弟跟著一起感慨，說到倪思雨，自然也就說起了項羽，一說到這兒我就眉飛色舞，尤其是一笑退敵那段，一向沉悶的阮小五對此的評價是：當時我要放一個響屁，效果會更好。

正聊得高興時，我身邊的大水缸裡突然波的一聲冒出一個人來，嚇我一大跳，這人一邊抹著臉上的水一邊說：「二哥五哥你們聊什麼呢，我怎麼一句也聽不懂？」

正是阮小七。

阮小二笑道：「你明天就知道了，來，過來一起喝酒吧。」

阮小五跟我解釋說：「一到夏天，我們就喜歡躲在水缸裡避暑。」我一看院子裡果然還有五口缸——看來這仨人的老婆也都是好水性。

那夜張順一直沒回來，所以我們只能把給他定的計畫挪到第二天。

結果第二天一早我還做夢呢，就聽一陣金鐵相交的聲音越響越急，我睡眼朦朧地剛爬起來，就見阮家兄弟一邊急匆匆地穿衣服一邊說：「小強快跟我們走，宋大哥緊急集合，一定是出什麼狀況了。」

出了院子，就見一撥一撥的好漢從四面八方往忠義堂趕，有認識的有不認識，阮小二一把扯住段景住跟我說：「小強你現在還不能跟著我們進去，一會兒你就站在廳口，讓景住招呼你。」

我跟著段景住跑到忠義堂一看，廳裡已經聚了七八十號人，在大廳正中間，一個貌不驚人的黑胖子坐在那裡，邊上是盧俊義和吳用，吳用眯著眼睛對門口指指點點地詢問著什麼，大概是在問我來了沒有，不少人朝我擠眉弄眼，但是誰也沒工夫過來跟我說話，看來這種緊急會議在梁山上頗為重要，也較平時更嚴肅，八成是真出什麼事了。

宋黑胖坐在那裡也不端架子，不住跟上前問候的弟兄寒暄，大約十幾分鐘後，忠義堂上座無虛席，一百零八條好漢終於全部集合完畢。

大家都是按座次排下來的，段景住在最後一名，靠近門口，我就期期艾艾地站在他身後。

又過了幾分鐘，時長沒見過面的頭領相互問候過後，宋江輕咳了一聲，眾人知道會議要正式開始了，都漸漸靜了下來。

宋江站起身道：「這次把弟兄們找來，是有一件事要跟大夥商量。」

眾人一起向上看去，等他後話。

宋江微微一笑道：「這事一會兒再說，我先說個旁的事情——我聽說最近咱們山上的兄弟老跟一些不三不四的人來往，我可得給大家提個小醒，咱們梁山是有紀律的……」

我見宋江離我十萬八千里，便拉了拉段景住的衣服問：「誰呀？」還有比在場這些人更不三不四的主兒嗎？

宋江繼續道：「我隱約聽說這人叫什麼來著——小強？」

我正跟段景住在那嘀咕呢，一聽「小強」二字悚然一驚：這裡面還有我的事？

我一抬頭便看見有好幾十道目光看了過來，吳用和盧俊義對視一眼，同時趴在宋江耳朵上低聲說了些什麼，宋江先是有些迷茫，聽了一會之後微笑道：「哦，既然也是朋友，那就請他上來跟大家相見吧。」

吳用和盧俊義都笑著跟我招招手：「小強，來！」

以張清董平為首的那三十多條好漢，看我呆頭鵝一樣的傻樣，也樂不可遏地笑起來。

我不知道吳用他們是怎麼跟宋江說的，大概這樣的情況以前也有，畢竟土匪們上山之前都是交遊很廣的人，宋江坐在那裡看了我一眼，臉上帶笑，可是多少有點心不在焉。

我往前一走，眾人紛紛和我打招呼，等我從那三十多人中間穿過來到宋江跟前，已經像隻被無數頑皮孩子玩過的髒毛熊一樣了。

我踉蹌走到前面，尷尬笑道：「宋江哥哥。」

宋江大概是沒想到我跟在座的那麼多人都熟，打量我的眼神裡不禁閃過一絲疑惑，他原本坐在那裡打算受我拜見，但臨時改變了主意，一起身搶到我跟前，拉著我的手笑道：「呵呵，小強兄弟從哪來啊？」

不得不說宋江確實很有領袖風範，或者說領袖心機，在他的地盤上驟然出現一個他手下都認識偏偏他不認識的人，他的第一反應不是警戒而是接納——至少看上去是這樣。

我們知道梁山的覆滅基本是宋江一手促成的，但不管是誰都沒有深怪他，這從去我那的五十四位好漢的口風裡就能看出端倪，這就說明宋黑胖真的是很得人心。否則一百多條桀驁不遜的漢子不可能在梁山上待到招安；他們更不是一百多個缺心眼，宋江如果是一個只會玩弄權術的人，許多人早就應該看透他了。

我也正好有時間好好打量這個黑胖子——他問我的話也很得體，他沒有說虛偽的「久仰」，也沒有過分的熱情，而是問我從哪來，透著貼心，我揣測他是不是還有試探我從哪來，好判斷我是什麼路數的意思——嗯，玩弄權術我也比宋江強。

我答道：「我是未來世界來的。」

宋江哦了兩聲，渾沒在意未來世界是個什麼地方，不知道心思在哪兒。

黑胖子又跟我簡單寒暄了幾句，吩咐人道：「給小強看座。」

有人搬了張凳子擱在幾個頭領前，這就算沒把我當外人，給足了下面那些人面子，我這兒就算告一段落了。

宋江拍拍手道：「今天把眾兄弟召集起來，是要商量一件事關我梁山氣數的大計！」

底下眾人面面相覷，同時都把目光集中在宋江身上，宋江伸手一揮道：「昨天深夜，戴院長從山外得信歸來，方臘已經在江南起兵造反，詳情還請戴院長為兄弟們解說。」

戴宗在山上排第二十，離宋江不遠，距離我坐的地方更近，不過他這會兒還不認識我，只見他面無表情地站起道：「方臘自歙州起義，短短數月已經拿下六州五十二縣，兵鋒已近開封，朝廷現在緊急調動各路軍馬平剿。」

眾人一聽是這事兒，表情都是一緩，不少人都發出類似「哦」「嗯」的應承聲，這是一種非常明確的「事不關己高高掛起」的態度。土匪們雄據梁山，性質其實跟造反一樣，所以方臘起不起兵確實跟他們關係不大，更談不上擔憂。

宋江似乎對大夥的反應不太滿意，提示道：「弟兄們，你們就沒什麼要說的嗎？」

李逵撓撓頭道：「哥哥莫非也想當皇帝？那咱們也反了吧。」

人群裡有些跟他一樣的直筒子脾氣，便都應和起來，也有那老成些的道：「只怕現在反還不是時候，不如坐觀些日子。」

宋江瞪了李逵一眼，面向眾人道：「弟兄們，咱們身為大宋子民，國家有難，我等豈能袖手？」

一個粗豪的聲音愕然笑道：「哥哥莫忘了咱們的身分。」

說話的正是魯和尚。

宋江擺手道：「我等在這梁山之上落草，皆出被逼無奈，兄弟們個個一副好身手，都是忠義的漢子，總不成世代背著這賊名過活，我有意借此機會向朝廷招安，盡發梁山之兵平剿方臘，也好為各位兄弟的將來謀個好前程，你們意下如何？」

對這番話我已經有免疫力了，這是宋江的招牌動作，吳用、盧俊義和其餘的三十多人也早對他這個舉動心知肚明，都相顧默然，可剩下的大多數人一聽頓時就炸了鍋，紛紛叫嚷起來，大部分都表示質疑，也有少數激進分子抒發了強烈抗議的意向，不過我也注意到有幾個人不說話，看樣子心裡應該是贊成的。

宋江提高聲調道：「莫吵，一個一個說。」

心直口快的阮小七叫道：「咱梁山地肥水美，兄弟們快活暢意，宋大哥不必擔心狗朝廷侵擾，有咱兄弟在，管叫他來多少都餵了王八，就這樣痛快一世不好麼？招安做甚？」說著還捅捅身邊的阮小二和阮小五，「二哥五哥你們說話呀，難道你們想當那什麼勞什子命官？」

二哥五哥也難啊，因為按我們的計畫，平方臘這一步還是必須做的。

宋江沉著臉看著下面紛紛擾擾的會場，過了一會才又道：「莫吵，一個一個說來。」

魯和尚身邊一條大漢一直坐在那裡一言不發，這時忽然冷冷道：「那方臘又不曾招惹過我梁山，何故打他？」

正是武松。

宋江看場面有些失控，站起身道：「眾家兄弟到底意思如何？」

我插口道：「不如民主投票吧。」

宋江詫異道：「民主投票？」

吳用在他耳邊道：「就是大家都把意見寫在紙上，最後算人頭，哪邊人多就按哪邊的辦。」

宋江嘿然：「這倒稀罕。」

下面又有不少人叫起來：「我們不認識字啊！」

我又適時地站出來道：「這樣，支持招安的先舉手。」

吳用和盧俊義對視了一眼，都不知所措地站著不動。

底下，那三十多人裡雖然明知必須得打方臘，但他們也是最不願意幹這事的，經過一番心理鬥爭，最後只有二十來個人遲遲疑疑地舉起手來，其中還包括幾個非客戶，我道：「不願意招安的呢？」

這一下呼啦舉起一大片來，雖然有幾個人還在猶豫，但乍一看起碼就超過半數了。

宋江一見自己的主張站不住腳，面向吳用乾笑道：「軍師的意思呢？」

吳用深深看我一眼，像下了什麼決心似的站前一步道：「方臘咱們必須去打……」

「嗡……」眾人頓時大嘩，吳用向來智計過人，頗受大家尊重，他這麼說誰都沒有料到。

吳用跟盧俊義交流了一下眼神，朗聲道：「眾位兄弟，我現在正式給你們介紹一個人——」吳用把我拉在身前道，「我和俊義哥哥、林教頭共五十四位兄弟在小強家裡住了一年……」

其餘的三十多人這時都在旁人迷惘的表情裡站了起來。

吳用繼續道：「小強來自一千年以後，簡單說，他是咱們的後人，我們之所以能去他那裡，是因為我們都死過一次，當然，另外那些兄弟也是一樣的，所差的只是沒有跟我們一起罷了，現在，小強他回來找我們，是因為我們這些人被天道循環從一千年以後送了回來，就是說，我們已經經歷過一次從生到死，所以見證了咱們梁山的始末。

「不瞞各位說，在座的絕大多數兄弟，上輩子都參加了征方臘的行動，最後我們贏了，但很多人死在了這次征戰中——根據歷史不能被改變的原則，方臘我們還得再打一次，不過我可以告訴大家，具體的應對措施我們昨天已經商量出來了，這次我們只需要把他打敗，雙方都不用死人，完成了這個任務，弟兄們想選擇怎麼樣的生活那就簡單多了，所以，我的建議是咱們先招安後打方臘。」

吳用的口才當然是沒得說，可他選的話題畢竟太過深奧，下面多數人知道他在說什麼，卻不明白他是什麼意思——就跟我當年聽數學課一樣。

李逵叫道：「軍師說啥呢，俺鐵牛一句也不懂，你莫不是中暑了？」

吳用吩咐一聲：「拿酒來——」說著朝我點點頭，我抓了一把藍藥拿在手裡。

李逵兀自道：「看來軍師真是中暑了，平時沒事都不讓俺喝酒，這……」

說話間，一罈子酒已經擺到了他跟前，李逵饞兮兮地舀出一碗來，吳用便從我手裡拿過一顆藍藥扔在碗裡，李逵奇道：「這是幹什麼？」

吳用微微一笑道：「喝吧，你還怕我害你不成？」

當眾把藥下在碗裡，李逵終究是有些遲疑，阮小二一拍他道：「快喝吧憨貨，喝了就什麼都想起來了。」

這黑鬼見能光明正大地喝酒，一仰脖全灌了下去，接著便又去舀，嘴裡道：「待俺再掏一碗吃。」他的手還沒撈到罈子，突然兩眼發直，驀地抱住宋江大哭道：「哥哥耶，俺想死你了。」

宋江正不知道我們搞什麼鬼，凝神往這邊看著，被李逵這一抱住，哭笑不得道：「鐵牛，你幹什麼？」

李逵擦擦眼淚，盯著酒碗出神道：「俺想起了，上輩子真是喝毒酒死的。」

宋江糊塗道：「誰給你毒酒喝？」

李逵破涕為笑道：「哥哥，俺不怪你，只要見著哥哥的面，那就比什麼都強。」

宋江更加莫名其妙，看著吳用道：「軍師，你們這是……」

吳用端著碗來到張順跟前，把藥放進去道：「該你了。」

張順正探著脖子看呢，見碗遞了過來，咋呼道：「我可不喝，誰知道裡邊是什麼東……」

阮小二和阮小五一邊一個擰住張順膀子，不由分說便給他灌酒，張橫一看急了，喝道：「喂，牛不喝水強按頭呀！」

張順一邊被迫吞酒一邊罵道：「會說人話嗎你，咕嘟咕嘟……」

阮家兄弟一撤手，眾人急忙都把目光放在張順身上，想看他有什麼反應，只見張順急匆匆地撩起褲腿來看，隨即高笑道：「哈哈，傷果然好了，連一點疤也沒留！」

我們同時無語。在我那兒的時候，張順被厲天閏在腿上劃了一刀，後來雖然可以下水了，但是腿上留了一條大疤。

張順擼好褲管一拍張橫肩膀道：「哥，嫂子快生了吧，提前告訴你一聲是男孩，但是別叫張作霖，不吉利。」

張橫：「……」

這時吳用已經來到戴宗面前，戴宗愕然道：「還有我呢！」

魯智深劈手奪碗道：「你們搞什麼玄虛，洒家吃一碗看！」

吳用躲閃道：「不行，沒有你——不過，你下輩子小心你哥。」

戴宗趁我們說話，捧著碗把酒喝了，馬上放下碗道：「咱們的事得抓緊了，方臘那邊可不等人，要按軍師所說，耽擱一天就有偌大的風險——方臘難保成不了李自成。」

不愧是搜集情報的，永遠只負責最快最新最重要的資訊。

這會兒除了新喝藥的幾個人，其他五十四裡還沒喝酒的十多個好漢都被其他人指了出來，他們有些納悶，有些茫然地站在當地等著吃解藥，眼神裡既有緊張也有期待。人遇到這種事情，往往好奇心會占上風，再加上也不擔心吳用他們會害自己，所以也不拒絕，甚至旁邊的人裡還不斷有人質詢吳用：軍師，你說的那些人裡有我嗎？一個個笑嘻嘻地等著人來指認。

可是宋江在這時也突然意識到了事態的嚴重，手下多名高級將領突然同時轉風，而且這種勢頭還有蔓延之勢，不管這種轉變對招安有沒有好處，總之對自己的第一把交椅是不利的。

宋黑胖忽然使勁揮舞著手臂站在眾人前面，大叫：「等一等，誰也不許再喝那酒！」

他來到吳用跟前，問道：「軍師，你們到底要幹什麼？」

盧俊義道：「大哥莫非不信我們說的？」

這一下宋江可更加猜忌了，因為當年在誰當一把手的問題上，他欠老盧一個解釋，按梁山原主晁蓋的遺願，誰抓住史文恭誰直接升級，宋江幾乎是以極其不要臉的穿越者姿態違背了這一規則。現在盧俊義在這個關頭出來說話，只怕比宋江再忠厚十倍的人也犯了心病。

他張開手擋在那十來個人身前，此刻也不顧什麼道理了，只是一個勁道：「沒搞清狀況以前，誰也不許再喝那酒！」

吳用和盧俊義相對苦笑，宋江這麼一搞，氣氛頓時有點劍拔弩張的意思，再鬧下去，梁山說不定就此分崩離析。

我看看場上形勢，忽然發現從始至終我們都忽略了一個極其重要的人物——我向宋江身後那幾人中的一個俊秀青年一指道：「宋清，你來。」

是的，我們一直忽略了宋清，要說這個人在梁山上本來是無足輕重的，可是這會兒就不一樣了：他和宋江是親兄弟！在這個關頭，他說一句話要勝過很多解釋。

宋清本來莫名其妙地站在那裡，這時忽見我叫他，愕然道：「你怎麼認識我？」

我說：「你來代表大家把這碗酒喝了，到時候一切自然都清楚了。」我隨即跟宋江道：「哥哥，如果你擔心我是和軍師他們串通好了來忽悠你，你總相信自己的親兄弟吧，要是他喝完酒還什麼都想不起來，那我二話不說拍屁股走人，從此不再上梁山一步，可是他要能想起以前的事情，那就一切都清楚了，你說呢？」

宋江遲疑地看看自己的兄弟，宋清越眾而出，笑道：「我覺得這位小強兄說得有理，大哥，就讓我試試吧。」

宋江猶豫再三終於讓開了一步，吳用端著一碗藥酒，幾乎有點顫抖地來到宋清面前，囑咐道：「宋清兄弟，你可得好好喝啊——」

宋清也不多說，拿過酒來一口喝了下去。

老神棍的藥那真不是蓋的，宋清喝完酒後，眼神明顯變了一下，所有人都把目光集中在他身上，宋清慢慢放下酒碗，看著我微微一笑道：「小強。」

宋江急道：「宋清，你感覺怎麼樣？」

宋清溫和道：「大哥，軍師和小強都沒有騙你，我和諸位哥哥真的在小強那裡待過一年，哥，想不到咱們又見面了。」

宋清輕輕攬了攬宋江的肩膀，兄弟之情油然可見。

宋江目瞪口呆道：「這麼說，軍師他們說的都是真的？」

這會兒工夫，剩下的幾個人嘰哩咕嚕全湧上來一人一碗酒喝下去了，各人醒後表現不一，有召朋喚友的，有痛哭流涕的，也有大笑不止的，至此，五十四條好漢全部集合，宋江和另外那些人呆呆地看著我們歡聚。

的事。」

又是一陣熱鬧過後，吳用擺手道：「來日方長，兄弟們以後再敘，當務之急是解決方臘的事。」

又亂一會兒後，好漢們再次按座位坐好，我搬個小板凳自覺地坐到了段景住身邊。

宋江自從坐在上面以後就一直沒緩過勁來，吳用只得繼續主持會議，他起身道：「現在，全山一百零九位將領全部列席，我們來商量一下在應對方臘的事情上應該怎麼辦，在這之前，我還得把詳細的來由再說一遍，有什麼不到的地方，兄弟們多加提醒。」

然後吳用就把他們去我那的情形說了一遍，不過在這之前梁山的瓦解他只略略提了幾句，一是怕勾起傷心事，二是出征在即需要積累士氣；說到後來，人界軸和集點表的事也沒有隱瞞地告訴了眾人。

下面的人，有唏噓不已的，也有似懂非懂的，吳用道：「事態緊急，我建議咱們全山出動征討方臘，當然，像扈三娘說的，這個征討只是『平』而非『滅』，事後咱們需得跟方臘解釋清楚，總之要無愧於心，但這就有兩個前提，第一，要想以絕對實力蓋過方臘，需得咱們眾兄弟齊心協力；第二，征方臘之前，咱們得先假意招安，否則我梁山人馬一出去先受朝廷追剿，那就太被動了。」

宋江忽然回過神來道：「什麼叫假意招安？」

吳用朝他微一躬身道：「哥哥，事有輕重緩急，這個話題咱們最好在平了方臘之後再討論，當下不管真假，總之是要招安的。」

宋江一聽招安，便不再多說，他和吳用都在轉自己的小念頭，吳用深知打完方臘以後，以他為代表的那五十四個人肯定是不會再去給朝廷賣命，而宋江以己度人，以為人人都想著光宗耀祖，等打完方臘誰還願意再回來繼續當土匪？所以兩個人暫時有了一定的基於誤會上的默契。

吳用道：「情況已經都說清楚了，目前要解決的就是招安問題，大家都沒異議了吧？」

客戶版五十四人知道這是必須要走的一步棋，儘管憋屈都沒人出聲，剩下的人見沒人冒頭，有不情願的也都默然不語。

這時，一條猛虎般的大漢怒氣衝衝地站起來厲聲喝道：「說來說去都是招安，好生煩悶，我還是那句話，那方臘又不曾招惹我們，打他何來？」

我一見此人，頓時兩眼冒出崇拜的火星，正是我小強的偶像，正牌的武松武二郎。

武松生性豪爽，在山上口碑極好，他這麼一發話，又有些本就轉不過彎的人跟著應和起來，其中就包括他的死黨魯和尚和菜園子張青夫婦——這夫妻倆跟我們武林大會上見到那一對賣大力丸的，真是活脫得像。

吳用耐心道：「關於這個，我不是都說過了嗎，招安是假。」

武松用力在腿上一拍，哼了一聲道：「我不管什麼真假，總之招安就是投降狗朝廷，這一點我卻明白，什麼假意云云，只怕是幾位哥哥想著自己的前程，惟恐兄弟們不願出山想出的好主意，把我等誆了出去，那就說什麼都晚了。」

吳用素知武松有嘴無心，也絕不是個腦袋不開化的人，所以也不生氣，樂呵呵道：「二郎這麼說，是信不過山上的五十四位兄弟嗎？」

武松一怔，抬眼望去，林沖、張順、阮家兄弟，這些人那都是自己的生平至交，絕不會夥同了來騙自己，一時又憋屈又鬱悶，滿肚子的氣沒處撒，忽然轉身指著我咆哮道：「我是信不過他，這小子鬼頭鬼腦的，也不知用了什麼詭計哄騙了眾位哥哥，八成是下了蠱。」

見偶像突然針對自己，我迷迷瞪瞪地站起來道：「二哥你這是怎麼了，讓人給煮啦？」

武松咬牙切齒地說：「什麼投胎轉世，上輩子，下輩子，我一概不信，你小子休得在我面前裝神弄鬼！」

我委屈道：「那要怎麼樣你才信？」

武松手握戒刀青筋暴起：「你不是說跟你一起有個叫方鎮江的傢伙也是我武松嗎，除非你把他找來！」

我很傷心，真的。

在梁山眾人裡，我最喜歡的就是這武二哥，我總覺得在他身上集中體現了男人的兄弟情、男兒恨，尤其在獅子樓那一段，殺了個痛快淋漓，雖然有些野蠻殘忍，但透著一股毅然決然不拖泥帶水的英雄豪情。

另外，與之完美武力相配的是眼裡不揉沙子，做事明斷，腦子夠用——就是這樣的偶像級人物，把我當成了騙子，真是不爽。

我訥訥道：「我有很多證明的辦法……實在不行，你把這藥吃一顆，馬上就能想起你上輩子的事了，或者我能說出你現在心裡在想什麼。」

武松像沒看見我似的面對吳用道：「軍師，我不是懷疑你們大夥，實在是這種說法太過離奇，我聽說在荒蠻之地有種巫術能讓人產生幻象……」

我叫道：「冤枉啊，你說的那是亡靈法師才能幹的活。」

武松又轉向宋江道：「大哥，二郎今天就要得罪了，我把醜話都說在當面，你幾次三番的想要招安，兄弟們不是看不出來，不曉得別人如何，但我武松上梁山只求過幾天痛快日子，什麼封妻蔭子，想都沒想過，今天的事依我看，不是軍師中了邪，就是你們私下串通好了，找來這個什麼小強當面演戲，除非照我說的，把那個叫方鎮江的另一個行者武松叫來我看，否則二郎只好捨了梁山眾位兄弟，江湖流浪雖苦，好過不明不白地被狗皇帝驅譴。」

武松一帶頭，魯智深和菜園子夫婦都站起來，看樣子只要武松一走，他們馬上也會跟著立刻下山，眼看著梁山就又要土崩瓦解了。

一個團隊就是這樣，不怕有不同的意見，為了自己的主張大家可以辯論，可以吵架，甚至動起手來也沒關係，只要最後把問題解決了就好，大家都對事不對人，梁山上一百零八個人，什麼身分、什麼階級的都有，這種對立一直存在，可是絲毫沒有影響他們在對抗政府軍的時候百戰百勝，就是這個道理。

可是最怕的是因為領導階層的錯誤決定，使人寒心絕望而出走，這種離開是最疼的選擇，當年梁山由強盛走向滅亡的第一前兆，就是魯和尚、公孫勝等人的出走，而且當年也是因為宋江決定去征方臘，如今這個提議一提出來，出走的人裡多了一個武松也毫不奇怪，二哥向來是反對招安的，現在讓他重選一次，選擇出走順理成章。所以梁山一百零八個人一個也不能少，更不能讓他們因為我的原因而離開。

張順湊到我跟前為難道：「你也見了，武松就那個脾氣，你要不把他說的辦到，說破大天也不靈，說到底……小強，你能不能把鎮江帶來讓他見見，我們也都想他了。」

我嘆了一口氣，來到大廳中間道：「既然這樣，我這就下山，一去一回正好八個小時，如果順利的話，我下午就回來了。」

第六章

最強複製

魯智深一眼就看見方鎮江了，失聲叫道：

「娘了個彌陀佛的，這世上還真有跟我武松兄弟一模一樣的人啊！」

方鎮江雖然不認識他，但通過寶銀知道魯智深長什麼樣，

這時一看這大和尚高大威猛，不自覺地生出親近之意。

武松盯著我道：「如果你不回來呢？」他可能懷疑我要逃跑。

我一揮手：「不會，就算我帶不回方鎮江，總有讓你相信的辦法——記住，我不是在梁山，就是在回梁山的路上。」

當下我也不再囉嗦，衝眾人一抱拳就要拉著朱貴下山，一干好漢紛紛送出來，大叫：「回來的時候給我們帶兩條菸——」

宋清道：「強哥，我爹頸椎不好，你幫著帶個矯正器……」說著，宋清小心地看了一眼宋江一眼，這才繼續說：「就不用你交投名狀了！」

戴宗一個神行術躥在我面前，拉著我的手道：「別的我不要，給我帶幾雙『耐吉』吧，實在不行，『中國強』也湊合！」

我朗聲道：「今番良晤，豪興不淺，日後江湖相見，自當杯酒言歡，咱們就此別過。」說罷小強袍袖一拂，攜了朱貴的手與杜興並肩下山，其時落葉簌簌，樹巔烏鴉啞啞而鳴，正是秋風清秋月明，落葉聚還散，寒鴉棲複驚，相思相見知何日，此時此刻難為情。

呃……這個不算，事實上是沒等我說什麼，一幫土匪就把我踹了出來，嘟囔著：「記得把我們要的東西帶來。」

等到了朱貴店裡，那夥計一見我回來了，急忙搶先跑出去站好位置，在他的指揮下，我順利地把車開在大路上，朱貴和杜興都朝我揮手致意，我跟那夥計說：「謝了兄弟，回來的時候給你帶瓶啤酒。」

我開車進入時間軌道，開始尋思把方鎮江帶回來的可行性，根據實際情況，他前生是武松的話，那他們倆不是用的一個靈魂嗎？這一個頻道上的兩條電波到了一起，會不會重合呢？就像金少炎那樣，金二碰到金一就會自動消失，那就算把方鎮江帶來，武松也還是見不到他啊！

我越想越煩惱，低頭正好看見電話了，電話進了南宋就有信號了，我靈機一動，索性給劉老六撥了過去，居然通了。

劉老六迫不及待地接起問：「你這麼快就回來了？」

我說：「沒，在路上呢，快到明末了——我問你啊，方鎮江要是回到梁山碰上武松會怎麼樣？」

「啊？」

「是這樣……」

我把上了梁山以後的情況跟劉老六一說，特別申訴武松這個釘子戶的事，劉老六聽完，沉吟了一會兒道：「看來除了這個辦法沒其他招了，我現在只能告訴你，方鎮江和武松雖然是一個結構，但因為占著兩個身體，所以理論上見了面不會發生你擔心的事情——如果你把關羽送回三國去就不一樣了，但是風險還是有的，不說會出現什麼意外吧，方鎮江可只是半個武松。」

「……那這麼說，反正兩人見面是沒問題？」

「呃……是吧。」

我說：「那就先這樣吧，掛了啊，長途挺貴的。」

劉老六：「……」

其實我是感覺到時間緊迫了，老神棍並不是萬能的，尤其在二傻他們回歸以後，他的作用連能給我提供藍藥的何天竇都比不上了，既然方鎮江能回去，那唯一的選擇只能把他帶回梁山然後聽天由命了，雖然他沒有前世的記憶，可性格終究還是那個打虎英雄，讓武松自己判斷吧。

因為我有意加速，回來比去的時候還省了二十多分鐘，我找了個大賣場，將好漢要求的東西盡量買全了——蕭讓想要套家庭影院這先不搭理！

等我趕到育才一問，方鎮江剛下班，據說忙著裝修新房去了，我在育才後面蓋了幾十套複式公寓，分了他和佟媛一套，小倆口每天就忙這事，房子一弄好估計馬上就要辦喜事了。

兩個地方離得不遠，不一會兒工夫我就找到了方鎮江，這小子正在看工人們刷牆，一見我就抱怨道：「哎呀，你給我們弄個裝潢好的嘛，牆還得自己刷！」

佟媛笑盈盈地站在一邊道：「還不都是你自己要刷的，說年底交房你都等不了。」

我嘿嘿笑道：「看見沒，有說公道話的——鎮江，你那麼急幹什麼，是不是有人等不了了？」

佟媛靦腆道：「反正我是不急。」

「那就是小方鎮江急了？」

佟媛半天才反應過來我的意思，紅著臉抓起一塊工人們墊腳的磚頭一劈兩半，然後拍拍手不說話，我趕緊認錯。

方鎮江見我一個勁拿眼神暗示他，把我拉在走道裡小聲說：「怎麼了？」

我把事情經過一說，最後為難道：「得麻煩你跟我去見你前身一趟。」

方鎮江把紙帽子一摘，痛快道：「走，我早就想去了，你還說不行。」他回身跟佟媛道：「小媛，我出去一趟，晚飯不回來吃了。」

佟媛見我們鬼鬼祟祟的，叫道：「是不是又要打架去？」

我拉著方鎮江邊走邊回頭喊：「放心吧，打不起來，去見個『自己人』。」

我們剛走到門口，正碰上花榮和秀秀，秀秀甜蜜地挽著花榮的手臂，見了我們親切地招呼道：「去哪兒啊你們？」

方鎮江見沒外人，直接說：「我們得回梁山一趟，花榮你也走吧，至少你還能記得以前不少事，比光我一個人去有說服力。」

我心一動，是啊，如果花榮也去，這事騰挪的空間就更大了，花榮因為是剛從教練場回來，他把弓和箭都裝在一個運動包裡，他掂掂包乾脆地說：「好，走吧。」

秀秀死死拉住花榮的手道：「我也去！」

花榮拍拍她手溫言道：「你去幹什麼，放心，哥哥們都是我的親人，沒有危險的。」

秀秀仍舊不放手道：「那你為什麼不讓我去呢？」

方鎮江看看錶，皺眉道：「秀秀別鬧了，你要是擔心花榮的安全，我可以向你保證：就算我命不要也得保他無恙，你要是想去梁山玩，那下次我們再帶你去。」

秀秀這才慢慢放開花榮，衝我和方鎮江勉強一笑道：「那你們都要好好的，我等你們回來。」

花榮朝她一笑，提著包跟我說：「走吧。」

我們三個剛走沒多遠，就聽身後秀秀終於忍不住大聲問：「哥哥，你……你在梁山上是不是還有一個老婆啊？」

……

這個很敏感的問題最終還是被秀秀提出來了，花榮神色尷尬，支吾了半天也沒說出個所以然來，我拉著他快步邊走邊回頭跟秀秀說：「秀秀，你把心放在肚子裡，他在山上還有個老婆不假，可那山上還有個花榮呢！」

秀秀訥訥道：「那……」

我拽著兩人逃跑似的出了社區，抱怨花榮道：「你說你找那麼多老婆幹嘛呀？」

花榮愕然道：「我可是正宗的一夫一妻！」

我們正要上車，方臘和寶金肩並肩走了過來，他們都分到房了，跟秀秀他們一樣是提前來看工程進展的，方臘一見我們笑道：「哥仨這是去哪啊？」

方鎮江和他私交甚厚，便要說實話，我使勁一拽他衣角，花榮反應快，笑道：「我們隨便溜溜，有時間一起喝酒。」

方臘走後，方鎮江問我：「幹嘛不跟老王說實話？」

我耷拉著臉說：「你打算怎麼說，說咱們這就開往梁山，然後征討他去？」

方鎮江上了車，嘆氣道：「這事還真挺複雜，對了小強，有個事我得跟你商量一下。」

「裝修房子沒錢啊？缺多少？」

「不是，我和小媛不是快結婚了嗎，我想在新婚夜把我的身分告訴她，要過一輩子，我總不能老這麼躲躲閃閃的，說實話，看秀秀和花榮能坦誠相見我很羨慕。」

我想了想也有道理，說：「那輕重你可自己掂量好了，佟媛要是個環保主義者，你上輩子傷害野生動物這事可對你們夫妻感情不利。」

方鎮江掏出根菸叼在嘴上，我說：「別抽菸，快開車了，一會兒不能開窗戶，否則我只能拿顯微鏡找你們了，還有，我這車是第一次帶人，有什麼不適應馬上跟我說，咱們寧可不去了也不能出事，你倆都攜家帶眷的。」

花榮一聽，趕緊又檢查了一遍窗戶，我看左右沒人，掛滿擋一踩油門，車就躥進了時間軸，方鎮江看了一會說：「也沒什麼難的吧，踩住油門我也能開。」

我說：「那回來的時候你開，這幾天老跑秦朝，腳都踩麻了。」

有這倆人做伴，一路上說說笑笑，不知不覺就到了上回朱貴的店外，負責幫我倒車那哥們可能一直在等我，見我來了，輕車熟路往店門口一站，我差點習慣性地把車鑰匙扔給他叫他幫我泊車。

方鎮江下了車以後，做著伸展運動感慨：「空氣真好啊！」隨即把臉在反光鏡上照著，笑道：「我是不看上去年輕了很多？」

我看他一眼道：「嗯，真的。」往回了將近一千年，能不年輕嘛！

方鎮江道：「以後等我和小媛老了，你就拉著我們直接奔盤古那，估計到了以後我倆就又十八歲了。」

我瞥他一眼道：「就怕你倆加起來十八歲，那就什麼念想也沒了。」

我們倆插科打諢，卻發現花榮自下車以後就一語不發，我說：「花榮，想什麼呢？」

花榮眼望浩淼的水波，滿含深情道：「梁山，我回來了！」

我忙道：「把你的詩興收收吧，一會兒上了山，你可別再變成那個文學青年。」

這時朱貴、杜興已經接了出來，大家彼此分開時間其實並不長，所以像是老朋友互相串門一樣，氣氛很好。

朱貴又拿出那張弓來朝蘆葦裡放了一箭，不一時，一個船老大草帽上插支箭鐵青著臉從蘆葦叢裡蕩了出來。

那船老大掃了我們幾個一眼，忽然驚道：「這不是花爺和武爺嗎，你們什麼時候下的山呀？」

花榮擦擦濕潤的眼睛道：「老李頭兒，你好啊。」

船老大連連點頭道：「好，好，託花爺的福。」他又看看方鎮江道：「武爺，您怎麼把頭髮都絞了？」

花榮因為在床上冒充植物人長達半年，頭髮很長，出於習慣沒有剪掉，看上去俊秀飄逸，跟山上的花榮差別不大，可方鎮江則喜歡把頭髮理得俐俐落落的，他摸摸頭頂笑道：「我不當頭陀當和尚了。」

這會兒大約是傍晚七點多鐘，七八月分的天邊已經出現晚霞，花榮坐在船上，手拄車把弓神思無限，間或有水鳥被驚起，從我們頭頂掠過，船老大道：「花爺，你怎麼不射了？我記得你很喜歡吃野鴨肉的。」

花榮愕爾一驚，下意識地把箭搭在弓弦上，卻又慢慢放下道：「算了，上輩子傷了無數野鴨的性命，這回就饒牠們一次，若是同一隻野鴨死在我手裡兩次，你說牠冤不冤？」

船老大笑道：「呵呵，花爺說話怪有意思，上輩子……人到底有沒有所謂的上輩子下輩子呢，我昨天做了一個怪夢，夢見我下輩子還是在河邊等著渡人，不過那船可不用我自己划，船上有個箱子，上邊有個繩頭一拽就走，還快得很，船頭上有個圓盤，你往哪擰它往哪走，哎呀，要真有這麼個東西，我世世代代渡人也願意！」

這船老大的強人念就是擁有一艘遊艇……

上了岸，跟上回一樣，我們又騎了一會兒馬這才到忠義堂下，花榮自己在前領路，看一路感慨一路，不時喊出山上個把小頭目的名字聊幾句。

我們剛上岸的時候，就有人通報了全山，這時忠義堂外又響起召集大家會合的鑼聲，眾人本來都有準備，一經召集，齊刷刷地從各自家裡走出，我們到忠義堂門口的時候正碰上好漢們也都蜂擁進入大廳。

魯智深碰巧走在我們身邊，他不經意地在花榮肩膀上搭了一把，隨口道：「花兄弟還去接了他們一趟啊？」

不等花榮解釋，魯智深一眼就看見方鎮江了，這個泰山崩於面而不驚的大和尚竟然失聲叫道：「娘了個彌陀佛的，這世上還真有跟我武松兄弟一模一樣的人啊！」

方鎮江雖然不認識他，但通過寶銀知道魯智深長什麼樣，這時一看這大和尚高大威猛，不自覺地生出親近之意，在他胸口搗了一拳道：「老魯，一會兒拔棵樹我看看。」

想不到魯智深勃然大怒道：「你是什麼東西也配這樣叫我，要不是為著讓武松兄弟當面戳穿你，洒家現在就一掌結果了你！」

方鎮江也不生氣，就迎著眾人驚異的目光笑瞇瞇地站在大廳中間，育才版的五十四條好漢不少都上前和他招呼，方鎮江抱拳笑答。

這時門口一人走了進來，看到方鎮江的那一剎那，不禁也愣在當地，這兩個人除了髮型衣服，活脫就是一對雙胞胎兄弟，後進來之人自然是武松。

他緩了緩神，對著方鎮江哼了一聲，回歸自己座位，武松可絕不是蠻幹之人，就算想著要拆穿我們的鬼把戲也要當眾為之，所以他不急於這一時。

宋江見人到齊了，輕輕敲敲桌子，見到方鎮江的時候不禁也多看了幾眼，一天之內怪事迭出，宋江腦袋有點大了，他示意吳用主持會議，現在他和吳用是暫時站在一條戰線上的，武松如果承認方鎮江是自己的轉世，招安才能順利進行。

吳用用手指了一下方鎮江，跟武松說：「二郎，你有什麼話要說嗎？」

武松冷冷一笑，站起衝方鎮江道：「兄弟，如果是平時就衝你這長相，我至少也會拿你當個朋友，這是不可多得的緣分，可惜你誤入歧途被奸人利用，現在我給你一個機會，你老實說你到底是誰？」

張順、董平他們急道：「就是你啊！」

武松道：「這世上相貌相似的人多了去了，光憑這一點就說他是我的轉世，這可叫人難以信服——我左胳膊上有顆黑痣你有嗎？」

方鎮江一言不發地抬起左臂，頓時有人叫道：「真有！」

武松仰天長笑道：「為了我，你是煞費苦心啊——」

我小聲道：「鎮江，衝他這話，咱今天一定把擔架賣他！」

宋江見花榮一直站在我身邊，便道：「花榮兄弟，入座吧。」

這時，一人精神恍惚地從眾人中站起，喃喃道：「我……已經入座了啊。」

站起來這人面目俊朗，長髮飄逸，正是花榮！

眾人本來一門心思地都在武松和方鎮江這兒，這時見一裡一外又站出兩個花榮來，頓時大嘩起來。

之所以這麼長時間沒人發現，是因為在場的一半人明白是怎麼回事，也有少數迷糊的還沒顧上說什麼，而梁山上那位花榮，又見到一個自己，早就陷入震驚不可自拔，這時他面對文青版花榮，一個字也說不出來，我身邊的花榮衝那個花榮微微一笑，也沒解釋什麼。

武松愣了一下之後，怒極笑道：「哈哈，居然一次帶來兩個——別的我先不管，那位像我的兄弟，咱倆先掰扯清楚，你到底是什麼人？」

方鎮江一笑道：「實話說，我只知道自己叫方鎮江，哥哥們說我跟你是同一個人，我也不曉得到底是不是，上輩子的事我一點也想不起來。」

武松頓時叫道：「看見沒，已經在找理由脫身了！」

方鎮江也不辯解，衝武松道：「聽說你欺負我小強兄弟了？」

武松暴躁道：「那又怎樣？」

武松自從見到方鎮江以後，就一直處於暴走狀態，說又說不清，道又道不明，這時終於爆發了，他指著方鎮江鼻子道：

「你說前世的事情都想不起來了，那行，可是你功夫還在吧？如果你能在拳腳上打得贏我，我就承認你是我……是我兄弟吧，你敢嗎？」

方鎮江淡淡道：「我也正有此意，這種事情本來說是說不明白的！」

我聽了急忙一拉方鎮江道：「不是說好不動手嗎？」

方鎮江低聲道：「你也見了，不動手行嗎？」

原來他早就打定主意了。

武松一見方鎮江主動挑戰，更是大怒如狂，從座位上撲出來一拳打向方鎮江胸口，方鎮江一撥一帶化解了攻勢，退後一步道：「這裡施展不開，去外面打！」

武松叫道：「好！」

當下也有人上來勸解的，可是大家都心知肚明，今天的事如果不讓武松遂意，遲早沒個了局，都默默跟著兩人來到忠義堂外的場地上。

花榮有意地站在原地靜靜地等著花榮，花榮看了花榮一眼，花榮踟躇了一下走到花榮身邊，花榮無聲地和花榮並肩走出大廳，然後兩個花榮不知道在說什麼……亂了沒？

武松和方鎮江來到外面，武松嘩啦一聲把外衣甩給魯智深，露出一身古銅色的皮膚和滿胳膊毽子肉來，那衣服也虎虎有威，相比之下方鎮江則單調多了，就那樣抱著膀子看人家武松表演──他沒什麼可脫，就穿了件格子襯衫，就算脫也沒人家那麼好看。

武松輕鬆地把腳丫子在頭頂上踢了兩下，比武在即，他反而很快冷靜了下來，他說：「方鎮江是吧？梁山上我是主你是客，你說怎麼比吧？」

方鎮江道：「直接上手吧，你信不信的擱一邊，咱倆先幹趴下一個再說。」

武松嘴角有了笑意：「這脾氣倒是對我胃口，要是因為別的事，你這兄弟我還真就交了。」

方鎮江微笑道：「別廢話，來！」

這個「來」字一脫口，兩個人的身影突然同時往前一躍，「砰」的一聲又齊齊退後一步——在這剎那不到的時刻，武松和方鎮江居然選擇同一時機向對方發起攻擊，而且用的招式都一模一樣，兩人同時得手，但又同時中招，思維步調都一致得讓人感到詭異，圍觀的人不禁都輕咦了一聲。

對此方鎮江有心理準備，他雖然記憶沒找回來，可他知道眼前這個武松就是他以前的真身，他這一身的功夫嚴格說都不是傳下來，而是複製過來的，對這場比武的特殊性和殘酷性已經有了事先的評估，武松就沒有那麼輕鬆了，一招之下頓覺這個對手是生平僅見，不由得驚詫中帶了三分懷疑。

我喜道：「鎮江，就這麼打。」我又不是真的想讓方鎮江把武松怎麼樣，只要武松相信我說的話就行了。

二人在場上盤旋了一會，頃刻間又交上了手，武松出招兇猛，但是變化繁複，方鎮江一一閃過，抽冷子遞出幾拳，攻守形勢交替更迭，短短幾分鐘之內兩人已經過了幾十招，梁山好漢們個個眼力非凡，不少人開始還一面倒的給武松加油，此刻忍不住都喝起彩來，對方鎮江的敵意也減輕不少。

我卻越看越擔心，我雖然不會什麼功夫，卻也看出方鎮江和武松的套路大相徑庭，在武松的一味快攻之下，方鎮江顯得靈巧有餘狠辣不足，只有偶爾幾招是守中帶攻，跟武松那種勇猛的套路大異其趣，這樣打下去，只怕就算贏了武松也達不到我們的目的，不禁又喊了一聲：「鎮江，還照剛才那樣打。」

按我想的，如果武松出什麼招，方鎮江也出什麼招的話，效果會更好些，那樣打上個幾百回合結果自然不言而喻，到時候只怕武松心裡不信也沒什麼可說，可是方鎮江都打的什麼玩意啊，別的我認不出，反正看出他連參加新加坡散打比賽時經常用的直拳勾拳都用上了，甚至還有一些個亂七八糟的跆拳道柔道什麼的招數……

一刻鐘之後，武松身上被方鎮江印了好幾個紅彤彤的拳印子，方鎮江也沒占到什麼便宜，不時咬牙瞪眼，看來也受了點小傷，以魯智深為代表的另外那些好漢這會也看出不對勁來，紛紛叫道：「這倆人分明不是一個路數嘛！」

這時武松使了一個旋風腳，方鎮江跟他對了一拳，兩條身影同時退開，武松一擺手道：「且慢，我問你，你是不是從小也學過少林功夫？」

方鎮江撓頭道：「沒有，我一直給人幹活來著，哪有時間上少林，再說，現在想當和尚得本科學歷吧？」

菜園子張青瞪了方鎮江一眼，走到武松身邊道：「兄弟，別跟他打了，我們都看出他跟你根本不是一回事。」

武松搖頭道：「不是這麼說，他武功雖然雜了點，但我能感覺到他的底子跟我很相似，剛才他一味防守，很多招數換了我，也會像他那樣使。」

方鎮江笑道：「你看出我是一味防守了？你很多打法旨在取人性命，我要跟你硬拼非得兩敗俱傷不可，又沒什麼深仇大恨，我幹嘛跟你拼命？」

武松點頭：「說的是，我現在給你一個機會換你來進攻，不必有什麼顧慮。」

方鎮江晃晃臂膀道：「那我來了！」說罷一個很普通的惡虎撲食撲了上去，只是樣子稍微有點古怪，他一腳在前作為進攻的發力點，另一隻腳卻不紮牢馬步，而是看似虛浮地把腳弓勾起來懸在半空中，面對著被他進攻的人如果不仔細看，根本發現不了。

誰知這普普通通的一招一經使出，武松立刻變色道：「龍游淺海？這招你是怎麼會用的，我記得這是我二十歲那年在江湖上偶遇的一個世外高人手把手傳給我的，他……也教了你麼？」

「沒有……」

這招被武松稱為「龍游淺海」的招式果然有點特別，真的就像一條巨龍在淺水裡艱難履步，所以兩個人邊說邊打，方鎮江的攻勢才堪堪到位。

武松一聽放了心，暗怪自己多疑，既然不是龍游淺海，他便尋常對待，一掌張開去拿方鎮江的腕子，誰也沒料到他居然就順利得手了，可是方鎮江的後招也迅速發動了，只見他身子以不可思議的角度蜷了起來，那一直懸在空中的腳像強力彈簧一樣繃出一個弧度，蹬上了武松的臉——

武松哎喲一聲被踹倒在地，馬上灰頭土臉地站起來，怒道：「你不是說他沒教過你嗎？」

看來這一招終究是當年那位世外高人所傳的那招，不過武松輕信了方鎮江的話，這才吃了個大虧。

方鎮江無辜道：「他本來就沒教過我啊——我是喝了藥水以後自己就突然會的。」

武松：「……」

方鎮江趕前一步道：「繼續，不過你什麼也別問我了，我說的都是實話，可偏偏又好像要騙你似的，我也很為難呀。」

方鎮江繼續攻出一招，武松一看他的架勢便又叫道：「排山倒海？這招你又是怎麼會的，這不是我廿二歲那年跟少林寺的掃地僧學的嗎？」

……看來武松就是傳說中的摔跟頭撿寶、跳崖遇高人、進山洞就吃萬年靈芝那種武學奇才。

這時方鎮江一招一式地攻，武松邊忙著躲閃，邊如數家珍般款款道來：「咦，這招你也會？哎喲，這可是我自己發明的……哇，這招是我想出來還沒機會用的你怎麼也知道？」

這一來一往，武松和方鎮江完全成了剛才的翻版，只不過現在方鎮江一味的攻，武松換了守勢，他在化解招數的時候身形也是靈動異常，原來武松不僅有進攻時的勇，也有防守時的巧，這才不愧是功夫學了八年的武二郎，而一般人只見過武松的勇沒見過他的巧，所以這才懷疑方鎮江用了別的路數。

我們換個通俗點的說法，有攻就必有守，剛才方鎮江當守的時候是不願意跟武松性命相搏，現在換武松當守，看上去居然也有點心甘情願的意思，這裡自然有承方鎮江情的一面，但更多的是他見到方鎮江竟然能使出自己不少私底下想一探究竟的一面，所以他任由對方全力而施不願貿然阻斷。

最後這一陣呼風喚雨的狂攻終於把武松打爽了，打到最後武二爺轉怒為喜道：「嘿，這有點意思，你這個兄弟我認了！」

眾人大喜，方鎮江也正想抽身退出，武松忽然振奮道：「兄弟莫走，看看咱哥倆到底是誰強！」說著雙拳猛擺，竟然發起一陣狂轟亂炸。

林沖擔憂道：「二位兄弟且住，兩虎相爭必有一傷，你們可是正宗的本是同根生啊……」

武松全然不顧大笑道：「哥哥此言差矣，自己跟自己動手機會難得，豈可錯過？」

方鎮江與他拳來腳去揮汗如雨，也笑道：「這話說的對頭！」

我一拍腦袋：你說這是哪跟哪啊，剛才兩人彼此懷有敵意的時候還相敬如賓呢，這會兒兄弟相認了反倒死磕起來了——

這就是武癡的缺點，一旦沉迷其中，什麼也不管不顧了。

不過這也情有可原，武松一生浸淫功夫，江湖上或有比他高出許多的，可是能跟他打架打到福至心靈的，只怕也有方鎮江了。

眾人再想勸已經晚了……兩個頂級高手的決戰不是說你想拉開就能拉開的，說難聽點，狗咬狗兩嘴毛，那也得看是什麼狗，吉娃娃掐架能當小孩子鬧彆扭看，要是兩頭藏獒呢？

這是一次沒有絲毫敵意的拼命戰，誰都能看出方鎮江和武松心存默契，但是誰也不能否認兩個人打到最後已經刺刀見紅，開始只是為了印證相隔一千年到底是原汁原味正宗，還是進化更有優勢，可是後來性質就變了，千年老湯和進化體像兩顆被磁場吸住的鐵釘，都擺脫不了磁場卻又不能不掙扎——兩個人體力相當，這會都已經瀕臨脫力了，偏偏這時候梁山上沒人能同時對付兩個武松，也就沒人能把他們架開。

武松身上的汗劈里啪啦掉下來，方鎮江緊咬牙關勉力支撐，雙雄都在最後一點理智和崩潰間遊蕩，一邊想停手，一邊還有強烈的求勝心理，都在想：我要再堅持一秒說不定他就倒下了，眼前是敵是友已經不重要了，這叫什麼來著——戰勝自己！

我眼見他們這樣下去，結局要麼是同歸於盡，要麼是幹掉自己，一股涼氣直透頭頂，急中生智下大喊：「方鎮江，別忘了你是有老婆的人！」

場上的方鎮江一愣，武松斗大的拳頭便已經到了眼前，方鎮江下意識地把手背旋出去一格一抹，武松力道全被化進空氣，方鎮江以自身作軸一轉，便繞到了武松背後，然後輕輕在他肩上一推，強弩之末的武松再也支持不住，一跤跌進塵埃，方鎮江也一屁股坐倒在了地上。

早已經目瞪口呆的眾人好半天才緩過神來，紛紛擋在兩人之間，不過這會二人已無心再鬥。

片刻之後，武松眼神一閃恢復了神智，一擰腰站起來長吁一口氣道：「痛快！」

與此同時，方鎮江也一骨碌爬起來，衝著武松呵呵笑了幾聲，二人目光相對，突然同時大笑。

眾人莫名其妙，武松撥開擋在自己面前的幾人走到方鎮江跟前，死死攥著他的手道：「好兄弟，啥也不說了，以後有飯同吃，有敵同殺。」

方鎮江道：「你也一樣。」

盧俊義等人各自抹汗道：「可嚇死我們了。」

武松忽然認真道：「這場比試是你贏了。」

方鎮江抱著「自己人」不用客氣的態度微微點頭，武松把手搭在他肩上熱切地說：「你最後那一招用的實在是妙，看來你在你們那裡又跟高人學了不少東西——你一定得告訴我，是誰教你這一招的？」

方鎮江的臉沒來由地一紅，半天才扭捏道：「我老婆……」

「哦，是咱……」武松見方鎮江臉一變，立刻醒悟道：「……是你老婆呀，這套功夫叫什麼名堂？」

方鎮江這回沒半分猶豫，篤定道：「太極拳嘛，你沒學過？」

武松撓頭：「太極拳？聽都是頭一回聽。」

太極拳，一般的說法是張三豐所創，也有幾種別的論調——這個等老張頭來了以後，可以問問他到底是怎麼回事。

但是太極拳從創立到成熟，至少經過了幾百年的演化，可以肯定的是方鎮江學的絕對是那種最正宗的——佟媛就是一個太極高手，當初她曾憑著太極裡高超的以柔克剛技巧，讓實力高出她不少的段天狼束手無策。

剛才我一喊，方鎮江這才想起自己還家有美眷，不能跟當了一輩子頭陀的光棍武松同歸於盡，所以不由自主地把老婆教的功夫使上了。

方武二人站在一起默契於心，一時卻又不知道說什麼好了，只有相對傻笑，魯智深來到武松跟前道：「你確定了？」

武松拉著方鎮江的手道：「來，我給你介紹，這是魯智深哥哥……」

方鎮江一笑道：「見過。」說著他把武松拉到我跟前說，「我也給你介紹一下，這是小強，是個好兄弟，哥哥們已經認了他做咱們山上第一百零九把交椅。」

武松有點不好意思地捏著我的肩膀說：「以前得罪了，兄弟。」

還不等我說什麼，武松忽然愣愣地對方鎮江說：「那你排多少？」

方鎮江：「……我排不排都行。」

武松叫道：「那怎麼行？」他跟方鎮江說，「兄弟——你比我小，我就叫你一聲兄弟，這樣吧，你排在我後面。」

武松跟正在一邊樂呵的董平說：「董哥麻煩你個事，我這兄弟插個隊，排在你前面行麼？」

按梁山座次，董平正好排在武松後面，是天罡星第十五。

董平撇嘴道：「憑什麼呀，十五當的好好的，以後江湖上朋友們一聽說改十六了，還以為我犯什麼錯誤降級了呢。」

武松靈機一動道：「那這樣吧鎮江，你排我前頭，你當十四我當十五……」

董平跺腳道：「那我還是十六！」

眾人都哈哈大笑起來。

方鎮江笑道：「我就不排了吧，有這麼多朋友兄弟才是真的，名不名的沒什麼重要。」

盧俊義道：「這樣吧，你倆合起來排十四。」

梁山上這還是首例，張順張橫、阮家三雄、朱貴朱富那都是親兄弟一起上山，也沒說兩三個人排一個名。

武松笑道：「這個好，倆人合起來是十四，那拆開都是第七。」

「啊呸！」霹靂火秦明啐了他一口，他在山上排第七——

這一場架打下來，武松和方鎮江頓時成了形影不離的好朋友，眾人都圍過來替他們高興，忽有人小聲道：「咦，那對花榮哪去了？」

眾人這才想起來，跟我上山的還有一個花榮呢，四下一看，段景住眼尖，指著一處山階道：「倆人在那呢！」

只見花榮和花榮肩並肩坐在石頭臺階上，距離不遠也不近，都俊朗且飄逸，其中一個花榮抬頭看天，另一個用手裡的小草棍劃拉著地面，二人喁喁而語，因為距離遠也聽不見在說什麼，只覺得兩個人有點淡淡的默契，又有點寂寥——就跟一個人坐在那裡似的。

人群裡有人大喊一聲：「花榮！」

兩個花榮同時回過頭來，而且還都是從左邊扭脖子，動作一致，連表情都一模一樣，大家都覺眼前一暈，不少人下意識地揉揉眼睛，要不是其中一個穿著現代衣服，只怕全得崩潰。

右面那個穿了一件箭袖的花榮衝眾人微微一笑道：「武松哥哥的事完了嗎，我們不用比了，我相信我就是他，我們倆是一個人。」

幾個人幾乎同時叫道：「你們說什麼了？」

右花榮眼角依稀好像還有淚痕，他邊擦眼角邊勉強笑道：「沒什麼，說了些梁山以後的事情。」

左邊的花榮見人們還是有懷疑的意思，便道：「既然武松他們都比過了，咱們也還是切磋一下吧。」

有那看熱鬧不嫌事大的都叫起好來，其中好幾個居然是穿越過的五十四，他們親眼見過花榮和龐萬春鬥箭，那回已然是精彩絕倫驚險萬分，現在兩個花榮要鬥一下，不知又有什麼樣的眼福了。

花榮問花榮：「怎麼個切磋法呢？」

花榮跟花榮說：「就像在戰場上那樣，你知道該怎麼做。」

花榮跟花榮……呃，為了區分兩個花榮，我們還是依金一金二的例子，把花榮也分為花一花二吧，梁山正版花榮是花一，文青版花榮是花二。

花一跟花二說：「這樣行嗎？」

花二溫言道：「行不行其實你自己也知道，別忘了我們是一個人。」

花一釋然一笑：「說的是。」

花二跟我說：「強哥，一會我們還需要一個人，等我們分開做好準備以後，你幫著發個開始的信號。」

我納悶道：「你們想怎麼比？」

花二也不多說，提著車把弓向小樹林邊上走去，花一這時也叫人取過了他的弓，一言不發地朝另一邊出發。

我和眾好漢相顧愕然，誰也不知道他們要幹什麼，兩個花榮隔了大約五十多米忽然同時站住轉身，兩雙眼睛都盯著我的手在等我發信號。

我小心地問身邊的人：「這兩人到底要幹什麼，我倒是讓不讓他們開始啊？」

張清凝神道：「看樣子好像是要對射，可是這倆是哥們啊，按說不應該拼命。」

這會那些等著看熱鬧的人也意識到了事態異常，七嘴八舌道：「還是把他們都叫回來問問清楚再說。」

我舉手示意兩個人回來，誰知道這一下可惹了禍了，花一花二一看我舉手，突然同時從身後抓出一把箭排在手裡對準了對方，不用看也知道，那一排箭是廿七支，光是這個手法一般人就掌握不了。

眾人亂七八糟嚷嚷道：「哎喲，真的是要玩命，快讓他們停下！」

我高舉著一隻手抓狂道：「那你們快去，我不能動！」

兩個花榮眼神都死死盯著我的手，這時誰都明白我這隻手只要一放，就會有漫天箭雨飛射，到時候兩個花榮都免不了變成刺蝟——我們誰都猜不透既然他們都兄弟相認了，為什麼反而要自相殘殺？

這跟上回鬥龐萬春還不一樣，上回花榮和龐萬春為了榮耀，至少還都不希望對方死在自己箭下，而這次可就險了，只要開弓這不是簡單的你死我活，這是要同歸於盡啊！

人們這會知道急了，都喊叫著讓二花停手，也有好幾個人分頭奔向二人。

第七章

為愛穿越

金少炎苦笑一聲，開門見山地說：「師師的事我已經知道了。」

我試探性地問：「你知道什麼了？」

「她回去了對嗎？」

還不等我想出該說什麼，金少炎忽然一把拉住我的手急切地說：「強哥，你帶我去找她吧。」

八月十六，梁山，無風……

二花對峙，五十四箭在弦，沒人知道這一戰的後果……

在這萬分緊急的時刻，一隻小飛蟲好死不死地鑽進了我的鼻孔，我鼻歪眼斜地呻吟了一聲，然後打了一個驚天動地的噴嚏，接著用手一揉鼻子──與此同時，我只聽見「嗖」的一聲在我耳膜裡鑽過，我知道壞了！

我眼睜睜地看著二花對射而出的五十四支箭，全部在空中完成對接，力道、位置驚世駭俗地一致，最讓人詫異的是五十四箭落地後，居然都保持了一樣的擁抱糾纏的姿勢，二花分站南北方向，而那五十四支箭齊刷刷地坐西向東，在地上排成廿七對……

如果說武松和方鎮江的一戰還有人持懷疑態度的話，那麼二花的表演徹底打消了所有人的疑心。武方一戰只有少數人能看明白，因為武松的功夫風格過於跳躍，動起手來以後很難判斷兩個人到底是不是一個路子，二花就不一樣了，不說當世幾乎不可能有箭法超過花榮的，連能跟他平起平坐的也很少，雙方的箭都是在似有意似無意間撞上的，這是一種高度契合，因為花二跟花一說了：就像在戰場上一樣，有了這個前提，兩人心思一般轉，多年來養成的刁鑽箭法放出來的箭道就像用機器量出來的一樣，所以才能箭箭相交。

有了這四人的切磋比試，其餘的人再無懷疑，等我把一大堆亂七八糟的東西拿出來分給眾人之後，他們更加毫無顧慮了──古代人並不是傻瓜，看到會唱歌的小盒子（電話）和透明的片片（吳用的眼鏡）就明白我是來自另一個世界了。

當下又熱鬧了好一陣，鬱悶的宋江這才把大夥都召回忠義堂，至於他為什麼鬱悶，我們可以理解為這個梁山之主從我到來後就一直成了二線配角，他戲分還不如段景住多呢。

待眾人安靜後，宋江道：「眾位兄弟，雖然我還不大明白你們之間到底發生過什麼變故，不過招安的事是不是可以定下來了？」

很多人點頭：「嗯嗯。」

宋黑胖眼睛發亮道：「那下面就說說該如何招安吧……」

我起身道：「這個不難，當今皇上最喜歡的女人叫李師師，我們可以通過她達到我們的目的。」

宋江喜道：「這樣的辦法都被你想到了，那你再說說具體步驟。」

我草稿都不打的道：「這就要哥哥親自進京一趟了，需帶的人有：戴院長、李逵……」

我嘴上這麼說，眼睛不禁盯住了坐在天罡席上最後那個白面後生的臉上，這就是著名的浪子燕青，這小夥面白如玉眉角高挑，自然的帶出三分風流，要在現代，絕對是那種往酒吧一坐就有女孩子主動上來搭訕的主。

燕青注意到幾乎有一半人都在看自己，有點不自在道：「你們看我幹嘛？」

我撓撓頭，關於怎麼接近李師師這一點上我還沒有想好，是再讓燕青去泡她，還是直接一顆藥搞定呢，前者好像有點對不起金少炎，但是給她吃了藥以後，那李師師的後半生該怎麼過？

正在這時忽有人來報：「水軍擒獲一艘朝廷的官船，有當今太尉一名，是殺是剮請宋江哥哥定奪。」

我忙問：「那太尉姓什麼？」

探子摸頭道：「好像是姓王。」

我也摸頭：「姓王？不是姓陳或宿？」我記得來梁山招過安的就這倆，姓陳的被李逵打了一頓，姓宿的人還湊合。

吳用問探子道：「你說對方只來了一艘船？」

「是的。」

吳用扶扶眼鏡胸有成竹道：「八成是來招安的。」

宋江一聽急忙起身道：「快請王大人進來——哎呀還是我親自去迎接。」

吳用不動聲色地把他往座位上按了按，吩咐那探子道：「你光把姓王的太尉帶上來。」隨即在宋江耳邊道，「哥哥，情況不明，不宜操之過早，沒的墮了咱們梁山的威風。」

宋江一聽微微點頭，面無表情地坐下了。

探子走後，吳用把羽毛扇扇了兩下道：「兄弟們先統一一下口徑，一會如果真的是朝廷來招安的，我們該怎麼辦？」

武松同學這會思路非常敏捷，信口道：「那就答應他唄，咱們招安說到底為的是能不用在對付方臘的時候腹背受敵，等打完方臘，咱們再反上梁山不遲。」

眾人都道：「好辦法。」

宋江：「……」

不一會兒，兩個嘍囉押著一個半大老頭走了進來，這老頭抖抖索索卻又強自鎮定，穿了一身都是鳥的官服，官帽卻不見了，他一看大廳上聚了一百多號兇神惡煞似的人物，腿肚子一個勁轉筋，不過他來前就做過心理準備，所以勉強還能對付著站直了。還不等宋江問話，張横玩他弟弟的手機不小心把音樂打開了，一個女人唱歌的聲音洩了出來。

王老頭一聽，終於再也受不了，撲通一聲跌坐在那裡，眾人齊瞪張横，張順忙搶過手機關好。

宋江溫言道：「王大人莫驚，我梁山地小人薄，兄弟們多為草莽出身，不曾見過大場面，不知大人此來有何貴幹？」

王太尉臉色慘白，面部表情抽搐，掙扎了一下沒掙起來，索性就坐在地上虛弱地說：「我是奉皇上旨意前來招安爾……眾位的。」

董平痛快道：「行啊，我們剛才商量過了，同意招安。」

他突然耍貧嘴似的來這麼一句，王太尉哭喪著臉道：「這位好漢休得說笑，我王某雖然命懸你手，可終究食君俸祿，不能眼見你拿聖旨當兒戲。」

好漢們見他誤會了自己的好意，七嘴八舌道：「沒騙你，是真的。」

王太尉都快哭了，在他看來，這幫土匪這麼跟他耍笑，只怕他也離死不遠了。

宋江又是揮手又是咳嗽，好不容易使場面安靜下來，這才換上一副笑臉模樣跟王太尉說：「王大人不必多疑，我等雖然暫居梁山看似不服教化，可那都是被奸佞所迫，心中著實祈垂聖眷……」

方鎮江不耐煩道：「總之就是同意招安一句話嘛，說那麼多幹什麼。」

在座的敢這麼頂宋江的也只有他了，其他人心裡暗爽，表面上都道：「聽大哥把話說完。」

宋江吃了這麼一頂，噎住不知道該說什麼了，王太尉察言觀色，終於得出一條對自己有用的結論：這幫土匪說不定真的想招安——於是試探性道：

「皇上說了，諸位英雄若真有意招安，暫且不必進京面聖，可帶本部人馬即刻起程去往江南征討方臘，特封宋義士為征北先鋒，待方臘平後加封保義郎，上汴京謁聖。」

眾人大喜道：「這可真是瞌睡給了個枕頭。」

宋江面向北叩拜道：「臣，征北先鋒宋江謝主隆恩。」

王太尉見大廳裡有笑的，有聊天的，還有磕頭的，場面極度混亂，可是有一點是可以確定的，這幫土匪並沒有勃然大怒，既沒有人上來揪打也沒人割自己耳朵，不禁暗嘆祖墳保佑。

因為就算是個白癡都能聽出宋徽宗所謂的招安，根本沒有絲毫的誠意，什麼征北先鋒保義郎，不但都是虛名，就算正式入編那也是不入流的小吏，讓梁山先行征討方臘云云，更是一廂情願不知所謂，可以說這就是皇帝被逼急了，抱著死馬當活馬醫態度的一次無營養的試探。

王太尉小心翼翼地爬起來，見真的沒人虐待他，臉上逐漸有了血色，底氣也足了：「爾等且去沐浴更衣，待三炷香後，我再來正式宣讀聖旨。」

一片亂哄哄的聲音吵道：「讀個毛啊，就那點事，我們知道就行了。」

王太尉見眾人對皇上殊無敬意，趕緊又放下架子，陪笑道：「說的是，說的是。」

當下王太尉由宋江親自陪同前往梁山館驛開貴賓房，王太尉在梁山如在雲端，踏著蹬雲步，迷迷糊糊地跟在宋江身後，嘴裡像念經一樣念叨：「我真的猜不透你們，我真的是猜不透你們啊……」

快走到廳外的時候，終於鼓起勇氣回頭跟我們說：「你們不會是想假裝招安然後造反吧？」

扈三娘道：「你傻啊，方臘在南，汴梁在北，你看我們往哪打不就知道了？」

在歷史演義裡，太師和太尉這兩個職位上基本沒出什麼好人，上梁山招安的，陳太尉就不說了，宿太尉也未必有什麼誠意，現在，因為歷史打了個折扣，所以朝廷不前不後地又派來個王太尉，好漢們自然誰也不拿他當盤菜，只有宋江陪著小心招待。

不一會，果真沐浴更衣，把聖旨請了來供在桌上，眾人拿來拿去地傳閱了一通，黃燦燦的聖旨不一會工夫就被抓得像個剛出爐的紅薯。

那王太尉有宋江伺候著，漸漸又不把人們看在眼裡。

說實在的，我挺佩服這老頭的，明知道自己這趟差是九死一生還敢來，在一幫土匪面前也沒丟太大的人，還算是忠於職守，在風雨飄搖的宋徽宗時代，已經能歸入忠臣之列了。

王老頭在梁山上轉了一會兒，忽然指著忠義堂外那桿「替天行道」的大旗道：「宋頭領，你看這面旗是不是該換換了，現在你已是朝廷命官，理當打我大宋的旗號。」

這是一次赤裸裸的試探，誰都明白江湖人講究人倒旗不倒，招安云云此刻都還是空話，但這面旗要是落了，梁山作為一方勢力，那就真的名存實亡了。

宋江可不是不知輕重的人，面有難色地猶豫了一會，這才訥訥道：「哪位兄弟去把旗降了？」

李逵到底是宋江的忠實擁躉，雖然有點不情願，可還是自背後摸出雙斧道：「我去！」

時遷忽然跳出來道：「慢著！」

李逵瞪眼道：「怎麼？」

時遷悠悠道：「砍旗桿不費勁嗎？」說著把手裡正在放歌的手機往兜裡一插，靈猴般躥上了旗桿，其他人看著他拔旗，仍舊有說有笑，反正說好是假招安，早不把這形式化的東西當真，王太尉滿意地點點頭，看來梁山賊寇是真的有心招安了。

時遷邊哼哼著小曲兒邊麻利地爬上桿頂，他一手把旗子摘下來，無意中掃了一眼手機忽然叫道：「喲，有信號了！」

我抬頭道：「別放屁了，快點下來吧。」

時遷道：「不信你上來看，我打個電話試試……喂，顏老師啊，我？我是時遷啊，哈哈，我們都在呢，歡迎你也來梁山做客啊……」

我見他說的有模有樣的，喊道：「那你讓他告訴我，今天學校誰值班？」

時遷笑道：「……是啊，小強不信是你，什麼，侯老師值班啊——」

我頓時吃了一驚：今天育才的值班老師確實姓侯，而且是新調去的，時遷他們走以前根本不認識這個人。

方鎮江一聽馬上大聲道：「時遷你先別下來，我告訴你號碼，你給佟媛打個電話，就說我跟小強去外地出差，得過幾天才能回去——」

時遷撥好了號，嬉皮笑臉地對著電話說：「小媛嗎，我時遷啊，還記得我嗎，哈哈，我挺好的，鎮江讓我告訴你一聲，他得過幾天才能回去，你問我們在哪啊？梁山呢……」

時遷問下面的方鎮江，「你老婆問你跑山東幹嘛去了？」

方鎮江窘迫道：「你就說公幹。」

時遷這會已經兀自道：「是啊，他們公費旅遊怎麼能不帶你呢，太不像話了——鎮江，你老婆問你，廁所地磚選天藍的還是綠色？」

方鎮江跺腳道：「你別他媽瞎說成不成，你讓她看著辦。」

時遷東拉西扯跟佟媛聊了一會兒掛了電話，旗桿下面已經圍了一大片人，一個個急急地嚷著：「幫我打一個，幫我打一個！」

時遷把電話拿在手裡把玩著，牛氣沖天道：「別吵，一個一個來，在那邊有直系親屬的優先！」

那囂張的樣子活像早期郵電局拍電報的。

花榮二號默默上前兩步，眾人都自覺地把位子讓出來。他想了一會這才抬頭對時遷說：「你給秀秀打一個，我也沒什麼要說的，你就轉告她我過幾天回去吧。」說著花二轉頭對花一道：「你要不要跟她說幾句？」

花一把頭搖得撥浪鼓一樣：「還是別客氣了，那個……咱倆雖然是一個人，但這方面還是劃清楚點好，按說雨眸和你我都不是外人，可是……」

聽口氣，雨眸應該就是花榮在梁山的老婆了。

花二也馬上面紅耳赤起來，胡亂擺手道：「我絕沒別的意思。」

我笑嘻嘻地跟花一說：「小花（榮）晚上跟我睡，你放心吧，再說咱這裡還有一個小花掌握尺度著呢，他寫的是惡搞，可不是亂搞。」

時遷幫花榮打完電話，問：「還有誰？」

董平搶上前道：「你給老虎掛一個電話，讓他上網查查宋朝哪能買上地圖魚？」

安道全鄙夷地看他一眼：「淨扯沒用的，時遷，你問問扁鵲和華佗，抗癌藥研究的怎麼樣了？」又有一幫亂七八糟的人喊道：「給程豐收和段天狼他們打一個。」……

時遷撥著電話，忽然道：「靠，我的欠費，停機了。」

下面揚起好幾十部手機：「用我的！」

我在一旁一個勁納悶：為什麼時遷的手機就有信號呢？是因為他爬的高，還是他手機比別人好？

我跟張清說：「把你的手機給時遷，讓他試試能通不。」

我去找方鎮江他們之前，有好幾個人囑咐我把他們的電話帶來，好在開會的時候聽音樂玩遊戲，我也懶得記是誰，反正他們留下的東西都在一起包著，索性就一古腦都帶上了，所以現在那五十四位幾乎人手一個電話。

張清一甩膀子把電話扔了上去——差點把時遷打下來，時遷翻著白眼接住，看了一眼道：「也有信號了。」

我托著下巴道：「看來到古代跟到郊區一樣，得爬得高高的才有信號。」

吳用道：「嗯，你不是說在南宋還能輕易接收嗎？大概就是這個道理，這年代就跟距離一樣，從北宋開始就脫離輻射範圍了，不過爬到高處還能湊合用。」

張順一捅我：「你去弄個信號增強器啥的放在車裡，再以後就真跟出差似的了，能隨時跟家裡聯繫。」

我無語，一個現代人居然被兩個北宋的土匪教我該怎麼用電話……

時遷拿著張清的電話衝下面嚷：「你們不要叫，以後用誰的電話就先幫誰打——」

他話音未落，好漢中十幾個擅長發射暗器的紛紛把手裡電話向時遷扔去：「那你用我的！」

「哎喲！」一聲慘叫之後，時遷終於被砸下來了，腦袋上有各種手機形狀的包。

王太尉驚疑地看了一眼我們這邊，小聲跟宋江說：「宋……先鋒啊，你手下這幫兄弟沒什麼事吧？」

他大概是在納悶就這麼一群神經病怎麼會讓朝廷屢吃敗仗。

宋江尷尬道：「……以前一直挺好的，可能是聽說朝廷要招安歡喜得狠了。」

王太尉道：「事不宜遲，我看你們明天就動身去征討方臘反賊，如果表現得好，皇上提前召見你也說不定。」

宋江遲疑道：「這……不倉促嗎？」梁山畢竟還有偌大的家底要收拾，他可是抱著一去不復返的決心的。

眾人亂哄哄道：「不倉促，明天就走！」反正今天走明天走一樣，遲早還得回來，這是大夥的想法。

王太尉喜道：「看來真如宋先鋒所說，大夥熱情很高嘛。」

我見這事終於塵埃落定，找到吳用、盧俊義幾人道：「哥哥們，這一關過了，打方臘可也不簡單，咱們還得好好合計。」

扈三娘拍了我一巴掌道：「跟你能合計出個屁來，這沒你事了，你回去陪我包子姐吧。」

吳用和盧俊義對看一眼，同時笑道：「三娘說的是，你都快當爹的人了，就多陪陪包子吧。」

我憤憤道：「我就那麼沒用嗎？你們這麼嫌我？」

吳用認真道：「誰說的，你用處大了，你不是把我的眼鏡帶來了嗎？」

我無語。

林沖笑道：「不要鬧了，小強，哥哥們是跟你開玩笑，包子現在可是真的很需要你。」

我連連點頭：「還是林沖哥哥說話好聽。」

林沖繼續道：「不過話說回來，你確實是幫不上什麼忙。」

再次無語……

方鎮江跟我說：「你回去以後可別讓小媛看見你，要不她該問我了。」

我愕然道：「你不跟我回去啊？」

方鎮江看看武松，笑道：「我哥哥不是說了麼，以後有酒同喝，有敵同殺，我總不能做只會喝酒不會殺敵的兄弟。」方鎮江湊到我跟前小聲說：「而且——你真的不擔心大家和方臘再次搞僵嗎？我留下來還能做個調節。」他還是在擔心方臘。

我點點頭，又問花榮二號：「你也不回去了？」

花二道：「我得留下看著龐萬春，既不能讓他傷了我們的人，也不能讓他受傷，他現在肯定已經聽過我……們的名號，碰面就不會留手。」

我說：「那我什麼時候來接你們啊？」

方鎮江道：「電話不是能用了嗎，我們把這旗桿帶上就是了，完事以後我們聯繫你。」這相當於帶了一個信號塔。

我看二人主意已定，梁山有了一百零八加二的加強版，應付方臘的八大天王應該不成問題，我留下也沒什麼意義，於是一邊朝山下走一邊說：「那你們這幾天別胡亂玩手機，留點電給我電話，我過幾天沒事也來看你們。」

我來到宋江跟前道：「大哥，沒什麼事我先走了。」

宋江有點不知所措地點點頭，自從我來了以後，就把他的梁山搞得一團糟，所以我要走他也沒什麼表示。

我又跟王太尉握了握手說：「王大人加油幹吧，祝你官運亨通，幹得好，說不定你還能享受去我那待一年的待遇。」

王太尉莫名其妙了很長時間，我走出去老遠一截他才跟宋江說：「這人說話怎麼不著頭腦的？」

……

這次下山就我一個人，回到朱貴的酒店的時候，幾個夥計立刻圍上來七嘴八舌問：「強哥，都說咱梁山招安了，是真是假呀？」

這消息傳得還真快，除了我正式成為一百零九哥以外，居然還知道已經招安了。

我笑道：「你們管那麼多呢，跟著熱鬧就完了唄。」我這會還不能多說，這假招安的事情畢竟挺敏感的。

一直幫我泊車的夥計已經站到我車邊上了……

回家以後，我一邊陪著包子，一邊給費三口打電話，搞信號加強器這種東西我實在想不出比找他更好的人選了。

果然，我把要求一說完，費三口用小菜一碟的口氣哧了一聲道：「東西不成問題，不過你又在搞什麼貓膩？」

我嚴肅道：「事關機密，不該問的別問。」

老費忙小聲道：「對對，我忘了。」幾秒鐘後馬上反應過來，「娘的，你跟我說機密？」

我嘿嘿笑了幾聲，低聲下氣道：「幫我弄一個吧，大不了你在那上面裝一個監聽器，我給你提供個情報：最近某個反政府組織要有大規模行動。」

「你說真的假的？」費三口馬上認真起來。

我意識到跟他這種人有些玩笑是不能開的，忙道：「逗你玩呢。」

費三口正色道：「我也提醒你，你可別亂來——是不是你們育才的人又坐不住了？」

我抓狂道：「這話可不敢胡說，照你意思我們育才是反政府組織？」

老費也啞然失笑：「行了，等著吧，我找人給你送去。」

其實嚴格說來，盧俊義他們也算育才的人，不過北宋既然已經跟咱現代同步了，相當於要搞獨立，盧俊義他們造反，這屬於愛國。

包子見我掛了電話，瞟我一眼道：「瞧你這德行，每天也不見你幹什麼正事，忙得跟國家領導人似的。」

我把白眼還回去道：「懷孕兩個月的女人少說話！這個時期的男人就得忙起來，七成以上夫妻都是這時候留下的感情陰影……」

包子斜睨著我：「你電話又一晚上打不通！」

我正想理論，忽聽有人按門鈴，我起身去開門，喃喃道：「這麼快？姓費的傢伙不會是就在咱們家門口監視咱們吧？」

門一開，一個帥小子站在我面前衝我微笑，他把一隻手插在肋下，另一隻手托著下巴，笑盈盈地向沙發上的包子打個招呼，是金少炎。

自從李師師走後，我們這還是第一次再見，金少炎看上去不錯，精神愉悅，應該已經從李師師的陰影裡走出來了，包子也向他招手：「是少炎啊。」

我領著金少炎上了樓，進了劉邦他們以前住的臥室，金少炎遞給我一根哈瓦那雪茄，我接過來把玩著，說：「有什麼事就說吧。」我看出金少炎有事找我。

金少炎一改剛進門時的歡快，低頭不語，頓了一會兒忽然澀聲道：「強哥，這回你一定得幫我！」

我馬上產生了一種不妙的預感——金少炎這種人請你幫忙，絕對不會是什麼簡單的事情。

「我有什麼能幫上你的，你各項條件都比我高啊！」

金少炎苦笑一聲，開門見山地說：「師師的事我已經知道了。」

我試探性地問：「你知道什麼了？」

「她回去了對嗎？」

還不等我想出該說什麼，金少炎忽然一把拉住我的手急切地說：「強哥，你帶我去找她吧。」

我驚道：「這事你也知道了？」

金少炎淡淡一笑：「別忘了我也是你的客戶，很多事情，育才的各位名士是不避諱我的，前天我聽幾位皇帝聊天，說什麼要儘量說服你以後去找他們，我在旁邊聽了一會兒就什麼都明白了。」

我忿忿道：「皇帝都是碎嘴子！」

金少炎使勁攥著我的手道：「帶我走。」

還帶你去月球呢——不過話說回來，金少炎這種人要真想上月球倒不是什麼難事了。

我結巴道：「可是……你不是那兒的人吶，你去了非惹出什麼亂子來不可。」

在老神棍們的幫助下，再利用人界軸和集點表加起來的BUG，我和客戶們確實能過得輕鬆一些，可這不表明你就能胡作非為，帶著異時代的人穿越已經是大忌了，如果再起了連鎖反應引起歷史變故可就完了，集點表上沒有李師師任何記載，但是她身邊的人都是王公大臣，最重要的還有一個皇帝，金少炎如果硬把李師師帶走，鬼知道宋徽宗會發什麼神經。

金少炎苦苦哀求道：「強哥，我知道你不告訴我肯定有苦衷，但是請你原諒我的自私，不管你用什麼辦法，帶我走吧，哪怕只讓我偷偷看師師一眼也行。」

我斜眼看他：「你真能偷偷看她一眼就算？」

金少炎不好意思地低下了頭：「不能……」

我長嘆一聲：「算了，去準備準備明天來找我。」

金少炎大喜：「我都已經準備好了！」

我奇道：「你都準備什麼了？」

金少炎指著樓外停著的一輛商務車說：「都在那裡了，我們為什麼不現在就走？」

我瞪他一眼道：「就知道想你的師師，也不體諒體諒你強哥我，包子懷孕我都沒好好陪過她。」

金少炎嘿嘿笑了幾聲道：「那車就放你這兒，我明天再來。」

我揮手像趕要飯的一樣：「快滾快滾，看見你就心煩。」

金少炎喜不自禁，蹦蹦達達的從樓上飄下來，包子跟他說：「少炎，吃了飯再走吧。」

金少炎邊傻笑邊往門口走：「哈哈不了，我現在什麼也吃不下，什麼也不想幹。」

包子眼見金少炎飛出門外，莫名其妙地問我：「他怎麼了？」

我長吁短嘆了半天，沒有說話。

自從我能穿越以後，關於李師師的問題不是沒想過，在五人組裡，她身世最可憐，境況也最尷尬，如果不是忙著應付荊軻和胖子的事，我早想去看看她了，但最終該怎麼解決還一籌莫展。

現在看來，讓金少炎把她帶走是目前最好的選擇，雖然這樣做冒了天大的風險，在天道未平息之前是絕不能把以前的客戶帶回來的，他們就像螺絲釘一樣，平時看似沒起什麼作用，一離開自己的崗位就會出亂子，至於金少炎去了那邊以後怎麼生活、會出什麼意外，也不是現在能預料到的。

我回頭看看包子，略帶歉意地說：「明天還得走，你就多和木蘭姐出去轉轉吧，等忙完這段好歹帶你度個蜜月。」

包子道：「我也琢磨這事呢，你說咱們現在有錢了，是不是往遠走走？埃及希臘什麼的，也看看那古文化。」

我鄙夷道：「你看得懂嗎？」

包子輕撫肚子道：「我這不是想讓孩子受受薰陶嗎？」

我說：「受薰陶還用往外國跑？你說你想看什麼年代的吧？」

我打算這趟跟金少炎出去若是不出意外，就給包子一個驚喜，帶上她去趟胖子或者項羽那。

這時又有人敲門，我打開門一看，是個送快遞的，手裡捧著一個長條盒子跟我說：「蕭強先生嗎，請簽收。」

我簽了名拿進家裡拆開一看，見裡面裝了一個雨傘似的東西，雨傘下面還有一個底座，底座上有個開關，老費適時地打來電話道：「東西收到了吧？」

「這就是那信號增強器吧，有效距離是多少米？」

「你就儘管用吧，可以這麼跟你說，只要不出中國，任何沒信號的地方都沒問題。」

……北宋得算中國吧？

有希望的人就有動力，金少炎現在就是這樣的人，我讓他第二天再來找我，結果這小子天剛濛濛亮就催命一樣打電話來。

我正迷糊著呢，一看是他的電話，抓起來低吼道：「讓老子睡個安穩覺行不行！」

金少炎一點也不生氣，機靈中透著可憐說：「那我在門口等你……」

我長嘆一聲，拎過褲子穿了起來，包子半睡不醒地呢喃：「去哪啊這麼早？」

我氣咻咻地說：「金少炎請我逛窯子來了！」

「哦。」包子胡亂應了一聲，又睡過去了……

我匆匆洗了把臉，拿上費三口送我的「雨傘」，紅著眼睛打開門，金少炎垂著手笑瞇瞇地站在門口，見我出來一個勁低頭哈腰。

這小子今天好像經過了特意的修飾，臉蛋光潔滿臉春色，就是莫名其妙地戴了一頂假髮，像電視上那樣梳成古代男子那種髮型，用一根綠油油的髮簪別著。

「你這是唱的哪一齣啊？」我納悶道。

金少炎得意地打開那輛在我家門口停了一夜的商務車車門，從裡面費力地搬出許多手提箱，興奮道：「強哥你看，這都是我準備的東西。」

我隨便打開一個一看，見裡面全是黃澄澄的長方塊，一條條都像普通手機那麼大，我隨口說：「你帶這麼多銅片子幹什……這都是金子？」

我跳了起來，因為我忽然發現這些「銅片子」散發出來的光是那麼誘人，而且手感柔和分量很重。

金少炎繼續往我車裡搬這些小箱子，一邊說：「都是十足真金，我想過了，這東西到哪都有用，而且師師待的那個地方……」

我明白了，這小子硬是從現代兌換了大量金子準備去宋朝花，有錢就是好啊！

金少炎一邊裝著放金子的箱子，又從他車上提上幾隻大木箱，裡面全是古裝，金少炎半坐在車裡邊換衣服邊說：「強哥你也換上吧，去了那邊穿這衣服比較方便——這些衣服都是師師當初拍戲的時候親自設計製作的。」

金少炎換好衣服儼然是一翩翩佳公子，又把最後一隻箱子也搬在我車上，說：「這裡面是一些日常用具，我還花了半天時間研究了一下當時的禮節，應該沒問題了。」

我沉著臉說：「行了快走吧，我可告訴你啊，我車裡可沒帶過那麼多黃玩意兒，超重到不了地方我可不負責。」

金少炎討好地摸摸車身跟它說：「好寶貝，我相信你一定行的。」

我氣道：「別扯沒用的了，你不是有錢嗎，你也賄賂賄賂它。」

金少炎坐到車上，拍著座位真的跟車說：「跑完這趟，我給你換法拉利的引擎。」

我邊開車邊說：「引擎還是我們天庭牌的好，你先給我這車改成燒氣的吧。」

當我們進入到五彩斑斕的時間軌道以後，金少炎禁不住地激動道：「強哥，這車你轉賣給我吧，我拿所有家當跟你換！」

我不屑道：「你那點家當算什麼，現在求著我辦事的皇帝就好幾個呢，有金子了不起啊？項羽的馬桶都是金的。」

金少炎嘿嘿乾笑幾聲，忽然面有憂色道：「你說我能順利見到師師嗎？」

我知道金少炎這會鐵定緊張，就安慰他說：「別這樣呀，你的情敵不就是個皇帝嗎，不算電視電影裡，你見過的真皇帝還少嗎？」

金少炎摸著臉道：「也是，我就沒見過比我帥的皇帝。」

北宋來來回回的我已經跑得很熟了，幾個小時後，車停在一條繁華的馬路上，萬幸的是我們的位置要相對偏僻一些，是在一家大酒店的後面，讓我欣慰的是，來來往往的行人或有看到我車的，也就掃一眼都走過去了，並沒有出現圍觀的壯景。

據我揣測這應該跟宋朝老百姓的生活品質有關，宋朝雖然軍隊疲軟，但是經濟水準絕對是當時全世界最高的國家，人民都是些吃過見過的主，所以不容易引起好奇心氾濫。

我和金少炎鬼鬼祟祟下了車來到正街一看，見我們停車的這家酒店叫「福滿元」，金少炎忽然蹦了起來：「怎麼是這裡？」

我也蹦了起來：「難不成你來過？」

金少炎激動道：「不是，我記得師師跟我說過，她們當年對面就是『福滿元』，她最愛吃裡面的洞庭魚。」

我們一起慢慢扭頭……只見對面掛著偌大的招牌：「十秀樓」。

「十秀樓」就是李師師跟宋徽宗私會的妓院，所謂「十秀樓」，意思是這地方常年都有被恩客推選出來的全京城最出色的十位姑娘，這也是「十秀樓」與眾不同的地方，高品質，會抓男人心理，知道什麼東西一多了男人就不稀罕了，要改成百秀樓、萬秀樓，那這地方也就引不來宋徽宗這樣的高級嫖客了。

早先李師師就是十秀中最美的那個，後來得到了徽宗恩寵，自然跳出三秀外不在七美中，基本上是羽化成妃了。

「十秀樓」前站著倆乾乾淨淨的十五六歲少年，都垂手謹立，客人打面前過的時候鞠躬微笑，你要不進去，他也不來拉你，這就是人家「十秀樓」又高出一籌的地方：男人想要的，爬牆越屋也會摸來，不想要的，派倆如花強拉也沒用，想讓他們乖乖就範，你就得比他們更高調，讓人覺得你神秘而高不可攀。

而且「十秀樓」也是附近唯一一家只使用男人拉客的煙花場——這個比較好理解，你看高級會所哪有用女侍應的？尤其是妓院這種地方，用男的服務員更容易額外滿足嫖客的虛榮心：同是男人，我坐著你站著，我嫖著你看著……

金少炎呆呆地看了半晌，喃喃道：「我該怎麼辦？」

我在他背後推了一把：「進去呀！」

金少炎艱難道：「我……進去怎麼說？」

「直接找老鴇，就說要見李師師！」

「我……能見到她嗎？」

「宋江都能見，你為什麼不能？拿錢開路呀！」

我恨鐵不成鋼地教他。李師師的恩客是皇上雖然已經半公開化，但並非絕對不可仰望，其實宋徽宗也不反對李師師偶爾和那些文人吟詩作對什麼的，當然，更深層次的交往可就不行了——這是這個男人邪惡的一面，有待多加分析。

金少炎的扮相舉止十足一個王公貴冑，和老鴇周旋周旋，很有希望蒙混過關。

「那你呢？」金少炎求助地看著我。

「我就不進去了，你強哥我多年來解甲歸田，已經不慣在這種場合裡征戰了。」

我往他懷裡揣了幾塊金磚，然後把一顆藍藥塞進他手裡囑咐道：「下在酒裡藥性最快！」

金少炎眼望「十秀樓」，輕輕拍了拍臉頰，奮發出一股義無反顧的勇氣，大步走了過去。

我靠在牆上往對面看著，眼見他被門口的童生迎了進去，老半天也沒出來，這是個好現象，說明他已經跟裡面的人交接上了。

大街上車水馬龍熱鬧非凡，除了路邊的水溝外，一切都跟江南那些古鎮沒什麼兩樣，為什麼心裡想著李師師就直接到了她門前，而非先去了梁山，這一直是個沒有解決的疑問，難道這車還通人性？

我待了一會感覺無聊，就找了個沒人的旮旯抽菸，腰上的手機突然吱吱地震動起來，把我嚇了一大跳，我已經習慣它一直沉寂了。

拿起一看，是方鎮江打來的，我看了眼四周，接起來小聲說：「喂，你們在哪呢？」

方鎮江用急切的口氣說：「搞不定啊小強，想別的辦法吧！」

我奇道：「什麼搞不定，怎麼回事？」

「方臘——昨天我們就下山了，經過一夜急行軍已經跟方臘接上仗了，八大天王不好整啊。」

我吃驚道：「不會吧，你們一百多號幹不過人家哥兒八個？」

方鎮江鬱悶道：「不是幹不過，我們不是不想真的跟他們幹嗎？可是那八個不知道啊，上來就下狠手，為了少傷人命，我們講好都是一對一的武將單挑，打了一上午沒分輸贏，還把『矮腳虎』王英讓人家俘虜了。」

我愕然道：「那就是分了輸贏了。」

電話那邊傳來亂哄哄的聲音：「媽的！實在不行就真的跟他們拼了，別讓姓方的以為咱們梁山怕了他們！」

方鎮江道：「聽見沒，都窩著火呢，再這樣下去遲早出事。」

「你們具體位置在哪呢？」

「這地方叫幫源，離開封已經不太遠了，你呢？」

「我就在開封呢，一會兒就去找你們。」

方鎮江不可置信道：「你那兒怎麼會有信號的？」

我看了一眼擱在車前的「雨傘」說：「我帶了一個信號增強器。」

「靠，那你不早說，害得我爬這麼老高！」

難怪方鎮江說話有點喘，原來抱著桿子呢。

我說：「那就先這樣吧，一會兒見了再說。」

這真是內憂外患啊，金少炎這頭還沒搞定，梁山那邊又出了問題，雖然問題這會兒還不是很大，但是卻很棘手。

我完全相信好漢們的實力，如果他們真想殺方臘，只需一窩蜂上就是了，儘管那樣可能也會折損不少兄弟，但正如方鎮江所說，他們並不想跟方臘死磕，育才的五十四個跟方臘已經有了交情不說，另外的五十四個，跟方臘這回也是頭一次見，大家都是造反派，平時還有點惺惺相惜的意思，招安又是假的，也下不去狠心真把方臘怎麼樣。

可方臘就不一樣了，當農民的時候受壓迫憋了一肚子氣，一心要改朝換代，現在莫名其妙地遇上一夥山賊打著朝廷的旗號來跟自己為難，只怕在方臘眼裡，這種人就是朝廷的鷹犬，更該殺。

這時我就見金少炎被一個有幾分貴氣的女人送了出來，那女人不到四十的年紀，穿著講究，一笑一顰居然有點雅致，不過那眼神間或一閃，顯然不是什麼良善之輩。

她滿面帶笑把金少炎讓出來，似乎送客和挽留的意思都有一點，金少炎已經完全恢復了鎮定，帶著淡淡的笑意，手裡抽來調去地把玩著那兩塊小金磚，卻一點也不讓人覺得他銅臭氣，兩個人又說了一小會話，金少炎轉身離開，臨走前很隨便的一個動作把那兩塊金磚遞在老鴇手上，就好像隨手給了老朋友件小玩意一樣自然。

老鴇袖子一縮把金磚藏起來，笑意更濃，甚至還衝金少炎拋了個媚眼，這一刻不管她剛才掩飾得多好，鴇子愛財的嘴臉都暴露出來了。

金少炎走過來，我問他：「情況怎麼樣？」

他換了一副表情，揉著過度假笑的臉回頭看了一眼那個剛轉身進去的老鴇說：「還在試探我，不過應該很快就拿下了。」

金少炎畢竟是金廷的少總，平時交往的人都大不一樣，而且又是風月場上的老手，所以剛才和老鴇堪堪鬥了個平手，從給金條這個細節上，老鴇就應該能看出他是個可圈可點的花花公子，不至於拿他當冤大頭。

「咱們先找個地方安頓下來再說吧，這種事情沒個三兩天，那女人是不會讓人取得進展的。」金少炎跟我說。

「那個，少炎，我還有急事去辦，你先一個人待著，梁山和方臘那邊打起來了，好在就在本地，你有事打電話。」

金少炎道：「那你快去吧。」

我說：「見到師師以後你打算怎麼辦？」

金少炎目光躲閃，低頭道：「我還沒想好。」

我一下就看穿了他的心思，一拍他肩膀道：「如果你要帶她走——別讓人再找到你們！」

金少炎感激地看了我一眼。

「不過你電話可別關機，說不定有什麼突發事件還得找你們。」

金少炎就在路邊雇了一輛大車，把他的東西都搬上去，讓車老大幫著找下榻的客棧，這小子為人幹練，還會幾下功夫，生活上不用擔心。

我上了車以後，金少炎把兩塊金磚扔在副駕駛上，我詫異道：「混帳小子，你這是什麼意思？」

金少炎笑道：「拿著交過路費吧。」

……

這次我車跑開以後，頓時引起了騷亂，不過我可沒給他們圍觀的機會，一騎絕塵消失在官道上。

因為開封是當時的首都，道路四通八達，我照著南方一路狂奔，漸漸的人煙稀少起來，又跑了兩個多小時，忽然前方有大隊人馬駐紮，一面巨旗上寫著「征北先鋒宋」的字樣，一排兵丁擋在路中設了路障，見我車衝過來，均自戒懼。

我一眼看見領頭那人正是朱貴店裡那個夥計，我停下車把頭探出去喊道：「是梁山的部隊嗎？」

那夥計此時穿了一身皮甲，長刀在腰後橫挎，看樣子還是梁山給發的嘍囉套裝，他見是我，示意身邊的人放下武器，笑道：「是一百零九哥啊。」

我趴在車窗上道：「快帶我去見諸位哥哥。」

夥計道：「強哥稍等，此去中軍帳也有幾里路，我去牽匹馬來。」

我打開另一邊車門道：「上車！」

那夥計大喜，一個箭步躥上來，看來他早就想坐坐這個東西，他坐上來以後擰擰屁股，這看看那摸摸，透著無比的新奇。

我一踩油門，麵包車就在梁山大營裡橫衝直撞，夥計無師自通地抓住窗戶上的把手，表情儼然。

這會剛好中午，雙方罷戰，士兵們都在休息，我一口氣開到中軍帳前，就見一百多面大旗飄揚——本來按慣例應該是一百零八面，不過你要仔細數就多出好幾面來，武松的旗旁還有一面旗上寫著「方」，花榮的旗則是打了兩面。

我下意識地往最後一看，差點氣吐血，只見那面比別人都矮了一截的旗桿上掛著面白布，上寫幾個醜陋無比的大字：

「打不死的小強」。

我把車停在帳後，氣咻咻地走進中軍大帳，好漢們正在利用午休時間邊吃飯邊商討戰況，見我進來，嘻嘻哈哈地打招呼，聽說「矮腳虎」王英被人抓了去，這幫人倒是沒一個著急的，扈三娘眉眼間頗有憂色，不過也沒太失常。

我一進門就指著門口大聲道：「沒這樣的啊，也太不夠意思了，你們的旗都威風凜凜的，憑什麼我那桿就那麼雷？」

眾人大笑，盧俊義邊笑邊說：「小強莫惱，這也不是我們故意的，眾家兄弟都有自己的旗，備用的也有一面，可是你的旗子以前不曾做過，倉促間只好湊合著先把你名字寫上了，這也足見大夥惦念著你。」

我一看果然，方鎮江和花榮的旗是用武松和花榮一號的旗改的，我氣消了一小半道：「那為什麼我的旗桿那麼短，總得有個根據吧，如果你們非要說我天生就短，我可不服。」

扈三娘、孫二娘、顧大嫂一聽都怒道：「講什麼屁話？」

我納悶道：「你們想哪兒去了？」

三女頓時臉紅……

盧俊義道：「小強啊，這可是沒辦法的事了，咱兄弟的旗桿都是特製的，這次下山一共也就帶了兩根備用，再要找那般等長的可就難了。」

我摸著下巴道：「咱不是有一根特長的嗎？」那根以前掛了替天行道的桿子他們帶了準備當信號塔用的，不過我也就是隨便說說，沒指望他們真答應。

誰知盧俊義他們幾個頭領相互看看，老盧笑道：「也好，小強初次露臉，哥哥們就都讓你一頭——來人啊，把小強的旗子掛在最高那根旗桿上。」

兩個嘍囉忍著笑出去辦去了。

我滿意道：「現在說說什麼情況吧？」

說起這個，盧俊義黯然道：「八大天王非常棘手，我梁山猛將如雲，卻也不能盡掩其風頭，今天一早，林教頭、關勝、秦明等人已經盡皆出馬，卻始終只和對方殺了個不勝不敗，待王英兄弟出馬時一不留神，卻被方臘那侄子擒了去了。」

扈三娘臉上有些掛不住，辯解道：「那姓方的著實有幾分本事，也怪王英，他上陣向來三分懨懶，吃一個教訓也活該。」她雖這樣說，表情可不輕鬆。

我說：「那他沒什麼危險吧？」

吳用道：「這可難說，今日頭戰，方臘摸不清我們底細，但是他志在必得，說不準什麼時候可能就會斬殺王英以堅定軍心。」

我倒吸一口冷氣道：「那怎麼辦？」

一直被我們無視的宋江這時忽然奮起道：「依我見，眾兄弟要一鼓作氣將方臘趕盡殺絕，這才方顯我梁山報效朝廷的忠心。」

我們繼續無視他……

方鎮江拉了拉我說：「實在不行……把老王找來吧。」

我愕然道：「找他來？讓他看著你打他的複製人？」

方鎮江道：「為什麼一定要打呢，既然都是自己人，讓他去勸勸對面的方臘，大家收兵握手言和不是挺好嗎？」

「……方臘他們能信嗎？」

「我和武松還不是不打不相識，他開始不是也不信嗎？」

武松點頭稱是，又道：「不過這方臘又複雜得多，需得樣貌一模一樣才震得住他。」

我為難道：「可是老王他樣子已經大變了啊。」

方鎮江道：「他樣子變了，他手下不是還有四大天王嗎，一起接來。」

我面向眾人：「你們的意思呢？」

吳用扶了扶眼鏡道：「這是眼前最好的辦法了，否則想擒方臘只有硬拼。」

我把車鑰匙提在面前道：「那你們誰辛苦一趟吧，我連著跑了好幾天長途，開車開得手都麻了。」

方鎮江手一揮抓過鑰匙道：「那也只有我走一趟了。」

第八章

王者之戰

這絕對是一場硬仗，二爺雖強，並非無往不利，
三國裡就有不少人能跟他鬥個平手，而這石寶也是用刀的高手，
再加上這子母餅乾只能是個臨時複製的作用，
二爺刀法裡的真諦那是使不出來的，這仗勝負還是難說。

「你會開車嗎？」我知道方鎮江以前只是個苦力。

方鎮江一笑道：「這段時間沒少跟王寅那小子在他車上打嘴仗，無意中學了個八成會，再說，你這個無非就是打滿檔踩油門嘛。」

方鎮江這人粗中有細，應該不會拿自己的性命開玩笑，加上我實在是太累了，就跟他說：「那就你去吧，記住看時間軸，別開到未來去，那時候你兒子都比你高了，搞不好你能看見自己的三口之家。」

方鎮江打了個寒噤。

我們把方鎮江送到我車上，我叮囑他：「安全駕駛別趕時間，記得給車加油，回來的時候更得注意，要不你出溜到李白那可沒人救你。」

這時我們已經清出一條沒人的跑道，方鎮江檢查了一下車窗，像個F1賽車手一樣向我們比了一個大拇指，時遷一揮小旗，方鎮江就像脫韁的……呃，離弦的箭一樣躥了出去，在離我們兩百米的地方驟然消失。

我們溜達著往回走，我見人們都在吃飯，就順便端了盆菜，拿了倆饅頭啃著，正在這時，只聽對面陣中戰鼓聲大作，煙塵揚起來老高，好漢們紛紛披掛上馬，叫道：「對方又在討敵罵陣了。」

眾人上馬列陣，我就蹲在步兵方陣前面，繼續邊啃饅頭邊往對面看著。

對面，八匹駿馬上，八員大將在一個國字臉的中年漢子帶領下一字排開，凝神往我們這邊巡視，那國字臉的硬漢應該就是方臘，他伸手往這邊一指，嘴巴動了動，緊挨著他的一員小將喝了一聲，便撥馬撞出本隊來，在兩軍陣前，手中方天畫戟一橫，高聲喝道：「呔，誰來戰小爺我？」

站在我身邊的武松跟我說：「這就是方臘的侄子方傑，抓走王英那個。」

只見這方傑騎在一匹棗紅馬上，馬打連環在梁山眾人前耀武揚威，手裡的方天畫戟呼呼帶風，正是年少氣盛的時候，渾沒把別人看在眼裡。

這邊扈三娘早就恨得牙根發癢，拉出雙刀就要上前，忽然梁山中一個年輕帥哥朗聲道：「三姐莫急，待我拿下此人。」

這小將自地煞行列中盤旋而出，只見他頭戴三叉束髮紫金冠，身披百花戰袍，手中也端著一條方天畫戟，不用別人說我也知道，這八成是小溫侯呂方，這兩個小夥子一見之下分外眼紅，一來都還在青春期，二來兩人使的武器一樣，轉眼間就鬥了起來。

據我總結，這用方天畫戟的基本都是高手，自呂布以下，但凡敢用這玩意就有兩下子，果然，兩個年輕人舞動手裡的大戟針尖對麥芒，冷光揮得乒乓有響，我端著菜盆往人群裡站了站——土都飄進來了。

兩人打了約有十多分鐘未分輸贏，那方傑招式精妙，呂方也不弱，方臘生恐侄兒有失，鳴金收兵，方傑意猶未盡，但是終究不敢違抗軍令，瞪著呂方朝地上吐了一口口水，憤憤歸隊。

呂方擦了一把汗，得意笑道：「姓方的也不過如此，快快放了我家王英哥哥，否則下次見了我定……」

他話音未落，忽然從對面陣中衝出一人，兜頭就是一槍，呂方堪堪閃開，卻也躲了個手忙腳亂，我一看樂了，老熟人啊——厲天閏。

厲天閏穿了一身黃銅的盔甲，手裡大槍突突亂顫，真是掩不盡的千分殺氣，看著現在這個他，想到在育才那個被項羽壓斷胳膊又被偷了電瓶的妻管嚴，怎能不樂？

阮小七問我道：「你笑什麼？」

我指著厲天閏道：「這人怕老婆。」

阮小七撓頭道：「喲，倒和我們是同道中人。」

厲天閏和呂方鬥了些回合，吳用擔憂道：「呂方力怯，誰去替他回來？」

金槍將徐寧一言不發，拍馬趕上換下呂方，張清在旁懊惱道：「這小子，搶我的活兒！」他瞄厲天閏可不是一會兩會了！

二將又打了半個鐘頭，雙方主將各自鳴金，林沖無奈跟我說：「看見沒，從上午開始就老是這樣，怎麼也分不出結果，若要硬打，又有違初衷。」

這時場地上暫時沒了人，我正準備開始吃第三個饅頭時，忽然有一條莽漢拖著條禪杖從對面跳到當場，叫道：「聽說你們梁山有個和尚叫魯智深力大無窮，出來跟我比比！」

一個粗豪的聲音嚷道：「那你可是寶光如來鄧元覺？」

魯智深沒有騎馬，所以只能聽見他在隊伍裡喊了一聲，卻不見他人在哪裡。

鄧元覺怪目圓睜往這邊看著，喝道：「正是！」

「哇呀呀呀！」一個說不上是憤怒還是興奮的咆哮聲陡然響起，魯和尚也拖著禪杖越眾而出，這兩個糾纏不休的冤家終於見面了。

不過大家一看之下也不禁失笑起來，兩個人一般高，都是大光頭，手裡提著的禪仗也都是特大號的，如果不仔細看，還以為是一對雙胞胎呢。

老魯和鄧光頭一見彼此也都好笑，心有靈犀似的——突然同時揮杖向對方頭頂擊落，我驚道：「壞了，這可是不死不休的一仗啊！」

花榮衝我微微一笑道：「強哥放心，有我照應著呢。」

在這戰陣之中，大家都穿著盔甲，我也不知道跟我說話這個是一號還是二號花榮……

這兩個禿子一打起來更加狠惡凶險，碗口粗的大鐵杖就在腦袋前頭掛風掃蕩，兩軍對陣有數萬人相持，此刻竟然都身不由己地向後退卻，不一會就空出一片比剛才還寬敞一倍的空地來……

而且這二人可絕非只像表面那樣粗放，一旦動起手來，招法多變攻防有素，短短幾分鐘之內可以說都經歷了無數次間不容髮的生死時刻。

在大家氣都喘不勻的時候，花榮卻搭箭在弦，屏息凝視地往對面看著，那裡，馬上一位將軍也把箭放在了弓上，目光卻時刻關注著鄧元覺，看來鄧國師只要稍有閃失，一支利箭就不免會搶先洞穿魯智深的喉嚨——鄧元覺和龐萬春私交甚篤，這也是我在育才聽他自己說的。

場上的兩個人硬拼了半個多小時之後，漸漸力有不逮，禪杖舞動間已經大見滯澀，鄧元覺兵器一攪使個虛招，腳下卻占了個小便宜，把魯智深踢了個趔趄，老魯大怒，一拳把鄧元覺捅開，兩人同時失去平衡，心念一閃間，又幾乎是同時把禪杖扣向對方腦袋。

這是非常明顯的兩敗俱傷……兩敗俱死的打法，雙方數萬軍隊的將領和士兵也跟著驚叫起來。

龐萬春見狀絲毫沒有猶豫，只略一掃魯智深，早已拉滿弓的手一鬆，「嗖——」利箭激射而出，在這邊，花榮也已胸有成竹，龐萬春開弓他開弓，箭頭與箭頭毫無商量地處在一條平線上，登的一聲對在一起，巨大的力道把兩支箭震成了四條竹絲。

可是這一下就算暫時救了魯智深，卻避免不了他和鄧元覺同歸於盡的下場……

在所有人都這麼想的時候，一些目光敏銳的大將這才發現在花榮和龐萬春箭頭對在一起的同時，另一支神秘的長箭已經以極其精妙的角度穿過鄧魯二人之間，箭頭不偏不倚地射在兩人鐵杖即將交接的地方，把兩個大和尚的兵器都彈開寸許——雖然老魯和老鄧這時的力氣已經不及平時，可發箭這人的力量也十分恐怖了！

眾人目光順著來箭方向一看，這才見一位俊秀將軍自花榮背後轉出，手裡拿著一把稀奇古怪的直棍子似的弓，最讓人驚駭的是：這人居然跟花榮長得一模一樣——當然我現在是能分清了，後一個花榮拿的是車把弓的話，那麼他是花二。

最驚異的莫過於龐萬春，他呆呆看著兩個花榮，忽然神色沮喪道：「素聞花榮神箭，想不到他還有一個兄弟也如此善射，光憑這一點我是萬萬敵他不過了。」俄而，龐萬春又低頭道：「方大哥，咱們這一陣可是輸到家了。」

龐萬春之所以這麼說，方臘這邊的人都明白是什麼意思：龐萬春在鄧元覺遇險的時候，一心要拉偏手陰殺魯智深，而梁山卻在有利的情況下保持了公道，所以這一仗在實力和軍心上都遜了人家一籌。

當下，雙方各自派人把魯和尚和鄧元覺拽回本營，經過這驚心動魄的一戰，兩家暫時誰也沒有再出人挑戰，尤其是方臘那邊，八大天王都覺顏面無光。

方臘神色一黯，正要暫時收兵，忽然一人自本陣中掠馬而出，手指梁山大營罵道：「梁山賊寇切勿猖狂，若真有本事，須與你石寶爺爺刀下見真章！」

梁山這邊轟的一聲炸了，好漢們生平最恨人家叫他們賊寇，你哪怕叫他們土匪呢，而且這兩個字從朝廷嘴裡叫出來也就罷了，居然被對方用來揭他們的短，大家氣都不打一處來，宋江更是氣急敗壞道：「哪位兄弟取下此賊狗頭，我與他記首功！」

林沖又跟我解說道：「這石寶也是方臘八大天王一員，最能使刀，咱們山上關勝老哥刀下從無活口，和石寶也不過打了個難解難分，無果而終。」

那石寶見眾人裡有好幾人蠢蠢欲上，掃了一眼他們的兵器道：「我說過了，若有真本事時，就用刀來跟爺爺說話，哼，梁山賊寇果然淨是些偷雞摸狗之輩，居然連個會用刀的腳色也尋不出來。」

關勝頓時氣得臉色比他祖宗關羽紅了百分之三十七個百分點，握著刀柄往前帶馬道：「我非殺此人不可！」

盧俊義和吳用一邊一個拽住他道：「你去又沒個了局，徒增兄弟們擔憂。」

石寶見偌大的梁山被他叫住了號，得意地抱著膀子半趴在馬背上，輕蔑笑道：「哎呀呀呀，人都說梁山一百零八義，個個藝業非凡，今天看來，這個義字就不用提了，不過是一群朝廷的鷹犬。至於這本事更是稀鬆，我大哥原來還念你們都曾是有擔當的漢子，不願把你們趕盡殺絕，照我看不過爾爾，我這就回去把你們那個什麼叫王英的殺了祭旗！」

他這一番話又毒又狠，直戳好漢們心窩，眾土匪再也顧不得別的，紛紛破口大罵，我最後剩一口饅頭，見氣氛這麼熱烈，就捏在手裡騰出嘴也跟著罵了幾聲：「媽的，真不叫個東西！」

林沖憂心道：「看來非得拿住他不可，也好讓方臘有個禁忌，否則他萬一真把王英兄弟……」

石寶越見好漢們生氣他越是開心，索性把身子展在馬背上，笑嘻嘻地看著人們。

他無聊中不經意地往我們這邊掃了一眼，忽然奇道：「咦，怎麼比上午多出一面旗來——打不死小強？梁山什麼時候多出一個廢物來，此人旗掛得這般高弄什麼玄虛，小強，你給我出來！」

本來我最後一口饅頭都快滑下嗓子眼了，聽他猛地這麼一喊頓時噎住了……這裡面怎麼又有我的事啊?!

有諺云：人怕出名豬怕壯，又道是木秀於林，風必摧之。觀我小強，年方三九，位極人臣，腦袋上的頭銜比個民意代表的還多，論本事，曾在項羽數十萬軍中一笑破敵，也曾手持一鞋底子，抽得滅絕人性的刺客秦舞陽面目全非，就是這樣一個有為青年，一個始終以天下為己任的預備役神仙，著名的教育家，今天終於引起了某些以阻擋歷史進程為樂趣的人的嫉妒。

石寶這小子不依不饒地念叨上我的名字沒完了，口口聲聲非要我出去跟他拼刀。拼刀咱不專業呀，大家也知道我主修的是板磚——

林沖怕我難堪，寬慰我道：「小強，別理他，總不成他說比刀就比刀。」

宋朝是槍的天下和顛峰時期，名將多用長槍，盧俊義、林沖、張清、董平和方臘手下王寅、厲天閏，乃至後來的岳飛，無一不是使槍的高手，大刀在三國時代經歷了它的鼎盛時期後，就漸漸泯滅於後世了。

梁山上使刀的當然有不少，可使得好的只有關勝一人，據林沖說，關勝上午已經和石寶大戰了三百回合。

那邊石寶罵著，就有不少人把目光投在我身上，林沖他們知道我是個半吊子，都微笑不語，可還有五十四個不知內情的呢，他們從我輕易把方鎮江和花榮接來這一點上，可能認為我馬馬乎乎也有個萬夫不擋之勇，那邊石寶一叫陣，他們都想看看我什麼反應。

土匪們平時憊懶，上了戰場那可都是有血性的漢子，結果一看我安之若素的樣子，不少人頓時大皺其眉心生鄙夷，連給我扛旗那個嘍囉也覺顏面無光，半死不活地把腦袋縮在脖子裡。

那石寶越湊越前，罵得手舞足蹈，花榮把箭搭在弦上厲聲道：「石寶聽真，我們不願傷你，你切莫猖狂，再上前一步要你屍橫當場。」

本來梁山有花榮，方臘有龐萬春，雙方各有一個威懾性武器，可這會梁山有倆花榮，那就不一樣了，石寶一看兩個俊秀的後生同時把箭頭對著自己，不禁頭皮一麻，既而撥馬在原地又蹦又跳撒歡笑道：「哈哈，梁山宵小慣會暗箭傷人，卻沒一個是真有種的好漢。」氣焰極其囂張。

吳用皺眉道：「要使方臘心服口服罷兵，非得有一個刀法遠勝此人的將軍先降伏他不可。」

眾人面面相覷，連關勝也低頭不語，要說用別的兵器去鬥石寶未必沒人能蓋過他，可單論刀法，還要遠勝，只怕整個北宋也找不出這麼一號來。

沒心沒肺的秦明為了給關勝找臺階下，大聲笑道：「那除非是關羽關二爺顯聖。」可這句話一說出口，關勝臉色更加難看了，這不是說他丟了祖宗的臉嗎？

可我一聽這句話頓時神采飛揚起來，把菜盆交到一個小兵手裡，高舉雙手叫道：「我去我去！」眾人已經學會無視我，繼續討論中……

關勝把青龍刀挽在背後一扯馬韁道：「我再去試試！」

我鬱悶道：「哥哥們，我去吧！」

張順張清幾人一擺手：「小強別鬧。」繼續討論……

我一溜小跑，在吳用等幾人前指著自己鼻子說：「我說我去！」

林沖正色道：「小強，這可不是你逞能的時候，別說石寶根本不認識你，就算兄弟間過招，一百來斤的大刀舞起來也不是鬧著玩的。」

我使勁在人前揮手：「哥哥們，你們覺得我是那種打無準備之仗的人嗎？」

這一回，大家終於都把目光盯在我身上，吳用神色閃爍，試探地問：「你的意思是……」

我神秘一笑：「你們別忘了，我可不是一般人。」

眾人素知我猥瑣成性，從來不吃眼前虧，張順一捅我：「你帶著麻醉槍來的？」

我：「……」

吳用托著下巴，用研究的目光看著我跟其他人說：「要不就讓小強試試？」

宋江巴不得快點打破僵局，不管三七二十一道：「來人，給小強兄弟一匹馬。」

我說：「還得給我準備一口刀──咱們這裡誰的刀比較好？」

大家都看著關勝，關勝糾結道：「你們不會是想讓我把我的刀給小強用吧？」

大家看著他，不說話……

關勝長嘆一聲：「丟人敗興啊，我祖關聖地下有知，定要斥我不肖了。」

我寬慰他道：「不會的，這事我跟二哥解釋。」

關勝哼了一聲把大刀插在地上，有人費力地抱起來交給我。

這會兒馬也牽來了，我眉開眼笑地接過青龍刀——差點把胳膊抻了，等拿在手上才發現這刀死沉死沉的，據我回憶，真正的關二爺使過的那把刀是八十多斤，這刀應該是仿製的，甚至更重。

後來我還發現，拿著這刀我根本上不去馬……我神色尷尬地把刀又交給身邊的嘍囉：「你先幫我拿一下。」

嘍囉滿臉莫名其妙地拄住刀看我，我爬上馬背，然後朝他一伸手，「現在把刀給我吧。」

眾人集體石化……

那嘍囉雲中霧中的把刀舉起來給我，我奮力接好，然後把刀柄擱在馬背上，這才擦了把汗笑道：「這下行了。」

扈三娘納悶道：「小強，你是給我們表演個上馬拿刀就算完呢，還是真打算跟石寶拼命去？」

她旁邊段景住悄悄一拉她說：「三姐，你別激小強了，他萬一要真受了刺激衝上去咋辦？」

張清策馬擋在我前頭，把雙手放在身前小心翼翼道：「小強，你有什麼想不開的跟哥哥說，凡事都能解決，自殺可不是好辦法……」

眾人也跟著苦勸道：「是啊，包子還等你回去呢。」

我手捋頷下「三縷墨髯」，微微一笑道：「爾等切莫多言，速速讓開，某好去拿下那石寶。」

眾人小聲議論：「小強不會是被氣瘋了吧？」

「按理說不至於呀，他那個臉皮……」

我鬱悶，我在他們心中居然這麼不濟——我敢賣這個狂當然是有後手的，關二爺的複製餅乾就在我兜裡呢，只是我實在不知道關二爺的複製餅乾能不能在十分鐘之內把他拿下。現在看來是沒辦法了，不亮一手，我這些哥哥們死活是不讓我去的。

我神不知鬼不覺地伸手把餅乾拿在手裡，假裝一摸鼻子的工夫送進嘴裡，稍微嚼兩下嚥了下去，暫態間，那種熟悉的爆裂感又充滿我全身上下，就跟吃了武松的餅乾以後差不多，所不同的是這回騎在馬上，不自覺地連騎術也精湛了不少。

我輕描淡寫地把青龍刀在胸前一舞，然後拿在身後，另一手依舊捋著「鬍子」微微笑道：「爾等還不讓開麼？」

（因為咱現在是關聖附體，所以跟這些小輩說話不能太客氣，要不墮了二爺的身分。）

「咦？」眾人同時吃了一驚，感覺到了我的王霸之氣，都說：「再要一個，再要一個……」

我瞬間崩潰道：「快點吧哥哥們，沒時間了！」

人們猶猶豫豫地讓開一條路，我正要催馬，關勝忽然一把拉住了我，我愣然回頭：「怎麼了？」

只見關勝兩眼放光，拉著我的手低聲說：「小強，你真的姓蕭嗎？」

我愣了一下，這才反應過他的意思來：他見我使了那一招以後，大概懷疑我是他們關家的傳人呢，只得鬱悶道：「絕對正宗。」

關勝失望地鬆開手，忽又在我耳邊說：「一會兒當心這姓石的用拖刀計！」

我點點頭，策馬來在兩軍前，那石寶正罵得興起，沒想到對方真有人敢應戰，而且還是一個沒見過的，通過一上午的交手，梁山上最有本事的那幾個他基本上都認識，不禁一愣問道：「你是何人？」

我把刀枕在腦後，雙手擱在刀柄上道：「你不是巴巴地喊了老子半天了嗎？」

石寶笑道：「哈哈，原來你就是小強，旗掛的那麼高果然是有些名堂，先不說功夫怎麼樣吧，至少你敢出來說明你不怕死。」

我看他雲淡風輕的樣子，可能是想先和我來場辯論賽，現在方臘軍軍心不穩，難得有石寶這樣胸有成竹的大將出來撐場面，他是想把這種感覺多堅持一會。

可是我哪有那個時間啊，要說在平時，咱絕對有實力跟他對罵三天三夜不帶重複的。再說我現在代表的是關二爺，怎麼能跟他一般見識呢？

我往前一催馬，兜頭就是一刀剁下去：「少廢話！」

石寶猝不及防狼狽地閃開，隨即笑道：「好，對我脾氣！」

我往回一帶馬，感覺就像剛睡醒又喝了三大杯咖啡一樣亢奮，腦袋裡全是想法，那刀在我手裡像頭要掙上天去的巨龍一樣，轉眼間刷刷刷三刀分上中下三路砍向石寶。

這一亮相，梁山好漢集體振奮，都叫：「好刀法！」

石寶凝神應對，閃躲磕架，二馬錯開的一瞬間就叫道：「果然是個人物，石某藝成以來就沒見過你這樣的對手。」

我一言不發又帶馬殺到，我看出來了，這絕對是一場硬仗，二爺雖強，並非無往不利，三國裡就有不少人能跟他鬥個平手，而這石寶也是用刀的高手，再加上這子母餅乾只能是個臨時複製的作用，二爺刀法裡的真諦那是使不出來的，這仗勝負還是難說。

這一回石寶搶先進攻，大刀片子掄起來就朝我胸口飛過來，我用刀柄一磕，回手一刀斬還了過去，整個招式一氣呵成熟極而流，就聽身後好漢們又是一陣喝彩，其中夾雜著不少人納悶的質疑聲。

石寶剛才飛揚跳脫，這會卻是沉穩肅穆，他用同樣的招數化解了危機，看我的眼神也變了，三分驚訝三分佩服，卻也有三分不服，我們兩個撥定馬，就在半空中遞了十幾招，只見刀光霍霍冷風颼颼，觀者無不色變。

其實自從打上以後我倒是沒什麼感覺了，有二爺附體，對方又是個用刀的，無論他使出多精妙的招數也只覺平平，手上自然的就有應對之法，可是要說想把他輕易拿下，又有點力不從心，這種巔峰對決，臨時吃塊餅乾畢竟不能打出多高的意境來。

有好幾次我聽見身後的關勝發出惋惜之聲，就知道肯定是錯過取得主動的機會了，這餅乾要讓他吃了，石寶現在八成就快敵不住了。

不過就算這樣，石寶似乎也有點黔驢技窮的意思了，長時間未遇強敵，他的刀法已經不能突破瓶頸，加上上午就和關勝劇鬥過，體力也不占勝場，我們兩個，一個武聖，是冒牌的；一個刀王，是局域網私服的，誰也奈何不了誰，打著打著都沒什麼心思了，然後好像事先約定好一樣，同時露個破綻扯刀佯敗……

雖然細節不同，但我們都轉著同樣的心思：用拖刀計。

這拖刀計當然不光石寶會用，要算起來，關羽那得是祖宗，此招一出，可謂人追殺人，佛追殺佛——是追，不是擋，這招講的就是詐敗拖刀，趁敵人得意洋洋之際忽然回身，以自身為軸，大刀掄圓了將丫拍壞，這別說用刀，趁著馬力就算拎件皮夾克抽臉上也得毀容啊！

可是誰能想到我們兩個同時用這招呢？這下可熱鬧了，你見過兩員大將打著打著忽然一起轉身逃跑的嗎？

太丟人了，早知道我不追就行了唄，還落個彩頭，結果我們倆一塊這一跑，有那不明白的還以為當中誰放了個屁把我們熏開了。

石寶都快跑到方臘懷裡去了才發現我沒追，我比他強，我是離著林沖還有二十多米的時候就看見他也跑回去了——

最後，只能我和他都慢悠悠地再繞回來，再看彼此的表情，都有點訕訕的不好意思，石寶紅著臉小聲跟我說：「拖刀計啊？」

我點頭：「嘿，見笑了。」

繼續打……

這回我倆可都賣了力氣了，這就像第一場演砸了的雜技演員，為了回報觀眾得加演一場，還得露手絕活，要不以後誰還看雜技啊?!

一動了真格的，石寶終於吃力了，因為他在硬體軟體上都不如此刻的我，除了沒有十分的神韻，我可是真正的二爺再世，石寶終究只是個武藝高超的農民，經驗和實力都差著呢，再說他體力也不行了，又鬥五十回合。

我用青龍刀把石寶壓得險些丟了兵器，他胡亂砍了一刀，就想敗回本陣，這回可不是拖刀計了，我本想就此算了，打鬥中也沒看錶，估計十分鐘也快過了，誰知跨下戰馬習慣成自然，不見我拽韁繩，迎頭就追。

方臘身邊一員大將眼見我就要咬住石寶，急忙帶馬上前接應，匆忙間，我就見橫空裡一桿大槍扎了過來，下意識地一閃，隨手一刀背拍在來人小腹上，然後想也不想就在馬上將此人擒了過來，方臘軍大噪。

我占了個大便宜，急忙跑回本陣，將肋下這人往地上一扔，威風凜凜道：「綁了！」

小嘍囉也應景，大聲道：「得令！」

我志得意滿，忍不住在馬上長笑了一個，忽然感覺刀一沉滑到了地上，同時全身酸軟難當，餅乾效力已經在減退了，我趕緊趁著還有最後一點力氣的時候翻身下馬，張順他們排成一個圓圈，全都詫異地看著我。

我虎軀一震，還不等說什麼豪言壯語，這幫傢伙忽然一個個衝上來，這個拍我後腦勺一把，那個踹我屁股一腳，紛紛說：「行啊你小子」「這回是怎麼弄的？」「這石寶是段天狼轉的吧？」……

我這一戰告捷之後，人們尤其是那五十四個人看我的眼神又不一樣了。

方臘臉色陰沉，揮了揮手，大軍慢慢退去，方傑等人自覺殿後。

梁山軍也整備隊伍回歸大營，我左右看看，忽然想起來道：「對了，我抓回來那人呢？」

張順帶著笑意衝我一努嘴，我一看也樂了：是厲天閏。

這個下輩子每天就只有三塊零花的可憐男人這會兒倒是挺有氣勢，被人捆得五花大綁的還在破口大罵，我踢他一腳笑道：「是你呀？」

厲天閏一愣：「你認識我？」隨即又大罵道：「有種你放開我，咱倆拼個你死我活！」

他被我一把抓住應該是很不服氣的，確實，剛才他要不是一心掩護石寶，也不至於門戶大開被我拍過去。

我瞪他一眼：「呸，有臉沒臉，綁得跟粽子似的，憑什麼再跟老子拼個我死你活？」

厲天閏把脖子一揚道：「要殺要剮，給爺來個痛快吧！」

我道：「這都幾千年了，你們被抓以後能不能說點新鮮臺詞？」

吳用道：「來人，把敵將押下去看好。」然後又小聲吩咐那兩個嘍囉，「別太為難他。」

這時王太尉忽然神秘出現，跟宋江道：「既然俘虜了叛賊的頭目，理應殺了祭旗，也好鼓舞軍心。」

不等宋江說什麼，扈三娘大喝一聲：「放你媽個屁，殺了他，我男人怎麼辦？」

宋江忙道：「三妹不得無禮。」這才為難地跟王太尉說，「這……確實很難辦，留著此人尚能要脅那方臘，抑或雙方交換人質，不過王大人放心，我等最後必將叛賊一一梟首以明朝廷法令。」

王太尉見眾人眼神不善，只得悻悻地背手離開。

扈三娘怒道：「等方臘的事一完，我說什麼也得把這個老王八大卸八塊！」

我抬頭望方臘軍，他們的大部隊已經全部撤離，方傑手持方天畫戟坐在馬上冷冷地戒備著我們，從軍容和方臘的態度上，看不出對方有什麼鬆動氣餒，似乎對這一仗的艱苦有著很充足的心理準備，我面對這樣的情況一陣頭疼。

就這樣，兩軍在第一天交戰裡各損一員將領，只有暫時罷鬥觀望，我和吳用他們開了個碰頭會，也沒商量出什麼絕妙的主意來，眾人只有在大帳裡等著。

傍晚時分，梁山大營裡忽然一道流光溢彩閃過，我的麵包車回來了。

眾人急忙一起出外觀看，駕駛室門一開，卻是王寅走了出來，不少人頓時大嘩，呼延灼下意識地把手抓在了雙鞭之上，上午他跟王寅過了幾百招，這時一見敵人猛地出現在自己的中軍大帳外，不由得他不吃驚。

王寅看看眾人，笑著一揚手：「又見面了哈！」

我按住呼延灼，納悶道：「鎮江呢？」

王寅道：「鎮江怕把車開到唐朝去，所以換了我這個老司機。」

哧啦一聲後門大開，方鎮江跳了下來，然後伸手又拉出一個長髮飄飄的大美女，我抓狂道：「你怎麼把佟媛也帶來了？」

方鎮江攤手道：「誰讓她看見我了呢，聽說我要去梁山，她非跟著不可。」

佟媛一下車，武松就走上去拍著方鎮江肩膀問：「這就是弟妹啊，哈哈，真漂亮，你小子豔福不淺吶。」

佟媛一見武松，大吃一驚道：「你……」

方鎮江攬著她的腰道：「你就叫他大哥吧，有時間再跟你慢慢解釋，現在打仗呢。」說著有點不自然地對我說：「反正遲早得跟她說，我就把她帶來了。」

扈三娘上前一把拉住佟媛親熱道：「妹子，歡迎加入梁山，你看你是甘心當家屬，還是想正式入夥，要入夥，你跟我打一面旗……」

這會兒從車上又胡嚕胡嚕下來好幾條漢子，為首的正是老王──方臘，剃著三分頭的是鄧元覺寶金，提個旅行包的是肥胖版龐萬春，最後一人下來時，不少人又叫了起來：這不是已經被俘虜了的厲天閏嗎？

厲天閏一下車就愁眉苦臉道：「咱有事得趕緊辦啊，我老婆就給我兩天假。」

老王一眼看見盧俊義，過去拽著他的手哈哈笑道：「盧老哥，又見面了，還真應了你走時候那句話，咱們又能在一塊鬧騰鬧騰了。」

盧俊義笑道：「可不是麼，沒想到咱的下輩子這麼快就來了。」

魯智深從四大天王下車開始就直直地盯著寶金，忽然一個箭步衝上來瞪著他道：「你到底是哪個？」

寶金情緒複雜道：「兄弟，我是你哥啊。」

魯智深怒道：「我是你爺爺！」

眾人忙邊笑邊勸：「別惱別惱，真是你哥……」

龐萬春則看著兩個花榮有點發傻，等看見花二的車把弓以後這才辨別出來，他徑直走到花一面前道：「我跟你兄弟已經比過了，不過咱倆還得比試一場。」

花一笑道：「咱倆不是打了個平手嗎，我是冉冬夜啊──我跟花榮換著使弓呢。」

龐萬春：「……」

土匪們跟四大天王相見，著實熱鬧了一陣，其他人在目瞪口呆之中，終於知道我說的全是實情，宋江在一邊搓手跺腳，愣是一句話也插不上。

我見差不多了，使勁揮手道：「哥哥們，敘舊以後有的是時間，眼前還得先對付方臘……呃，是說服方臘退兵啊。」

老王道：「嗯，說的是，那咱就抓緊時間，爭取在明天之前把這事給辦了。」

眾人無語，方臘十幾萬大軍，一晚上說辦就辦？這木匠夠狠的。

老王問我說：「聽他們說，你白天把厲天閏給抓了？」

我說：「嗯，這小子不是東西著呢，非得要我死他活才甘休。」

老王笑道：「沒事，你帶我去見見他吧，今天晚上的事可能還得著落在他身上。」

當下我帶著老王他們去看厲天閏，佟媛據說是一上車就睡覺了，所以沒看見進時間軸時的情景，還以為真去梁山旅遊呢，可下了車又覺得不對勁，這會就像喝醉酒一樣半癡半醒。

扈三娘拉著她，跟孫二娘和顧大嫂幾個女人話家常去了，只聽孫二娘尖叫道：「呀，小媛這個包包真漂亮，下回來給我捎一個……」

我們來到看管俘虜的營帳前，我小心地往後退了一步，老王當先走進去，那厲天閏還被捆著，感覺有人進來了，又咬牙切齒地咒罵起來，老王蹲下身笑道：「兄弟，你還好吧？」

厲天閏瞟了他一眼，卻沒有任何反應，那是因為老王雖然是方臘轉世，但此刻模樣已經大不一樣，但是再往邊上看，厲天閏大驚道：「王尚書？鄧國師？你們怎麼來了……你們莫不是也被擒了？」

王寅和寶金服飾髮型雖有差別，但大體還是很神似，所以厲天閏一下就認出了倆人。

下一秒，厲天閏看到了最後進來那位，不禁震驚得一挺身子，失語道：「你是……」

厲天閏二號嘆氣道：「我該叫你什麼呢，哎，就按他們那樣，我也叫你聲大哥吧，大哥，我來看你來了。」

被捆著的厲天閏眼神一轉，好像明白了什麼似的怒叫：「我明白了，你們是梁山賊寇化裝來準備詐我大營的！」

老王搖頭道：「你好好看看我是誰？」

厲天閏盯著他看了半天，遲疑道：「你倒有幾分像我方大哥……」他忽兒厲聲笑道：「相比起來，你化裝的技術可就差多了！」

老王坐在地上抱著膝蓋，有點無措道：「該怎麼跟你說呢——天閏啊，還是你來吧。」

二號厲天閏肩並肩跟他前身坐在一起，悠然道：「大哥呀，你還記不記得咱十六歲的時候喜歡磨豆腐孫寡婦家的二閨女？」

一號厲天閏一歪腦袋，詫異地打量著二號，冷笑道：「沒想到你們居然下這麼大苦功去查我以前的事。」

二號厲天閏毫不氣餒道：「那好，這個不算，說個別人不知道的吧——你一共有四個老婆，你最喜歡的是三老婆小霓……」

一號厲天閏冷冷道：「……我雖然平時對她們四個都不假辭色，不過你們既然這麼上心查我，自然不難看出我對老三心存偏袒。」

二號厲天閏道：「別急呀，我還沒說完呢，你之所以寵她的原因從沒告訴過別人吧？那我告訴你，你寵她沒別的，就因為她長了兩顆虎牙，而且睡著了的時候喜歡輕輕咬著你的手背。」

一號厲天閏的臉剎那暴紅，喝道：「你……你不會是偷看過我們睡覺吧？」

二號厲天閏也微微有點不好意思，說：「偷看什麼呀，你就是我，我就是你，相信輪迴轉世嗎——長大以後，我就成了你，我是你的來世之身。」

古代人對這個還是很信的，一號厲天閏不禁換個神色打量著二號厲天閏，最後搖搖頭道：「不管你怎麼說，我就是信不過你，你要有心，等這場仗打完再來找我。」看來他是擔心這當口中了敵人的詭計。

二號厲天閏氣憤道：「你怎麼這麼倔呢，我上輩子不是這樣啊——算了！」

我們都以為他要暴走痛毆前世大哥，準備拉住他，沒想到二號厲天閏在原地走了兩圈，下了什麼決心似的說：「那我就說一件只有你知我知的事情……」

我們都好奇地看著他，二號厲天閏又轉了兩圈，好像十分難以啟齒，最後終於下定決心趴在厲一的耳朵上輕輕說了幾個字。

「啊？」一號厲天閏瞬間臉色大變，眼睛眨也不眨地盯著二號厲天閏：「你是怎麼知道的？」

二號厲天閏平息了一下情緒這才說：「這下你總該相信我了吧？」

一號厲天閏哭喪著個臉說：「不信也不行了。」

「哎呀，有這種話不早說？」王寅不耐煩地走到一號厲天閏身後，把他的繩子解開，然後好奇地問兩個厲天閏：「誒，你們說的什麼呀？」

二厲齊心協力搖頭：「不可說，不可說……」

老王微笑道：「天閏，這下你明白了吧，我和王尚書還有鄧國師，他們都跟你這位『兄弟』一樣，是輪迴以後的人，我們之所以出現在這裡，是想告訴你們大家，咱們和梁山的仗不能再打了……」

老王簡短地先把方臘和梁山上一次的慘痛結果告訴一號厲天閏，又說了幾句關於人界軸和集點表的事情。

一號厲天閏上上下下看了我幾眼，跟老王說：「方大哥，那你打算怎麼辦呢？」

老王道：「現在就只有先靠你把我們帶進大帳去見方臘，然後再由我跟他說了。」

一號厲天閏一聽還是這事，終究是放心不下，懷疑地掃了我一眼，二號厲天閏道：「怎麼，還信不過我們嗎？」

一號厲天閏看看二號厲天閏，跺腳道：「哎，你連那事都知道，就算你是奸細我也認了！跟我走吧。」

我們不由得好奇心翻倍，一起問道：「到底是什麼事啊？」

二厲再次齊心協力搖頭：「不可說，不可說……」

這時候天已經完全黑下來，說服厲天閏以後，我們跟好漢們打了個招呼就趁夜奔出梁山大營趕奔方臘軍。

一路上，兩個厲天閏又聊了一會兒，但看樣子一號厲天閏還是因為不相信二號厲天閏，所以在盤問他，不過越說越對頭，等到了方臘轅門外，一號厲天閏已經完全被拿下了。

看守營門的兵丁見黑暗裡有人走近，頓時高喊道：「什麼人，站住，否則放箭了！」

一號厲天閏上前幾步喊道：「是我。」

那兵丁看清來人後，驚喜道：「是厲將軍，您回來了？」

厲天閏點頭道：「快開門，我要去見方大哥。」

一時營門大開，厲天閏在前帶頭走，我們都頭頂氈帽悄無聲息地跟在後面，不一會就來在中軍帳前，眾人一起下馬，不等衛兵通報全都走進方臘大帳。

方臘正和那剩下的七大天王研究戰勢，猛地見門口走進一群人來，最前一人正是白天被擒去的厲天閏，不禁揉揉眼睛道：「是我在做夢還是眼花了，真是我那兄弟回來了嗎？」

緊挨著方臘的石寶抬頭一看，狂喜道：「厲大哥，真的是你啊？」

雖然寶金說八大天王之間感情並不深，但厲天閏畢竟是為了救他才被俘的，再一見了忍不住上前一把抱住厲天閏，上上下下仔細地端詳著他說：「你是怎麼逃出來的，他們有沒有為難你，大哥若不解氣，就去把那個矮子剁了。」

其他人一見厲天閏安然回歸，也都紛紛道喜，厲天閏一閃身把我們讓了出來，道：「方大哥，我給你介紹幾個朋友。」

我們把帽子拿下，那石寶卻是最先看見了我，嚓地一聲拔刀在手，察言觀色道：「厲大哥，是不是他挾持你來的？」

厲天閏擺擺手道：「把刀收起來，情況是這樣……」

這時方臘帳裡的王寅和鄧元覺也都發現了自己的翻版，這殺人不眨眼的兩條硬漢也忍不住大呼小叫起來。

老王把帽子拿在手裡扇著風，看著方臘微微笑道：「方老弟，猜猜我是誰？」

方臘本是條粗豪的漢子，平日裡就算見到猛獸惡鬼都未必見得皺皺眉頭，可跟老王一對之下，不禁癡癡道：「你這老哥不曾見過，卻又好生熟悉……」

老王雙手虛按：「諸位兄弟坐下說。」

他一來軍營中，就自帶了三分寬厚的大哥風範，帳裡這些人又都是他平生至交，眾人不自覺地對他有種好感，都慢慢坐了下來。

老王看看一號厲天閏說：「兄弟，還是由你帶個頭吧。」

一號厲天閏理理思路，慢慢道：「方大哥，兄弟們，我帶來這幾位都不是外人……」

……

在整個講述過程中，厲天閏的話頭多次被滿腹疑問的七大天王打斷，最後當他們終於大致弄清狀況時，大帳內陷入了極度的平靜，七大天王看著一號厲天閏身邊的二號厲天閏，面面相覷卻又不知從何說起。

又過了一會兒，王寅一號再也忍不住跳了起來，指著王寅二號叫道：「別的我不管，要讓我相信這鬼話，除非你和我手下見真章！」

王寅一號鄙夷地看他一眼道：「我從一進帳就知道你在這麼想了，一點驚喜也沒有！」

我小聲跟王寅說：「你就沒點什麼一說出來就讓他相信你的隱私的事？」

王寅翻著白眼道：「我哪有那麼多花花腸子啊？」

「……那你倆外邊先打著，搞定了再進來。」

倆王寅出去了。

龐萬春鬱悶道：「那個……各位，都不認識我了？」

龐萬春一號道：「你誰呀？」

龐萬春二號苦著臉道：「我就是你啊，我不就胖了點嘛？」

龐萬春一號：「那咱倆也比比？」

我說：「你倆也外邊去！」

二王和二龐走後，寶金看看鄧元覺，鄧元覺瞧瞧寶金，兩人忽然異口同聲道：「不打不打，我倆不打。」

我奇道：「為什麼你倆不打？」

二鄧同時笑道：「我們等那兩對的結果就行了。」

……這就是有佛家的智慧呀！

老王往方臘身邊坐了坐，倆人都有點不自在，畢竟自己和自己對話的感覺並不是人人都能體會得到的，方傑和石寶他們看著這倆人，暫時石化中……

老王先開口道：「兄弟——他們一般是後來的管這邊的叫大哥，我比你大個幾歲，就占個便宜叫你聲兄弟，兄弟呀，你起兵造反是為了什麼，你想過沒有？」

方臘伸出大手在臉上撓了撓道：「深一腳淺一腳的走到現在，好像突然就成了這個樣子，至於為了什麼我還真沒想過——為了什麼呀？」

老王笑道：「這話就已經說在重點上了，你起先造反是因為不願意受欺負，為了鄉里鄉親能混口飽飯，可是沒想到越發展越大，到最後你身不由己，大家都信任你，要跟著你過好日子，你為了不辜負他們，只能硬著頭皮繼續往前衝，其實你根本不想當皇帝，更厭煩打打殺殺，你缺少那種當皇帝必要的野心，你只是想以此表達你的憤怒，借此告訴那混蛋皇帝，你方臘不是好欺負的，至於結果怎麼樣，你從來就沒認真想過，在你內心深處其實已經知道起義不會成功，但你跟自已說，管他呢，轟轟烈烈一場就是好的。」

「啪」的一聲，方臘重重的拍了大腿一下，有點激動道：「我就是這麼想的，可是不如你說的好。」

我也沒想到老木匠口才居然這麼好，催眠師似的一番話說得我都有點想哭了。不過這可能跟他在跟自己對話有關係，方臘想什麼，除了方臘，那就沒再有比他更明白的了，加上老木匠半輩子窮苦，在社會上飄蕩，所以說出的話帶著一股飽經滄桑的厚重。

老王道：「這些事情我也是在最後才想明白的，有很多甚至是前不久才想通，所以兄弟，你是不可能成功的，既然這樣，朝廷的爛攤子那就讓它爛去，只要再欺負不到咱們頭上，管他呢，收兵吧——找個偏僻地方好好過自己的日子，朋友來了有好酒，豺狼來了有獵槍。」

方臘靜默無語，良久轉頭看著方傑他們說：「你們也聽見了，跟著我是不會有出息的，大家的意思呢？」

石寶毫不在乎道：「大哥，不管怎麼樣，我們就跟著你，這老頭說的就有一句話我愛聽，管他呢，轟轟烈烈一場就是好的！」

方傑沉著臉道：「叔叔別上了當，我看這幾個人是朝廷派來勸降的，知道硬說不行，就使出這麼個詭計。」

方臘黯然搖頭道：「他說的都對，你們不明白的。」

老王笑道：「先不說對不對吧，我知道你還在懷疑我的身分，剛才我跟天閨學了一招，現在我就說個只有你我才知道的秘密，如果對了，你就不能再把我當外人。」

說著，也不等方臘同意，老王附在方臘耳朵上不知念叨了句什麼，方臘簡直就像厲天閏的徒弟一樣愕然變色，猛地站起一把拉住老王的手道：「以後你就是我親大哥！」

在場的人幾乎是同時問方臘：「他跟你說的什麼呀？」

兩個方臘齊心協力搖頭微笑：「不可說，不可說……」

有了這兩個「不可說」墊底，我們今天晚上的事就算成功了一大半，至於那厲天閏和老王那兩句不可說到底是什麼，只怕永遠也不得而知了……

其實王寅未必就沒什麼「不可說」的，他只是懶得去想罷了，我就不信誰還沒有點見不得人的小隱私。我忽然想到，要是突然有一天，一個跟我一模一樣的傢伙找到我，非說他是我的轉世，得說什麼才能讓我相信他，我琢磨了一會，也想起那麼幾句，那就是……嗯，不可說，不可說！

老王搞定方臘，說道：「你想想我說的話，這兵是收還是不收？」

方臘看看自己的手下，站起身鄭重道：「我決定了，就此收兵。」

石寶道：「那我們去哪兒呢，這麼多兄弟跟著，總不能讓他們自生自滅吧？」

我說：「這個可以找梁山的人商量商量，只要你們一罷兵，他們也得謀出路，不行就都先上梁山。」

方傑哼了一聲道：「難道要我們寄人籬下？」

方臘道：「話不是這麼說，能在一起大家就都是兄弟，說什麼高啊下啊的。」

我發現方臘真是個說什麼就做什麼的主兒，這一點要比那個李自成討喜的多，李自成是個失敗的政治家，可失敗的政治家也是政治家，方臘卻是條真正的好漢，我估計他要在山東附近，早被宋江「賺」上山去了。

這時兩個王寅悠然地回來了，我問：「怎麼樣？」

古裝王寅一號很隨便地說：「比劃過了，是兄弟！」

兩個龐萬春也談笑風生地走回大帳，我又問：「你倆呢？」

龐萬春一號喜不自禁道：「這下可不愁對付那花榮了。」

我愕然：「對付花榮幹嘛啊，方大哥已經決定收兵了。」

鄧元覺和寶金相對而笑：「幸虧咱倆沒打，省了不少力氣。」

二號厲天閏對一號說：「這下你總該徹底相信我了吧，給你句忠告，對那幾個老婆好點，你這輩子痛快了，來世都是我的報應！」

一號厲天閏道：「要不你領倆個走？」

二號厲天閏：「……」

當下，這十二大天王和兩個方臘相聚，大家一團熱鬧，聊了一會兒後開始商量今後事宜，方臘道：「如果兩家罷兵，還得處理不少後事，我看我是得去跟宋江見一面。」

方傑見叔叔主意已定，也就不在罷兵問題上多說，斜了我們一眼，擔心道：「叔叔，安全不安全呀？」

老王嘆氣道：「臭小子，你是一直不把我當盤菜了，我告訴你，你要是想娶二丫頭，我不同意你就沒戲！」

方傑大驚道：「這事你怎麼知道？」

我納悶說：「二丫頭是誰呀？」

方臘小聲跟我說：「我老婆的娘家侄女，算是小傑的表妹——我說這事我怎麼也不知道啊？」

老王笑道：「你當然不知道，這兩人的婚事本來應該半年以後才訂，你這搶先一起兵，倆孩子不就分開了嗎？」

方傑喜道：「這麼說我和二丫頭最後成了？」

老王惋惜道：「婚是訂了，可惜還沒圓房你就戰死了。」

方傑一則以喜一則以憂，拉著老王的手道：「叔，這事可就全仰仗你主持了。」

方臘氣道：「你這個有奶便是娘的小混蛋，別忘了我也是你叔！」

方傑苦喪著臉道：「你倆把我弄死算了。」

眾人大笑。

第九章

返鄉歡送會

接下來就是蘇武蘇侯爺，

我那幫客戶們因為知道了人界軸的事，所以對送別看得很輕，

每一次告別都開成了熱鬧非凡的「返鄉歡送會」，

不過蘇侯爺有點例外，他這一走意味著又是十九年茹毛飲血的日子。

老王收住笑跟方臘道：「咱們這就去見宋江，我以性命擔保你的安全。」

方臘道：「別說見外的話了，這樣吧，為了不讓對方多想，小傑你們就先不要去了，整頓兵馬，咱們這就準備上梁山，說實話，大夥都是窮苦人，跟著我是為了混口飯吃，誰也不願意把腦袋別在褲帶上。」

我說：「還有一件事要辦，你們白天抓的那個矮子王英，咱正好帶上。」

方臘道：「這個好說，來人，把那個王英帶上來。」

當下有兵丁押著王英進來，這矮子被五花大綁，滿臉忿忿道：「有種你們放開爺爺，咱們再拼個你死我活！」

一號厲天閏這下可學了精，瞪眼道：「要臉不要臉，你都成這樣了，憑什麼和老子我死你活？」

王英哼了一聲道：「那要殺要剮……」

「閉嘴！」我走到王英身後，把他的繩子解開道：「你們當初學藝的時候，是不是有這麼一門被俘課呀？」

王英詫異道：「小強你怎麼也在這裡？」

「回去以後讓你老婆跟你慢慢說，咱們這就走吧。」

我們這一行有老王和方臘，比來時多了個王英，少了個一號厲天閏，快馬回到梁山大本營，我找到盧俊義等人，馬上緊急集合梁山所有頭領大帳開會。

不一會兒，三三倆倆的人紛紛溜達過來，他們見了方臘，有的還過來寒暄兩句，通過一天的苦戰，兩家雖然暫時還是敵人，可是都已有惺惺相惜之意，方臘一邊回著禮，一邊笑道：「果然都是些對脾氣的兄弟。」

人到齊後，我陪著方臘和老王他們，按客人禮節打橫坐在天罡星的最前一排，宋江兩眼直勾勾盯著方臘，好幾次欲言又止，在他身邊，作為監軍的王太尉更是神色不定，也不知我們葫蘆裡賣的是什麼藥。

吳用清清嗓子站起道：「諸位兄弟，可喜可賀，事先的計畫到現在終於是沒出什麼大差錯，方臘方兄已經同意收兵，咱們可算是功德圓滿了。」

下面一片喝彩聲，方臘微笑站起，衝眾人一抱拳，頓時有幾個在育才開會開出毛病的好漢叫道：「方哥講兩句吧。」

方臘：「呃……我基本沒什麼可說的，方某也不是那不明事理的人，直到現在才知道各位白天是都手下留情了的，在此多謝了，我也替小侄向這位王英兄弟賠個不是。」

眾人都道：「方大哥太見外了。」

王英此時膩著扈三娘眉開眼笑的，早就不把被俘的事放在心上，只是扈三娘卻又對他愛理不理的。

吳用揮揮手道：「事已經說開了，我們剛才也商量過了，方兄收兵以後需要個落腳的地方，我和俊義哥哥的意思呢，是想請方大哥也一起上梁山，不過方大哥自成威名，咱們就不勉強他入夥了，以後他和咱們大家都是梁山共主，方大哥若另有中意的去處，咱們還需得幫助他重建家園。」

眾人又道：「走什麼呀走，以後咱們就熱熱鬧鬧地一起過多好。」

方臘笑著向大家致意。

吳用道：「那這事就這麼說定了？」

眾人：「定了定了。」

「好，大家這就各歸本營，收拾東西再上梁山吧。」

眾人轟然叫好，各自搬著自己的小板凳準備散會。

「你們都給我站住！」一個人鼻子不是鼻子、臉不是臉的站起來，氣急敗壞道：「你們眼裡還有我這個大哥嗎？」

正是宋江。

人們回頭一看，這才發現幾乎真把這個老大給忘了，宋江把雙手都按在桌子上，氣憤道：「誰同意你們回山了，你們是想再造反不成？」

大家都看著吳用，等他打圓場。

宋江在梁山的地位和影響始終是不容忽視的，誰都得承認如果沒有宋江最初的號召力，也就沒有梁山的鼎盛，所以沒人願意出來辯駁他。

吳用看著宋江，溫言道：「哥哥，這不是事先都說好了的嗎？」

宋江把手亂揮道：「我不管，我只知道你們要是這麼做了，那就是反覆小人吶！」

老王不悅道：「宋兄弟，那你說，你想讓大夥怎麼辦，兩家罷兵握手言和你不幹，難道非要兄弟們互相殘殺、拼個你死我活你才樂意？」

宋江挺胸抬頭，作出一副大義凜然的樣子道：「我只知好男兒理應報效朝廷，忠於國家，這也是為了兄弟們的前程，免得再有人叫我們梁山賊寇。」

老王微笑搖頭道：「你這話不對，大夥在梁山上時，朝廷動你不得，雖然嘴上叫你賊寇，心裡卻著實怕你，甚至也不得不暗中佩服你是個人物，可就因為你招安給那幫王八蛋幹活，他們這才真正瞧不起你，就算嘴上不說，可從此真把你當了走狗……」

老王說著，忽然一指王太尉，「不信你問他是不是這麼想的？」好漢們無不點頭。

王太尉這時已經話也說不利索，戰慄道：「我，我……宋頭領，你可不能眼睜睜看著他們造反不管啊。」

我插口道：「我們這不是造反，這樣吧，我們始終承認梁山是宋朝領土不可分割的一部分，答應朝廷永不稱王，這總行了吧？」

宋江像個執拗的孩子一樣，只顧說：「我不管，我不管，反正你們要想再上梁山，除非踩著我屍體走。」

盧俊義緩緩道：「大哥，識時務者為俊傑，你可莫又寒了眾兄弟們的心。」

為什麼要用又呢？要說以前，老盧絕對是偏向招安派的，他這樣家裡有房又有田的大地主是不願意掛著賊名過活的，可是經歷了一場場變故後，老盧已經是堅定的革命派鬥士了。

宋江慨然嘆道：「人心散了，隊伍不好帶了！」

眾人一起央求道：「大哥，上山吧！」

宋江忽然憤然道：「再也休提，我宋江寧死不從，兄弟們有願意上山的，我也不再阻攔，要有願意跟著我繼續為朝廷效力的，我也歡迎！」

這句話一說出來，大家都面面相覷，這是要公然搞分裂呀！

李逵遲遲疑疑地站出來走到宋江身邊，沮喪道：「眾家哥哥，俺鐵牛是個粗人不會說謊，要說心裡，俺實在是願意跟著大夥上梁山快活，可是公明哥哥對俺有恩，他去哪鐵牛只有跟著，對不住得很了。」

我們誰也沒想到第一個反骨仔居然是憨直的李逵。

接著，又有一員老將出列道：「我也願跟著宋江哥哥。」

一看卻是雙鞭呼延灼。

呼延灼看看眾人不滿的神情，嘆道：「兄弟們，不是我貪圖富貴，大家也知道我當初上山時的曲折，我呼延灼身為朝廷命官失手被擒這才入夥，我不是怕死，實是後來和你們各位響噹噹的漢子投緣，可是大家不知道我呼延家滿門忠烈，祖訓極嚴，自從我上山以後，族裡長輩已經傳下話來，以後不許我認祖歸宗，若是咱們兄弟一直在山上逍遙也就罷了，自古忠孝不能兩全，今天鬧到這步田地，還恕我走一步回頭路。不過各位放心，朝廷如果要我再征梁山，我只有以死相謝，也絕不讓兄弟們為難。」

說到底，呼延灼還是不能擺脫老思想的束縛。

接著，又有幾個人猶豫著站到了宋江那邊，卻也各有各的理由。

老王長嘆一聲道：「哎，這就是階級不純的後果啊。」

我想想也是，人家方臘那邊成分很簡單，幾乎清一色的佃戶貧農，所以革命熱情高漲，義無反顧，而梁山上就五花八門，什麼人都有，江湖騙子，落魄混混、中產階級，還有高級公務員，無所不包，所以革命性就也跟著搖擺不定，尤其是非育才的那五十四人裡面，封建思想根深蒂固，還有的抱著僥倖的投機心理。

剎那間，分還是離又成僵局，以宋江為代表的招安派和以育才五十四為代表的上山派，這絕對是兩種不可調和的矛盾，這是梁山面對的一次空前的危機，其後果能導致梁山再次分崩離析，名存實亡。

我急得抓耳撓腮，佟媛忽然走到我跟前小聲說：「小強，你既然能把鎮江帶來先讓他們相信你，又能把老王找來讓方臘收兵，那就再想想還能找誰來勸宋江上山嘛。」

我苦笑道：「你都知道了？」

佟媛低笑：「是啊，謝謝你送我個打虎英雄。」

方鎮江臉紅道：「打虎那個是我哥，就說我倆是一個人吧，我這也屬於無意識作為，跟傻子殺人是一個性質。」

我捅捅老王道：「梁山上還有比宋江更有威信的人嗎？」

老王搖頭道：「想不出，我們不是一個系統的……」

方鎮江也說：「是啊，宋江這小子人不怎麼樣，可就奇怪為什麼那麼好人緣。」

其實他這話說的也不對，宋江這小子絕不能說人不怎麼樣，至少他在沒上山以前，能真心實意地幫助那些落魄朋友，他要招安，誰也說不清他到底是怎麼想的，可是也不能只說他是為了功名利祿，真想給國家辦點事的原因也是有的，這個人怎麼說呢，只能歸結為受了封建思想毒害的悲劇人物。

正在束手無策的時候，寶金忽然眼睛發亮道：「有！」

我問他：「有什麼？」

寶金道：「梁山上比宋江威信高的人，有！」

我們齊問他：「誰呀？」

寶金附在我耳朵上悄悄說了一個人的名字，我欣喜道：「對呀，我怎麼把這人給忘了？」還是人家寶金自幼熟讀《水滸》呀。

宋江正在那繼續發表他的演講呢，我道：「宋江哥哥，我跟你說句話。」

宋江冷眼道：「你要跟我說什麼？」

我快步走上去低低地跟他說了一句話，宋江臉色大變，幾乎要坐倒在地，最後頹然道：

眾人聽他一說回山頓時大喜，也都覺得奇怪，問我：「小強，你跟大哥說什麼了？」

我高深莫測地微笑道：「不可說，不可說……」

有不少人暗自揣測：「難道小強是宋江哥哥的轉世？」

其實我跟宋江說的那句話是：「你是不是非得讓我把晁蓋搞來，你才同意上山？」

要說梁山上威信比宋江高的，恐怕也只有晁蓋了，晁天王火拼王倫以來，廣納博收四方歸心，才有了梁山的骨架。晁蓋是真正的江湖大哥風範，但凡上山的都對他心服口服，林沖、吳用、阮家兄弟這些早期精英更是晁蓋的死黨，如果不是後來被史文恭射死，宋江撐死當個二把手，所以我一說要把晁蓋找來——這可不是嚇唬他，咱現在雖然說還不能想去什麼朝代都行，但那畢竟是遲早的事，找何天竇算算晁蓋的下腳地，把他接來完全不是什麼問題。

宋江這可害怕了，他敢跟人們耍賴，就是因為知道好漢們抹不開面子，他畢竟是這幫人的老大，混江湖的要講究信義，可是晁蓋要來了，那就是另一回事了，晁蓋為人他很清楚，到時候振臂一呼他眾叛親離不說，只怕連個安身的地方也沒有了。

隨著宋江的妥協，方臘和梁山終於徹底和解，前世的生死冤家成了這輩子的至交好友，大夥又笑又鬧，馬上有人把全部的旗號改回梁山時的樣子，在徵求了我的意見以後，我同意把我的旗桿暫時「借」給他們繼續掛替天行道的大旗。

方臘、老王和四大天王都回歸方臘大營，收拾東西準備上山，另一方面，他們哥兒十四個也趁機好好聚聚，畢竟這事一完以後，相見就不知道要哪年哪月了。

一片鬧哄哄中，扈三娘左顧右盼，忽然從桌子底下抓起一個人來，叫道：「哈哈，老娘找你半天了。」

被他抓在手裡這人正是王太尉，這會老頭已經被嚇得魂飛魄散，在半空中直打晃，扈三娘叫道：「你們說這人怎麼辦？」

這問題其實問的很多餘，這幫土匪殺個把人還不跟玩似的，何況王太尉這種廢物，但是眾人都偷眼看我，他們知道我們現代人心慈手軟見不得血，我不耐煩地揮手道：「灑（殺）掉灑掉。」

咱肝腦塗地的陣仗也見得多了，這時候可沒工夫跟他一個三四流的人物糾纏，適當的時候也得鐵血一把。

王太尉忽然拼命叫道：「別殺我，別殺我，我跟你們是一勢的。」

眾人笑罵：「狗屁！」

王太尉帶著哭音道：「真的，我是因為得罪了高俅那王八蛋，才被派到你們山上招安的，你們想，事先也不知道你們能同意，要不憑什麼叫我做這個替死鬼？還有，朝廷讓我監軍，卻連一兵一卒也不給我，這是為什麼？」

眾人想想也對，都笑：「那你還跟我們裝酷！」

王太尉尷尬道：「我也是沒辦法啊，其實我挺羡慕你們以前的日子的。」

扈三娘道：「不管真假，老娘今天心情好，就放你滾吧。」

王太尉一把抱住扈三娘的腳，一把鼻涕一把眼淚的道：「我不走，回去就是死，我要入夥！」

王英一腳把他蹬開，怒道：「我老婆的便宜你也敢占？」

吳用笑道：「既然他願意改邪歸正，以後就跟著你和三娘管個帳什麼的吧。」

嗯，王老頭算帳是很有一套的，比如他當初準備拿王英的命換厲天閏的命這一點就能看出——他跟了這兩口子可有苦頭吃了。

就此，「平」方臘事件圓滿結束，正如老王所說，一晚上就搞定了。

我們於次日傍晚到達梁山，八百里水泊人歡馬咋，熱鬧更勝從前，依著妻管嚴厲天閏的意思就要連夜趕回家去，但老王、方鎮江他們跟大家剛處出感情，實在戀戀不捨，最後只好說定再在山上盤桓一日。

武松看看方鎮江和佟媛道：「不如趁今天這個大喜的日子，讓鎮江和弟妹在山上完婚吧。」眾人立即全體通過。

方鎮江激動地拉著武松的手說：「你比我親哥對我還好呢！」

武松瞟他一眼道：「廢話，咱倆誰跟誰呀？」

佟媛臉紅紅地道：「可是……我們結婚證還沒領呢。」

武松道：「妹子別怕，他要敢把你始亂終棄，我幫你揍他——對了，有工夫了你可得把那個什麼太極拳教教我，我還真有點幹不過這小子。」

當晚，全山披紅掛彩燈火通明，梁山一百零九加二加強版好漢及兩個方臘並十二天王歡聚一堂，放眼看去，全是一對一對的，倆武松、倆花榮、倆厲天閏……直讓人腦袋陣陣發暈，等喝了一通酒以後這才好點，看誰都是倆……

酒過半途，王英端著碗湊到我跟前，苦惱道：「小強，給我支個招唄。」

「怎麼了？」我不明白矮子有什麼煩心的，這傢伙有時候心狠手辣，有時候好色無恥，卻又偏偏總走狗屎運，人也並不討厭，全山上下簡直沒一個比他更像是穿越小說裡的男主角的了。

王英道：「你說三娘她喜歡我嗎？」

「怎麼不喜歡，你沒見你被抓去以後，她都快急瘋了。」

「真的啊？」王英欣喜異常，可馬上臉色一暗道：「可為什麼她老對我不冷不熱的呢？」

「這個……我瞎猜的啊，我估計這和你倆當初草草結合有關係，三姐她不是不喜歡你，而是擔心你不喜歡她，所以跟你保持距離，這是自我保護，現在是你跟她表忠心的時候了！」

王英撓頭道：「怎麼表啊，不瞞你說，她每天洗腳水都是我打的。」

……王英真是喝多了，這種秘密都跟我說，難保他酒醒以後不殺我滅口，在男權社會裡，這絕對是不可說的！

「不能光打洗腳水，弄點浪漫調調。」我擠眉弄眼地跟矮子說。

「……什麼是浪漫？」

我忽然想起來，扈三娘跟包子在一塊看室內裝修風格的時候，好像對粉紅色表現過特別的興趣，就對王英說：「你趁她不在，把你們臥室裡東西全換成粉紅色的。」

王英趕緊記下，又抬頭問我：「那我裡面的衣服用不用也換換？」

想像一下，一個矮子身著粉紅色情趣內衣，在床上扭捏作態……太浪了！

在商量鬧洞房這一環節上，武松嚴詞拒絕假扮成方鎮江去跟佟媛開玩笑的提議——別說這是假的，當初潘金蓮玩真刀真槍都沒能拿下。哎，到北宋而不見潘金蓮，如入寶山而空回啊！

在一片熱鬧中，我忽然想起了去年的春節，我和所有的客戶一起過年的情景，這時也不知是誰跟我同感而發，嘆道：「要是能再和岳家軍那幫小崽子還有荊軻他們一起喝酒就好了。」

我下意識地掏出手機給金少炎打電話，這兩天忙著方臘和好漢們的事，我既沒顧上問詢他，也沒接到他的電話，沒出什麼意外的話，他應該還在和老鴇耗著，電話通了以後傳來「滴」的一聲，金少炎的聲音忽然響起：

「強哥，下面你聽到的是我的留言，我已經見到師師並使她恢復記憶了……」

我心裡一喜，只聽金少炎繼續說：

「但是請你原諒我做了一個決定：我不打算回去了——至少現在不想回去，我和師師已經找到一個美麗安靜的小地方，我們準備就此度過餘生，我很幸福，謝謝你為我們做的一切。至於家裡，你知道祖母她老人家跟平常人不一樣，在我走的頭天她已經有預感了，我相信她如果瞭解事情的整個過程以後會理解我的，當然，我要實在想你們了，會想辦法聯繫你的，我認識去梁山的路……」

我哇呀呀一聲暴叫著跳起來，罵道：「金少炎你個王八蛋，終於還是把老子給耍了！」我旁邊的人都躲得遠遠的看我，小聲嘀咕：「這是跟誰呀？」

電話錄音沉默了一陣好像還有話說，果然，只聽一個清美的女音複雜地叫了一聲：「表哥……」後面的話李師師已經有點哽咽，終於是沒說出來，電話就此斷了。

我把電話高高舉起——沒捨得砸，最後只能在原地走來走去，嘴裡喃喃道：「這個小王八蛋，這個小王八蛋……」

在我帶他找李師師之前我就跟他特別說過，我必須能時刻聯繫到他，可大概就是因為這樣，金少炎才故意躲著我：他是怕我因為天道和人界軸的緣故阻止他跟李師師在一起，索性帶著李師師逃亡了。

這就是典型的豪門公子哥兒的做法，幼稚、天真、自私，但還有一股質樸的孩子氣，讓你真正的恨不起來，沒一會兒我也就啞然失笑，其實我又沒說不讓他們在一起，我只是讓他們悄悄的進村，因為我不知道宋徽宗會不會像吳三桂那個老漢奸一樣怒髮衝冠，說不定沒了李師師，這小子勵精圖治再創大宋呢。

一夜狂歡後，終於還是到了分離的時刻，我把車上的信號增強器就留在了梁山，從它的功率和輻射範圍看，擱在梁山上，至少以後再去隋唐和三國時期也能用得著，我讓好漢們至少留兩部電話備用，老王雖然木匠出身，可電工鉗工都會，我們要晚幾天走，他都準備給梁山裝部座機了。

我們下山的時候，很多人都是倆倆相送的，比如方臘送老王，武松送方鎮江兩口子，我很仔細地核對了一遍這才上車，人是沒什麼可對的，反正是一共九個。

我們的車緩緩開動的時候，我看見王英和扈三娘正在膩歪，花榮帶著老婆一個勁衝冉冬夜揮手，厲天閏則和四個老婆站在一起，我注意到他身邊那個少婦果然有兩顆可愛的虎牙。

方傑身姿挺拔，一個靈秀的女孩子正癡癡的看著他，那可能就是老王他老婆的侄女二丫頭，因為超載，佟媛就坐在方鎮江腿上。

我邊開車邊嘆道：「你說我這趟成全了多少人啊？」

方鎮江道：「有合適的，給我大哥也踅摸一個，反正咱們那邊的人來這邊不用辦簽證，我大哥那多好的一個男人啊。」

我沉著臉道：「這不是發揚你們山頭主義精神的時候啊，咱那邊那幾千萬光棍的問題還沒解決呢，美女資源大量流失也就算了，你還想搞穿越婚介所啊？」

方鎮江撇嘴道：「你不能光盯著一頭啊，那金少炎被套牢在北宋你怎麼不說呢，那小子要在現代，得禍害多少女孩子呀？」

佟媛道：「那歷史上單身的美女也不少呀，我看大哥跟木蘭姐就挺合適。」

寶金道：「不帶這樣的啊，你這明顯是地域歧視，北宋人不就比北朝人有錢嗎？」

寶金忽然發現一車人就他沒結婚，隨即摳著嘴花癡道：「誒，你們說哪個朝代的女人最溫柔漂亮？我就不和咱廿一世紀那幫光棍哥們搶名額了。」

老王道：「要我說還是五六十年代的女人最好，含蓄，傳統，會做飯。」

寶金苦著臉道：「別啊，滿大街都是五六十年代的女人，可我是七〇後啊——」

王寅哈哈笑道：「那你就找一個九〇後，滿手火星文，腦殘那種，絕對跟你投緣。」

寶金怒道：「呸，不許侮辱我未來的女朋友。」

把他們送回育才以後，我身心俱疲，開著破麵包風塵僕僕地回到家，我們家對面，兩個老神棍一人搬個小馬紮瞇著眼睛曬太陽。

見我回來，何天竇伸著手想跟我說什麼，我把手一揮，斬釘截鐵道：「不要跟我說話，天大的事我也得先睡一覺再說。」

何天竇還想再說什麼，我嚴厲道：「我說了不要跟我說話！」

何天竇訥訥道：「可是……」

我勃然道：「不要惹我！還讓不讓人活了，想睡個安穩覺這麼難嗎？」

劉老六笑嘻嘻的一拉何天竇道：「別管他。」

我哼了一聲跟何天竇說：「你真應該好好跟老劉學學做人了。」

何天竇唉聲嘆氣地不言語了，我剛走出兩步，就聽劉老六幸災樂禍地小聲跟何天竇嘀咕：「你告訴他幹什麼……讓包子……看他褲襠……倒楣去吧。」

我低頭一看，我褲子拉鍊果然開了，這是騎在馬上跟石寶掄刀掄成這樣的，我回頭怒道：「劉老六，你怎麼那麼不是東西呢？」

劉老六嘿嘿笑道：「是你不讓我們說話的。」

我問他們：「項羽那快鴻門宴了吧？」

劉老六道：「還得過段時間。」

既然又說起這事了，我索性問：「我要想把我那些客戶們再帶回來，後果會怎麼樣？」

劉老六使勁搖手道：「我不是跟你說了麼，這絕對不行，人都是天道送回去的，你再拉回來就等死吧，不過我知道你的想法——你要是想讓以前那幫人聚會可以在他們的地盤上嘛，不過集點表上還有任務沒完成的人可不能隨便走動。」

我抬頭想了想，拿五人組來說，胖子項羽和劉邦還都有任務，就李師師是沒事人，還被金少炎拐跑了，想再聚起來不知道何年何月了。

我洩氣地擺擺手，低著頭往家走，進了臥室，包子正躺在床上看胎教雜誌，我一聲不響地掉進床裡，摟著她呼呼大睡。

方臘的事一完，我終於如願以償過上了平靜的日子，其間偶爾會收到幾個好漢們和方臘那邊的電話，這群傢伙過著無法無天的日子，據他們說，金國已經開始蠶食大宋的領土……

我也試著給金少炎打了幾個電話，完全沒音信，金老太后倒是淡定得很，就好像孫子真的只是去外地旅行了。

我也曾想開著車再去時間軸裡轉轉，可奇怪的很，沒任務狀態下的破車，再也不能成功跑出愛因斯坦的超光速。

這樣過了兩個月，又開始有客戶告別的日子，這回最先走的是秦檜那個人渣，老混蛋走得相當悲涼，我們幾乎都把他忘了，還是他走後的第二天，岳飛給我打了個電話，告別又一次人世旅程的時候，只有一個上輩子被自己陷害過的人相送，秦檜也不知會不會有什麼感慨，不過岳飛說他這段時間工作態度倒是很端正，幫著拉出不少貪官。

接下來就是蘇武蘇侯爺，我那幫客戶們因為知道了人界軸的事，所以對送別看得很輕，每一次告別都開成了熱鬧非凡的「返鄉歡送會」，不過蘇侯爺有點例外，他這一走意味著又是十九年茹毛飲血的日子。

我拉著他的手答應他，只要他前腳一走，我後腳就給他送電毯去，可人家蘇侯爺不在乎這個，玩的就是一個生存極限。

再然後就是那幫藝術家和神醫們，王羲之柳公權等人的墨寶我都統一收好了，除了送給古爺一張和費三口一張讓他閨女練字外，輕易不示於人。

扁鵲和華佗的抗癌研究已經進入關鍵的階段，兩人珍而重之的把一摞資料交給我保管，說如果有機會去找他們玩，除了帶一份給他們外，還可以留給以後我那些當醫生的客戶，比如李時珍、張仲景等人，使他們有機會繼續前進。

俞伯牙對能再見鍾子期充滿期待，並就他打聽到的鍾子期臨終前的症狀向扁華二位神醫諮詢，終於推斷出鍾子期只是死於普通流感……

餘人不細說，有一件頭疼事就是張擇端自從發現碳條以後，就養成了一個壞習慣：一上廁所就在廁所門上勾勒人體。我只能找老王把這些門都換了下來存在庫房裡，在育才史上，此事被稱作「廁所門事件」。

在這些客戶裡，還有一個人是不能不提的，那就是花木蘭，與我跟項羽他們的兄弟情不同的是她跟包子的姐妹情，五人組走後，大部分時間都是她陪著包子，可是她也是要離開的，偏偏大大咧咧的包子好像把這碼事給忘了。

那天，包子轉身去端湯的工夫，花木蘭忽然微笑著理了理頭髮，向廚房裡的包子說：「包子，我走了，別難過，對孩子不好。」然後她的身影就開始變淡，等包子端著湯出來，花木蘭已經徹底消失了。

包子呆呆地看著花木蘭的座位痛哭失聲，抽噎道：「我還以為不提這事，木蘭姐就能不走呢！」原來她不是忘了，而是希望用自己的迷糊感染上天……

有了這事作教訓，吳三桂就上了心，掐著日子到他走那天，我一早起來正碰見老頭背著手往外溜達，我問他幹嘛去，吳三桂微微一笑道：「到日子了，我出去走走，就不回來了，要不怕包子傷心。」

我黯然不已，拉著吳三桂的手訥訥道：「三哥，其實你也是條漢子，那些站著說話不腰疼的說法不用放在心裡。」

可是後面就不知道該怎麼說了，跟別人還能半真半假的開個玩笑說以後找你玩什麼的，可吳三桂不同，去找他，只有喚醒他的痛苦回憶和選擇，想都不用想，他的集點表上肯定是引清兵入關然後再造反這兩件事，如果需得我出任務，那就說明他有痛改前非的意思，那時候我要拿著藥再去逼他就範，只能是更尷尬。

吳三桂好像看出我在想什麼，灑脫道：「小強，相聚是緣，不用強求，咱們最好能不見就不要再見了。」

然後，這個老漢奸就背著手在陽光的照耀下悠然地走了。

關二爺是早在吳三桂之前走的，留下了周倉監視我，非讓我估摸著時間差不多他們桃園三結義以後去找他，因為他還有不少話要跟劉大和張三說，二哥還很不厚道地引誘我說，我去了以後介紹趙雲給我認識。

我又不搞斷背，以前仰慕他是因為他會使槍、長得帥，最重要的是懷疑那是我的前身——但何天竇說我上輩子是路人甲，這就讓我對趙雲徹底沒念想了。

四個皇帝是最後走，老哥四個倒是很祥瑞，走的時候互相擠眉弄眼，這個捅捅那個，那個碰碰這個，我一問才知道他們約定好回去以後還要相互做客，來個元首級互訪。

我滿頭黑線道：「別添亂行嗎？再說你們怎麼知道我就一定會去找你們呢？」

四個人嘻嘻哈哈地說：「簡單，我們就不信你沒什麼事能求著我們。」

朱元璋舊事重提，拉著我賊兮兮地說：「找哥玩去吧，沒錯的——我一回家就先把那些美女給你海選出來。」

李世民道：「小強要真好這口還不如先去我那兒，我們大唐的公主那可是個個都夠味啊。」

成吉思汗呵呵笑道：「男人有土地和屬民才有美麗的女人，小強，你我之間的一日之約永遠有效，草原上有蒙古人的地方就有你的朋友，鮮醇甘甜的馬奶酒和香美的手抓肉在等著你。」

老成這番話還沒等打動我，朱元璋已經動心了，探頭探腦地說：「我能去嗎？」

成吉思汗橫他一眼道：「你來了只有彎刀！」

朱元璋一縮脖子，成吉思汗哈哈笑道：「跟你開玩笑呢，歡迎你到草原來。」

我見他們三個都給我開出不薄的賄賂，卻只有趙匡胤紋絲不動，不禁佩服道：「還是趙哥最穩當啊。」

趙匡胤心事重重地一擺手道：「美女土地我也有的是，可我記得還封過你兵馬大元帥，早知道能回去就不這麼孟浪了，這杯酒沒跟你喝，心裡總是不塌實。」

……原來他還惦記著杯酒釋兵權呢。

這幫人走了以後，育才顯得空了不少，孩子們的功課雖然不至於落下，可很多興趣小組面臨解散的危機，只有毛遂的行銷課越辦越大，秦舞陽也終於放下包袱，輕裝上陣開始給孩子們帶課了，轉眼幾個月過去了，包子在懷孕第五個月頭上終於也學會扶著腰走路。

這天包子從睡起午覺來就悶悶的在床頭坐著不說話，自從花木蘭和吳三桂走了以後，就沒人能陪她說東征西戰的事了。

包子大聲道：「真無聊，要能跟著木蘭姐參軍去就好了。」

我失笑：「你是那塊料嗎？」

包子沮喪道：「我看雜誌上說了，嬰兒智力跟母親懷孕期間的情緒有關係，再這麼悶著，你兒子生下來不是白癡就是弱智——」

為了兒子不繼承二傻的光榮傳統，我嘆了一口氣，抓起床頭櫃上的車鑰匙說：「跟我走吧。」

「去哪兒呀？」包子打量著我手裡的車鑰匙，猜想這趟肯定走不遠。

「給你補個蜜月，絕對是個能讓你活蹦亂跳的地方。」

包子白我一眼道：「少來，又想領著我去動物園看猴子啊？」

我拉起她邊往樓下跑邊說：「帶你去個好地方，到了你就知道了！」

我把包子拽到車上，雙手合什朝方向盤拜了拜，虔誠道：「寶貝，為了我兒子，你就破例辛苦一趟吧。」

包子迷惑道：「要出遠門啊？那不如開我那輛車。」

我打著火說：「再囉嗦不帶你去了，先去超市買點東西——」

我決定了，帶著包子度蜜月，至於去哪，我想了半天，初步規劃是去項羽那，現在的項羽兵強馬壯，絕對能滿足包子的指揮欲，去別的地方其實也不是不可以，現在我們的選擇已經很多，但是那幾位皇帝剛回去，應該還有自己的事情要忙，朱元璋搞不好正給人家放羊呢，再說要沒什麼事，我也不想節外生枝。

再者，去項羽那還能跟他商量一下後一步的鴻門宴怎麼吃，方便的話，把劉邦也叫上好好合計合計。

我先開車到超市買了幾條菸，一些時鮮水果和蔬菜，看見番茄時我會心一笑，買了一箱，包子跟在我後面越看越奇怪，忍不住問：「你買這些幹什麼，就算要野炊也不用買那麼多吧？」

我把東西放在車上，又開始大街小巷地轉悠起來。

「又買什麼呀？」

「買個遊戲機——」

終於，在一家家電維修店裡我找到了夢寐以求的紅白機。

掌櫃一看我挑的東西，遲疑道：「你要這個是收藏啊還是幹什麼？」

我往桌上丟一百塊錢道：「我要裡邊零件。」你要說收藏，他敢跟你要一千，買舊東西你就得小心這個。

果然，我這麼一說，老闆就任由我把遊戲機抱走，他拉出一大堆遊戲卡來說：「需要晶片嗎？這一盒五塊。」

我說：「一盒兩塊我全要了。」

老闆護住抽屜撇嘴道：「當年一盒就一百多呢。」

我笑道：「遊戲機都沒了，你要這麼一堆塑膠有什麼用？」

老闆愕然，嘆氣道：「一盒三塊……」

最後我又買個用電池的小電視拎著出來，包子睹物思人，跟在我屁股後頭黯然道：「我知道了，你是要給胖子他們上墳去——給軻子買個收音機燒了吧。」

我徹底無語，然後我就開著車瞎繞起來，包子道：「別亂跑了，找個沒人的地方燒吧。」

這時我終於發現在前方的國道上一輛車也沒有，我趕緊從岔道繞進去，手像抽抽了一樣換擋，包子叫道：「慢點慢點，前頭有測速照相。」

我大喊：「坐好！」

包子握緊把手，也跟著叫：「你這不是要給他們燒紙，你這是要去找他們呀！」

我納悶道：「你都知道了？」

包子下意識地輕護住小腹，罵道：「慢點開，你真想找死啊？」

我這才明白她這句話的意思……

我只好放慢速度，剛才這次失敗了，看來沒有緊急任務的情況下想進時間軸還真不容易，我跟包子說：「要不你先睡一會，一覺醒來說不定就到了呢。」

包子執拗地說：「我倒要看看你能把老娘帶到什麼地方。」

這會兩邊已經開始有車了，我被困在國道裡，出也出不去，又不敢再試，只能中速往前開著，沒過一會就到收費站了，把我鬱悶的不行，照這麼下去，跑到項羽那得花多少錢啊？

好在包子是個沒常性的，坐了一會兒就無聊起來，開始打呵欠，然後就抱著肩膀歪靠在車窗上犯迷糊，嘟囔了一句之後終於睡著了。

天賜良機，兩邊又恰好沒車，我興奮地搓搓手，猛踩油門，正在這時電話響了起來，我不願意放棄這最後一個機會，胡亂把手機打開放在方向盤上，繼續盯著前面，電話裡顏景生道：「校長你在哪呢？」

「什麼事啊？」

顏景生可能是以為我說話不方便，期期艾艾地說：「來新生了……」

「來新生你讓他報到不就完了嗎？」

顏景生小心翼翼地說：「新生……」

我一下明白了，他說的是新客戶，我大聲說：「你說吧，我這方便。」

顏景生鬆了口氣道：「來新人了，王寅直接去接的，現在人全到了，你是不是回來一趟？」

「哦哦——來的是誰呀？」

「竹林七賢都來了。」

「哦哦，鬧了好啊，鬧了讓他們教他們孩子寫毛筆字吧。」

「……還有呢，程咬金和隋唐英雄譜裡十八條好漢都來了。」

「哦哦，都來了好啊，咱育才不是正缺老師麼？」我這會眼望前方，還得小心旁邊有沒有車，實在是沒心思跟他好好說話。

顏景生道：「不是啊，你不知道這十八位跟梁山那一百零八位不一樣，他們互相有矛盾，打起來了，老王和四大天王還有鎮江他們正拉架呢。」

我就聽電話那邊亂哄哄的打得很是熱鬧，間或還夾雜著方鎮江和王寅等人的呼喝之聲，我知道這是倆那種看熱鬧不怕事大的主兒，忙吩咐顏景生：「實在不行，把段天狼程豐收他們招呼來幫忙。」

不等顏景生說話，只聽又有一陣騷亂，幾個男人的聲音尖聲厲氣的吵來吵去，我奇道：「十八條好漢還有光動嘴的呢？」

「……不是，這是那七賢，他們的價值觀也不一樣，在邊上打嘴仗呢。」

我們正說著話，一個聽口氣笑模笑樣的聲音插了進來：「別打了嘿，阿彌陀佛呀，怎麼這麼熱鬧呢？」

我一聽就來氣了，問：「這又是誰呀？」

顏景生拿開電話現問：「大師，敢問您法號是？」看來還真是一和尚。

這和尚依舊沒心沒肺地帶著笑意道：「我呀？我玄奘啊！」

「他說他是玄……」顏景生忽然吃驚道：「您就是西天取經的唐三藏？」

「誒，好說好說。」

我一聽這個調調懷疑道：「這是唐三藏嗎，景生你檢查下他……和尚的文憑叫什麼來著，度牒，現在假和尚可不少呢。他要是假的趕出去，要是真的就好辦了，讓他叫悟空幫忙——」

顏景生急道：「別鬧了小強，你還是回來一趟吧。」

我笑道：「行了，我這就回去……」我無意中抬頭看了一眼周圍，頓時抓狂道：「景生啊，你看著辦吧，我一時半會是回不去了。」

在我的周圍一片斑斕，不知在什麼時候我們已經進了時間軸。

顏景生道：「你那怎麼了？」

「我坐這輛車輕易停不下來，也不由我。」

「……你在警車上呢？」顏景生關切地問。

……

掛了電話以後，我開始專心開車，剛才跟顏景生說話的時候我並沒有減慢車速，想不到在不知不覺中居然進來了，那就意味著再想回去，非得先找地方靠站，而一般地方是停不了的，離我最近的客戶就是吳三桂，這個不能見，再往前是明朝朱元璋和元朝還未正式建立時的成吉思汗，這倆都不能見。

下一站就是宋朝了，按說把包子放在梁山上也沒什麼，可我想了想，那幫土匪淨喝酒，包子去了抵受不住誘惑怎麼辦？

想來想去還是把包子放在項羽那，我再回來處理這十八條好漢的事情——很遺憾他們沒見上李世民，而關二爺也沒能和秦瓊秦二爺好好聊聊。至於那七個什麼閒還是嫌的，我不大熟，那個叫玄奘的和尚更不知道是不是取經那個，怎麼說話小流氓似的呢？

我只有揣著滿腦子的疑問繼續往前開，包子睡了一會兒，揉著眼睛往外掃了一下，迷糊道：「天都黑了？」

我說：「你再睡一覺吧，等天真的黑了咱就到了。」

包子終於發現了異常，趴在窗戶上說：「這是哪啊？」

我掃了一眼時間軸說：「剛過明朝。」

包子還沒清醒，身子扭了扭道：「下了高速告訴我一聲，我去個廁所。」然後她就又睡過去了……

第十章

鴻門新宴

項羽也是經歷了一次鴻門宴的人，所以安排還照從前：

他和項伯臉朝東，對面是張良，

范增和劉邦也是臉對臉一個朝南，一個朝北，可問題就來了，我坐哪？

歷史上鴻門宴就是人家五個人吃的，我小強算哪一齣啊？

我們是上午十來點走的，中間包子醒了幾次，可是看看外面還黑著，就以為還早，半睡不睡地靠在車裡。

等到了下午六點多的時候，她終於睡不住了，閉著眼伸手從後面的箱子裡摸到個香蕉，又扔回去，使勁劃拉著，失望道：「我現在才想起來，你怎麼連麵包啥的都沒買一個，我餓死了。」

我一看都過三國了，興奮道：「數羊吧，數到一百就到了，到了我請你吃烤全羊。」

包子咽口口水道：「真的嗎，說真的，咱啥時候去草原玩啊，我還沒騎過馬呢，店裡有個去過的姐妹說一個小時五十——還能殺價。」

「哎你不早說，草原都過了，再說騎馬還要錢吶？你男人我騎一天都不用花一毛錢，還有得賺呢。」

包子不理我，捂著咕嚕咕嚕直叫的肚子，有氣無力道：「快點吧，真的餓了，你就算不管我，也得心疼心疼你兒子吧？」

我眼看著指針在上回項羽那條線了，一踩剎車，窗外大亮，我們停在一處高牆大院外。

包子感覺到了光線的不同，懶洋洋地把手擋在臉上道：「不是吧，剛才過隧道呢？」

我打開車門走出去，一個全副武裝的士兵垮的一下給我來了一個軍禮，欣喜道：「蕭將軍！」

我看著他也眼熟，上次在鉅鹿城外依稀見過，便微笑著回了一個禮。

站崗的一共是倆士兵，另一個顯然不認識我，正在看著我的車發愣，半晌才小聲問先前那個老兵：「這是誰呀？」

老兵狠狠給他來了一個暴栗：「還問！你不是朝思暮想的想知道一笑笑跑章邯十萬大軍的人是什麼樣的嗎？」

新兵望著我又驚又喜道：「蕭強將軍？」

我把墨鏡摘下來，裝進上衣口袋，打個響指酷酷地說：「去，你們蕭將軍的老婆想吃烤全羊。」

看來我給項羽的戰士們留下了很深刻的印象，兩個小戰士一喊，府裡又跑出不少人來，其中就有好幾個項羽的親衛，這些金甲武士見到我之後，有的敬禮，有的微笑，像多年的兄弟一樣，在他們心裡，我是和他們一起戰鬥過的戰友。

包子這會兒搖下車窗，瞬間失神地看著外面的一磚一瓦，忽然新奇道：「強子，這是什麼地方啊？」

我問她：「夠古文化不？」

包子把雙手都抓在車框上，眉飛色舞道：「哇，不錯呀，這是新開發的景點嗎，我怎麼沒聽說過？」

我把她拉下車：「走，你不是餓了嗎？」

剛進第一重院子，我就看見兩個女孩子手挽著手笑眯眯地看著我們，一個是小環，另一個自然是虞姬。

包子愣了一下，隨即緊跑兩步拉住虞姬的手，歡喜道：「張冰，你怎麼在這啊，哦，你在這工作啊？」

我使勁拽了一下她。包子還後知後覺地摸摸旁邊一個金甲武士的胸甲，嘖嘖讚嘆道：「真下功夫，用的都是真料啊。」

虞姬朝我一吐舌頭，頑皮笑道：「不用遮遮掩掩的啦，大王都跟我說了。」

一個雄厚的聲音帶著笑意從屋裡傳來：「阿虞，什麼事啊？」

緊接著，項羽一身布衣走了出來，他第一眼看見了我，笑道：「小強來了。」

我轉頭看著包子，這個可憐的女人盯著項羽徹底石化。項羽也是這時才看見她，僵在當地，神情凝固。

虞姬看看這個瞅瞅那個，小聲問我：「這位姑娘是不是就是那個小雨啊？」

我滿頭黑線道：「別胡說啊，這可是我老婆！」

我在包子肩膀上一推：「還不快去見過你祖宗？」

包子大叫一聲撲向項羽的懷裡，項羽哈哈笑著把她抱起來兜了一個圈，我抹著濕潤的眼睛感慨道：「現在的孩子能和老一代人關係相處成這樣可不容易……」

小環眨巴著眼睛道：「蕭大哥，這個姐姐就是你正室夫人吧？」

「正室」這倆字可戳了我心窩子，我跟虞姬說：「這就是見不得我納『妹妹』的那個姐姐，你不是答應過要替我勸勸她的嗎？」

虞姬咯咯嬌笑不說話，真狡猾！

包子站到離項羽一步遠的地方，捶了他一下胸，可是想到這是自己不知多少代的祖宗，又有點尷尬，項羽笑道：「還按以前那樣叫吧。」

包子一點也不客氣，乾脆地叫道：「大個兒！」

眾人絕倒……

項羽笑著看看包子，道：「嗯，比以前胖了——小強，你怎麼想起把包子帶來了？」

我無奈道：「懷孕了，威脅我呢，說再不帶她出來，直接給我生個歪眼的。」

項羽仰天笑道：「哈哈哈，我項家有後了。」

我白他一眼道：「別算糊塗帳啊，兒子生下來也是姓蕭，」我指指虞姬，「姓項自己生。」

包子雖然還在半夢半醒中，也忍不住道：「是啊，給我生個小侄子。」

我瞪她一眼道：「生下來照樣是你祖宗，就算羽哥活個五世同堂，六世同堂，最小的那個也是你祖宗！」

包子怒道：「你祖宗！」

我黯然道：「對，也是我祖宗。」

項羽哈哈大笑，搭著我的肩說：「走，進去說話。」

我回身吩咐幾個士兵：「去，把羊烤上，我車裡左邊那堆箱子是這兒的，搬下來——右邊的別動啊。」

不一會，大箱大箱的水果搬進來，有香蕉、葡萄、芒果亂七八糟的，虞姬剝個荔枝放在嘴裡，點頭道：「真好吃，小強下次來還給我帶吧。」

我感慨道：「一溜兒黃塵虞姬笑，無人知是荔枝來啊。」

虞姬驚道：「咦，小強說的話真有意思。」

項羽道：「別理他，這是說另外一個女人的，不吉利。」

我忽然想到楊玉環最後也不得善終，忙打掩飾道：「自古美女都愛吃這東西。」

包子敲著桌子說：「我就不愛吃。」

我無語，難怪她長成這樣呢。

項羽笑著看看我們，有感道：「想不到我們在這兒還能相聚。」

包子這會終於反應過來了，掐著我的胳膊道：「你到底瞞了我多少事，你以前一個人偷偷摸摸的是不就來過呀，蕭將軍是怎麼回事，笑跑十萬大軍又是怎麼回事？」

我躲閃著說：「這不是帶你來了嗎？等以後回去再慢慢跟你細說，現在你趕緊的想玩啥吧。」我對項羽說：「羽哥，快給她弄個馬騎。」

虞姬見我跟項羽有話要說，拉起包子道：「走姐姐，我的馬給你騎，我那匹馬叫胭脂紅，可漂亮呢。」

我囑咐虞姬道：「慢點騎啊，別把我兒子顛壞了。」

女人們出去以後，我跟項羽一人點上根菸，像兩個被老婆管壞了的男人狠命吧嗒吧嗒地抽著，我說：「羽哥，你這進展怎麼樣？」

項羽皺眉道：「總體還算順利，方便的話，你把梁山上的吳用給我找來，這老頭的計謀跟我對脾氣，我這打仗可能用得上他。」

我說：「你不是有范增嗎？」

項羽道：「亞父計謀多是關於大局的，十場仗裡，他能算出你打贏哪幾場就能得天下，可是具體謀略就不那麼精細了；再說，他為人有點過於謹慎，跟我風格不符，總的來說他可以幫你謀天下，但不足以謀一城，天才負責戰爭，人才負責戰役，我現在缺人才啊。」

我愕然道：「看來不光廿一世紀人才最貴啊。」

我說：「過段時間我說不定能把諸葛亮給你弄來——」說到這，我小心地問：「不過羽哥，你不會是又放不下了吧？」

「你說江山？」項羽微微一笑道：「怎麼會，我就是想把劉小三打到心服口服，最後再送他個人情，帶著阿虞遠走高飛。」

我放心道：「哦，邦子現在幹什麼呢？」

「這小子現在在霸上屯軍呢。」

我撓頭道：「這地名怎麼這麼熟？」

「我提醒你一句，咱們現在待的這地方叫鴻門。」

我跳了起來：「鴻門宴？」

項羽道：「我決定就在後天，曹無傷已經來告過密了。」

「準備怎麼吃啊？」

「還照以前吃唄，我再當一回豎子。」項羽呵呵笑了起來。

看來他心態不錯，我說：「你這太平嗎？」

「還湊合，就是還有些諸侯叛來叛去的需要征討，劉小三現在完全不是我的對手。」

我摸著下巴道：「吃完飯，我就帶著包子去下一站了——去看看嬴哥他們。」

項羽不滿道：「跑什麼，你是不是嫌你羽哥這寒酸？」

我趕緊陪笑道：「怎麼會呢，來之前行程就想好了，沒見東西都是買的兩份嗎？」

項羽道：「送東西當什麼緊，要不就你現在走，快去快回，飯前還能趕回來。」

我嘆氣道：「要是平時當然不急，可我今天才攬了個好活，隋唐那十八條好漢在育才打起來了。」

項羽感興趣道：「是不是就秦瓊和程咬金他們？」

我詫異道：「你也知道？」

「呵呵，以前老聽荊軻收音機裡播，真想知道那個叫李元霸的到底有多大力氣。」

「這個……羽哥你應該比不了，聽說那傢伙用的一對錘就三百多斤，掛著外掛一樣在隋唐橫衝直撞，哭著喊著都找不著對手，真是彪悍的人生不需要理由啊。」

項羽聽得悠然神往，不禁道：「若不求靈巧，三百多斤的錘我也使得動，可這人能無敵天下，絕對不會是光用蠻力那麼簡單，看來我這個霸王還是遜了他這個霸王一頭。」

我不屑道：「他沒有霸王那種氣勢呀。」

「……什麼氣勢？」

「王八氣唄。」

吃飯的時候，包子心情終於舒暢了，手舉一條滋滋冒油的羊腿談笑風生，忽然又嘆道：「咱們為什麼不把師師和軻子他們都接來呢？」

真是既得隴複望蜀啊，我沉著臉說：「吃你的飯吧，大家都有事要忙，誰跟你似的？」

包子道：「再忙還不能抽個時間聚聚呀？又不是總統。」

我和項羽都笑了起來：「別說，還真有位總統。」

包子一時語結，喃喃道：「就算總統也得有私人時間吧？」

我說：「等你吃完咱就看看那位總統去。」

包子驚喜道：「真的啊，大個兒和小虞一起去吧？」

項羽道：「等我把手頭的事兒忙完了說不定能得幾天閒，到時候再說。」

包子道：「你忙什麼呢，對了，邦子最近幹什麼呢？」

我開玩笑道：「在陝西搞房地產讓套住了，後天羽哥請他吃飯。」

包子歡喜道：「那就後天，都一起吧，吃火鍋！」

⋯⋯

吃了飯，項羽把我們送出來，跟我說：「一定要走嗎，不行包子就先留我這兒。」

我說：「我們過段時間還回來呢。」

項羽哼了一聲道：「你是怕我保護不了包子？」

「哪有哪有⋯⋯」其實就是，胖子那起碼還有個根據地是安全的，項羽這顛沛流離的，我是真不放心，加上包子那愛熱鬧的性格我就更不放心了。

項羽小聲問我：「後天你來嗎？」

我想了想道：「那就來吧，反正你請客，能蹭一頓是一頓，都這半天了，育才那要打出腦漿來也早打出來了。」

項羽點點頭，他明白我是不放心，虞姬站在他身邊，看著我們上了車，衝我們揮手作別，包子習慣性地把頭探出去，把大拇指和小指在臉頰上一比：「打電話啊！」

包子搖上玻璃，忽然說：「哎呀，應該從大個兒他們家拿點吃的。」

我說：「別費勁了，這回十幾分就到。」

「喲，兩家挺近啊——」包子的夢幻情緒漸漸冷靜下來，抓著我說：「現在該告訴我了吧，到底是怎麼回事？」

我長嘆一聲，把荊軻死後觸動天道的事跟她說了個大概，包子怔怔地想了一會，說：

「那邦子現在還不認識大個兒啊？」

我點頭。

「他們不會自相殘殺吧？」

「自相殘殺是不會了，不過就怕很難大夥一起聚了。」

說著話就到戰國了——兩家是真離得不遠。

我們的車像識路的狗一樣自己停在我以前住過的地方，門口那三個觸目驚心的簡體字「蕭公館」還是我親手所題……

這回護院的衛兵更認識我了，立正道：「歡迎校長回家！」那些男僕傭人們聽說我回來，趕緊列隊迎接，包子瞪著眼睛看了一會兒，忽然小聲罵我道：「哈，沒看出來呀，你在外頭還有我不知道的花園別墅呢？」

我忙道：「裡頭沒女的，沒女的……」

「我來了就有了！」包子率先飛下車，馬上想到古代有身分的女人都是淑女，忙把手交叉在小腹前，像個日本女人一樣碎步往裡挪著，我在後面喊：「那是你們主母。」

一群傭人集體匍匐在地道：「主母好。」

包子忙道：「喲，這可不行，趕緊起來。」

這陣騷動把一個人從裡面吸引了過來，我大叫一聲：「軻子！」

荊軻咧嘴一笑，自屏風後轉出，伸出雙手大踏步走了過來。

我也微笑著伸出手去迎接他，荊軻徑直走到包子跟前拉住她的手親熱道：「你來啦？」就剩我在一旁倆爪子像要發動感光波似的……

包子和二傻手拉著手蹦達了一圈這才停下，二傻看看我，這才說：「你也來啦？」

我問二傻：「軻子，最近都幹什麼了？」

二傻道：「吃飯，睡覺，無聊得很。」

「嬴哥不找你玩來？」

二傻不滿道：「他也在忙著吃飯睡覺。」

「走，咱們找他去。」我讓人把車裡東西搬下來，騎了幾匹馬往咸陽宮出發，一邊歉意地跟二傻說：「軻子，對不住啊，你那個『小人機』沒給你買，買了你也聽不成，沒台。」說著我拿出手機看了看，果然沒信號，大概再跟費三口弄個增強器放在三國就差不多了。

不一會兒到了咸陽宮外，「傳達室」這會已經得到消息，見我們一行到了，撒腿邊往裡跑邊大聲稟報：「了不得啦，齊王來了……」

我鬱悶道：「是齊王來了，又不是鬼子進村了。」

李斯一身新官服飄逸走出，笑道：「不怪他們，你走以後，皇上幾乎天天念叨你，你這一來，他們只怕就有賞錢拿了。」

我笑著招呼：「李客卿，又見面了。」

李斯微笑道：「現在是丞相了。」

我小聲道：「皇上？胖子已經稱帝了？」

李斯道：「遲早的事唄。」

包子聽了我們的對話遲疑道：「這是……」

我忙給包子介紹：「這是李斯李哥。」

我把幾張照片遞給李斯道：「這是嫂子和我小侄女的近況，嫂子每個月跟我們學校的老師一塊開支。」

李斯撫摩著照片，一個勁擦眼睛，我說：「本來想把娘倆帶來的，可是顧慮到你在這兒也有家有口的，怕你尷尬。」

李斯澀聲道：「知道她們挺好就行了，我也挺好的。」

不一時，有儀仗排出，嬴胖子頭頂珠冠，身穿皂袍，腰上掛著他那把像頭驢似的大長劍，儼然地走了過來。

包子往前一衝嘴裡就要叫：「胖……」

我使勁一拉她：「叫陛下。」

項羽那都是自己人怎麼叫無所謂，胖子畢竟是一國皇帝，總得給人點面子。我和包子倆人假模假式地吆喝：「參見陛——下——」

胖子鬼鬼祟祟地往周圍掃了掃，揮手道：「退哈（下），都退哈。」

等就剩我們幾個人了，秦始皇張著雙手朝這邊走來，我這回可自覺了，背著手矜持地看天……

果然，嬴胖子親熱地跟包子說：「你來咧？」

包子呵呵笑道：「能叫你胖子嗎還？」

胖子不悅道：「咋不能麼，餓（我）看你剛才就想叫捏又摸油（沒有）叫，絲（是）不絲小強歪（那）掛皮不讓你叫？」

包子打量著秦始皇道：「不過說真的，你比以前瘦多了。」

……等她們說完廢話，我這才伸出手去跟秦始皇握，卻見胖子直接無視從我身邊走過去，用劍劃開我們帶來的箱子往裡看著，喃喃道：「都給餓（我）帶了些兒撒（啥）？」

下一秒，秦始皇一手抓出個番茄來，在嘴邊一晃就下了肚，咂摸道：「這哈（下）餓可能好好滴吃碗西紅四（柿）雞蛋麵咧。」

我從另一隻箱子裡把遊戲機摸出來夾在胳肢窩裡，威脅嬴胖子道：「不帶你們這樣的，還想要這個嗎？」

嬴胖子眼睛大亮，伸手就要拿，我擰過腰去躲開，胖子滿臉陪笑道：「包（不要）鬧咧，魏國已經打哈（來）咧，餓封給你還不行？」

我把遊戲機護在懷裡來回晃著膀子說：「還有齊國呢，啥時候兌現？」

胖子道：「你要相信餓滴絲力（實力）捏麼。」

不一會，胖子就叫過一個也穿著官服的廚子來，吩咐道：「給餓做個西紅四（柿）雞蛋麵。」

那廚子從地上戰戰兢兢地爬起來，捧起一個番茄研究了半天，顫聲道：「陛下恕罪，這個……這個東西叫番茄嗎？」

秦始皇不耐煩道：「快些兒，做好咧給餓端上來。」

廚子磕頭如搗蒜：「卑職萬死……這番茄雞蛋麵實在是沒做過……」

胖子變色道：「信不信餓炒你魷魚？」

胖子以前在街邊隨便就能吃一碗好麵，結果今天手下的御廚當著我們的面給他丟了人，所以有點掛不住了。

包子在一旁說：「簡單得很，你就把它跟雞蛋一起炒。」

廚子機械地點了兩下頭，表情呆滯，顯然是啥也不明白，要不就是擔心秦始皇真把他炒了——皇上說炒，那就肯定得擱在鍋裡一絲不苟地炒，這關係到君無戲言的事情，雖然以前光聽說過油炸。

包子不忍心，挽起袖子說：「行了行了，我來吧，你好好學著啊。」

秦始皇和二傻還有李斯，一個搬個凳子坐在桌旁，舉著竹筷子眼巴巴地往這邊看著。

那位秦朝食神把包子要的東西都準備好以後，又匍匐在地上，汗流滿面，包子看他一眼道：「起來學，你那樣能學到什麼，學步法啊？」

包子一邊切番茄，一邊看著食神給她準備的平底鍋，還有簡單的幾樣調料說：「做飯得上心，別光知道瞎湊合。」

我在旁邊起鬨道：「好好聽著，能得鄭王親自傳授，你小子運氣太好了。」

食神更加拘謹，包子看看案上那雪白一片的油，隨即醒悟道：「哦，你們這設備不行，我還以為你欺騙消費者呢——沒有素油，葷油也湊合。」

包子邊切番茄邊說：「咦，對了，我還是鄭王呢。」

秦始皇笑瞇瞇地說：「摸油（沒有）問題。」

我開玩笑說：「我們家包子還是大司馬呢。」

胖子忽然尷尬道：「這個……也摸油問題。」

包子問：「大司馬幹什麼的呀？」

我說：「相當於國防部長，跟我在宋朝那兵馬大元帥差不多，反正是你手往哪指，全國的槍都往哪打。」

包子興奮得手一鬆，打翻了一摞瓦罐，我叫道：「你個敗家娘們兒，這把你賣了也賠不起。」這可是秦朝瓦罐啊！

包子輕蔑一笑：「老娘現在是國防部長，除了胖子，你們都老實點！」

食神臉上的汗珠子更大了……

我看看嬴胖子的臉色，笑道：「跟你開玩笑呢，還真能讓個女人當大司馬？」

我知道他不是不捨得讓包子當這個官，可現在秦國的大司馬還是王翦當著呢，這要無緣無故的給老王免了職，再加上讓一個女人當大司馬，還不定出什麼亂子呢。

秦始皇道：「社（說）話要算捏麼，王翦回來餓就讓他交虎符。」

我知道這事總算是交代過去了，包子手腳麻利地炒好菜，煮好麵，先拌了一小碗端給那個廚子道：「你先嘗嘗，以後就照這個味道做。」

廚子端著這碗鄭王加大司馬給他盛的麵，就見皇上一個勁拿眼睛瞪他，幸虧這小子機靈，雙手捧著舉過頭頂，獻到了面色陰沉的秦始皇面前，胖子這才轉嗔為喜。

但他沒直接吃，而是端給了一邊的荊軻，荊軻又挪給了李斯，李斯見有外人的情況下這倆人還這麼客氣，感動道：「這怎麼行，還是請皇上先用。」

胖子一側身拽出個鼎來：「餓用這個……」

最後贏胖子再一次展示了他氣吞山河的腸胃，把一鍋麵都給吃了。

胖子吸溜完麵，擦著額頭上的汗跟我和包子說：「你們也吃麼。」

我和包子：「……不用了，我們剛吃完烤全羊。」

吃完飯，秦始皇輕車熟路地把遊戲機接起來，電視螢幕一亮，手法極其嫻熟地調出三十個人來玩上了。我無語，標準的昏君啊，除了吃就是玩，不理朝政，法出無度。

我小心道：「嬴哥，咱先說正事吧。」

胖子操縱著螢幕上的戰士，聚精會神地說：「撒四（啥事）？」

我：「……說說修長城和修地宮的事，焚書坑儒你就不用幹了。」

秦始皇這才放下遊戲機轉過來：「撒意思？」

胖子的二小子胡亥一眼看見遊戲機，歡呼一聲坐下玩了起來。

我跟嬴胖子把集點表的事說了一遍，胖子摸著下巴道：「歪（那）餓知道咧，長城和皇陵已經在修咧，六國一滅，看來餓就摸油（沒有）什麼四（事）幹咧。」

我納悶道：「怎麼都修上了？」

胖子一揮手：「早完早算麼，現在修絲（時）間還富裕，反正餓死那天修好就行，不用那麼勞民傷財，也就絲（是）人手有點緊——不過餓還給他們發工資捏。」

我眼睛一濕，誰說秦始皇殘暴，眼前這胖子多厚道啊？

晚上，秦始皇為我們安排了盛大的晚宴。

曾想把自己貼餅子閨女嫁給我的李叉叉大人一見包子就大驚失色，跟旁邊的王叉叉大人小聲說：「我早年曾丟過一個女兒，那相貌跟咱們的大司馬真是像啊……」

席間，秦始皇指出，統一六國之戰是勢在必行，爭取在兩個五年計劃內完成這一千秋大業，胖子強調，萬里長城和地下皇陵也都是造福子孫後代的萬年基業，各部門切不可顧此失彼，講話完畢，皇上慷慨地賜給群臣今晚的宮廷大菜——番茄雞蛋麵，君臣之間其樂融融。

回到住所後，蒙毅特地又來串了個門，他哥已經帶著部隊打六國去了，蒙毅現在是上卿，具體負責法律這塊，好像挺忙的，他說王賁要是知道我來了，肯定一起過來，不過他現在也帶著兵打燕國去了。

在蕭公館住了一晚上，第二天我一早就被一陣極其難聽的噪音吵醒了，起來一看，見包子站在院子裡一排編鐘前，整了個小槌兒正敲呢。

包子說：「咱們這幾天還去哪玩呀，我發現這秦朝除了空氣好點以外，也挺無聊的，我想跟蒙毅商量商量，等我生完孩子就跟他哥打仗去。」

「……你少添亂吧，無聊了也得等我辦完鴻門宴再說，對了，明天我就得回羽哥那了，你是跟著去呢還是就在這待著？」

包子道：「我不去，又是吃飯，你辦完事回來接我。」

「那說好了啊，接上你也只能先回家，育才那還一攤子事兒呢。」

包子撇嘴道：「那你不用回來了，等你辦完育才的事，過個十天半個月再來接我，我好好研究研究編鐘，這東西在咱們那不好買吧，再說肯定賊貴，一架鋼琴還好幾萬呢。」

我點點頭，看見二傻忽然有了個念頭，問他道：「軻子，想羽哥不，我帶你找他玩去。」傻子每天就只能待在蕭公館裡，因為他刺過胖子，是個見不得光的閒人，悶在這遲早得病情加重。

二傻一聽要去找項羽，高興得直蹦，其實他更想劉邦，當初劉邦是睡在他上鋪的。

雖然已經經過多次分別，晚飯的時候秦始皇還是有點傷感，聽說我又要走了，而且還要帶上二傻，胖子吃了三碗麵就不吃了……

一夜無話，第二天我一睜眼天色還早，包子也剛起來，我一見她也起床了，加緊穿衣服，邊穿邊說：「這麼早啊？你送送我們吧。」

「又不是生離死別，送什麼送？」

我環著她的腰柔聲道：「別說不吉利的話……」

我開車帶著二傻，十五分鐘後抵達項羽在鴻門的臨時府邸，車停下後，二傻迷糊道：「到啦？」

我看看門口熟悉的守衛說：「是啊。」

看來十幾分鐘的車程沒有讓二傻感覺到時代的變化，他不放心地掃視著周圍，我說：「放心吧，這已經沒人認識你了。」

我知道二傻怕被人認出來，倒不是害怕秦始皇的手下對他不利，他是怕自己沒死的消息傳到太子丹的耳朵裡，讓人以為他是貪生怕死苟延殘喘之徒，傻子對名譽還是很看重的。

我和二傻直接走進客廳，項羽仍舊是一身布衣當中而坐，二傻躲在我背後鬼鬼祟祟地貼著我走，我知道他是想忽然跳出來給項羽一個驚喜，就微笑著朝項羽走過去，項羽一起身——他兩米多的身高頓時給他帶來了優勢，笑道：「別藏了，都看見你了。」說著一伸手把二傻拉了出來。

二傻不悅道：「你就不能假裝沒看見我嗎？」我和項羽都笑了起來。

我說：「羽哥，你這忙什麼呢？」

項羽道：「中午不是請劉小三吃飯嗎？」

我詫異道：「鴻門宴是中午吃的？」

「管它中午晚上呢，趕緊吃了，把他打發走了就完了唄。」

我笑道：「也是，準備的怎麼樣了？」

項羽道：「沒什麼可準備的，等他來了咱們就開吃，吃完了就讓他滾。」

我說：「那項莊和范增他們……」

「項莊目前沒在本地，亞父也還沒有找過我，至於我那個叔父有沒有去私見劉小三，我就不知道了。」

我摸著下巴道：「看來真是連鎖反應，一個風吹草動的變化都足以影響全域，這頓飯吃的跟以前全不一樣了。」

項羽擺手道：「我的意思還是趕緊完事，大家都歡心就算了，舞刀弄槍那一套就別弄了吧。」

我皺眉道：「這樣行嗎？」

項羽道：「怎麼不行，反正鴻門宴我沒殺他，這不是跟集點表一樣了麼？」

我慢慢搖著頭說：「不對，以我看是這麼個意思——鴻門宴上你沒殺他，但讓他嚇得夠戧，這樣劉小三才有足夠的警惕和緊迫感，才拼命發展壯大，最後奪了天下，所以說，這頓飯咱們不能吃吃就算，必要的流程還是要的。」

「那咱們把戲做足？可是項莊不在怎麼辦？其實就算他在，我也不放心再讓他來，項莊性如烈火，上次要不是我叔父擋著，十個劉小三也真讓他殺了。」

我撓頭道：「這倒是個難題，得找個會演戲的，還得明白不能真殺邦子……」

這時，我和項羽倆人的目光出溜出溜就到了二傻身上，要說演戲，二傻那是相當不陌生，刺殺胖子還彩排過呢；要說感情，他和劉邦一直不錯，再也沒有人比他更不願意殺這小子的了……

二傻見我們都看他，不屑道：「我懂，又讓我作假嘛——」

我拿起牆上的寶劍塞給他陪笑道：「這回給你個長的，掄圓了嚇唬劉邦那小子，別傷著他就行。」

二傻拔出長劍舞了幾個好看的劍花，還在我頭前腦後虛劈了幾下，那冷風颼颼的，嚇得我一縮脖子，二傻問：「這樣行嗎？」

就此，一個偉大而悲壯的刺客徹底成了臨時演員。

我跟項羽說：「軻子上場以後還有你那個叔父呢，這事不能跟他商量吧？」

項羽道：「這個……這就要看張良夠不夠機靈了，軻子拖延一會兒以後，我叔父就算不阻攔，他最起碼應該懂得找樊噲進來吧？」

「張良就是給老頭撿鞋換了本攻略的那個吧？嗯，他辦事應該還是靠譜的。」

我忽然發現劉邦手下淨是些給老頭撿鞋的，鑽人褲襠的，邦子也不怎麼樣，一逃跑起來，老婆孩子父母兄弟全都不管不顧，天下讓這位給搶了，我都替項羽憋屈。

我考慮再三，掏出顆藍藥來給項羽道：「羽哥，老這麼著也不是個事，一會吃起飯來，你肯定有機會跟他喝酒，是不是趁機就把他拿下，憑邦子的腦子當時反應過來應該也不會穿幫，然後咱們幾個明白人再私下找地方商量，那樣就事半功倍了。」

項羽看了我手裡的藥一眼，冷哼一聲道：「你這是什麼意思，我不是說了麼，我要憑實力把他打服，最後再送他個人情，在這之前我是不會給他吃藥的，你是擔心我真鬥不過他嗎？」

我暗嘆一聲，又刺激到咱們霸王那顆驕傲的心了，我就納悶了，他跟劉邦怎麼差別就那麼大呢？邦子要是遇到類似的情況，只怕用下毒暗殺那一套辦法也得把藥給他吃了，這小混混和貴族的差別完全體現出來了。

我把藥塞在項羽手裡道：「藥就給你了，你自己看著辦吧。」

這時，忽然從門外走進一個人來，這人一身素淡的儒生裝，年紀在六旬開外，好看的瓜子臉下留著一把長鬍子，給人印象深刻，老頭年輕的時候肯定是個大帥哥，只是眼神有些閃爍，一看就是老奸巨滑的傢伙。

他能從外走進不需人通秉，應該是項羽很親近的人，項羽微一躬身道：「亞父。」果然——是范增。

老頭也毫不含糊地跟項羽行了禮，這才抬頭看我和二傻一眼，我不知道該跟他怎麼行禮，就胡亂衝他招了幾下手，范增看我眼神頗有疑忌，項羽搭著我的肩膀笑道：「這是自己人，我兄弟小強，亞父聽說過的。」

范增果然臉色大見緩和，道：「就是一笑笑跑章邯的那個小強嗎？既然是自己人，那有事我就直說了。」

我和項羽對視一眼……

「今天那個劉邦要來……」

果然！范增來是為劉邦的事，看來歷史不真的都是巧合，更多的是它的必然性。

項羽一擺手道：「我知道，你是來讓我殺他的嘛。」

范增一愣，一時語結。

項羽道：「殺不殺劉邦我說了算，你要說什麼我全知道，所以你不用多說了。」

范增：「……」

項羽又跟范增道：「哦還有──一會兒吃飯的時候，別老拿個破玉佩在我眼前晃。」

范增：「……」

項羽小聲跟我說：「項莊就是他叫進來的。」

我一想要讓二傻舞趟劍嚇唬劉邦，還是得有這麼個人，而且這活還就他適合幹，我摟著范增肩膀把他拉在門口，一指二傻小聲跟他說：「范老前輩，一會兒宴席開了，你只要找個藉口把這個人帶進來就行了，別的你不用管。」

范增看看二傻魁梧的體魄，忽然面有喜色：「大王都安排好了？」

我神秘莫測地不置可否，范增一拍額頭笑道：「明白，明白，只可意會。」然後就喜滋滋地去了，臨走還讚賞地看了項羽一眼，他肯定以為項羽已經下決心要除掉劉邦了。

范增走後，我對項羽說：「以後對老頭好點，看得出來他是真心想幫你。」

項羽嘆了口氣道：「我何嘗不知，對亞父我是有愧的，可是，我就是不喜歡他，總覺得有時候他的辦法未免過於下作奸險。」

我笑了一聲道：「所以邦子才怕他。」

劉邦有張良和韓信兩個猥瑣參謀，美中不足的就是沒有湊成個穩定的三角支點，其實他對范增向來是讚賞有加的，所以後來不惜下血本使用離間計，項羽身死後，邦子還感慨說，項羽要能重用范增，自己只怕沒那麼容易勝利，痛惜之意油然而生，歸根結底就因為他和范增是一類人。

這時準備工作就算大體完成了，我最後跟項羽說：「羽哥，那個藥的事你還是好好考慮考慮，大家兄弟一場，有什麼不能坐下來談的呢。」

不等項羽說話，忽聽有人高聲傳報：「沛公劉邦自霸上求見大王，已在府外等候。」

項羽大手一揮道：「讓他進來。」隨即吩咐手下，「排宴吧。」

我把寶劍塞給二傻把他推到外面說：「一會兒剛才那個老頭叫你進去你再進，然後就拿著這個嚇唬邦子，明白了吧？」

二傻不滿地嘟囔道：「又是你們吃著我站著，下回這種事你們找別人吧！」

我和項羽來到院子裡，這時劉邦已經信步走了進來，身邊那人三十鎴鐺歲，國字臉，目不斜視，應該就是張良了。

劉邦來到項羽面前，恭恭敬敬施禮道：「將軍。」

他這麼叫是沿襲當初兩人和各路諸侯伐秦時候的稱呼，這樣顯得更近乎，言外之意也有表明故交的意思。

項羽微笑道：「沛公辛苦，不用客氣。」

其實他們倆的身分是一樣的，項羽是霸王，劉邦現在已經是漢王，但這一行禮，尊卑還是分了出來，項羽嘴上說，身子一點也沒動，輕視之態表露無餘。

這是自分別以後我第一次見劉邦，這小子又成了那個道貌岸然的裝酷樣，不但不苟言笑，連衣服都整理得有稜有角，儀態更是嚴絲合縫，活像個剛發達的農民企業家。再看人家項羽，普通的一身布料衣服，就是很有味道。

項羽假裝親熱地拉起劉邦的手，往廳裡邊走邊說：「沛公入席吧。」

劉邦也非常配合地滿臉堆笑道：「將軍威儀一如從前，適才季（劉邦的字）所過之處，見將軍治下軍容整肅，暴秦無道，有將軍這樣的人主持大局，實乃萬民之福啊。」

項羽呵呵笑道：「彼此彼此，沛公不必過謙。」

我背著手跟在後面，嘀咕道：「淨他媽瞎扯淡。」

也不知道張良聽沒聽清我說什麼，但老闆們在前面寒暄，我們做小的也不能冷場，於是湊上來跟我套近乎道：「這位將軍面生的很啊。」

我隨口道：「我姓蕭。」

張良拱手道：「不知將軍表字怎麼稱呼？」

我小聲含糊道：「你就叫我小強吧。」

張良呵呵笑道：「原來是小強兄。」

我就見劉邦肩膀一聳，似乎想扭回頭來看看，但又強忍著沒動。

大廳裡，范增和項伯已經等在那裡，項伯就是個普通白鬍子老頭沒什麼可說的，一看就是那種心慈手軟沒有立場的老一輩。

又是一番虛情假意的寒暄後，大家紛紛落座。

當時，主客的座次是有講究的，再說項羽也是經歷了一次鴻門宴的人，所以安排還照從前：他和項伯臉朝東，對面是張良，范增和劉邦也是臉對臉一個朝南，一個朝北，可問題就來了，我坐哪？

歷史上鴻門宴就是人家五個人吃的，我小強算哪一齣啊？

按理說，我算主場就應該坐在項羽身邊，可是那兒坐了兩個姓項的，相當於嫡親席，按身分，我勉強算項羽的謀士，該和范增坐一起，不過我看這老頭怪彆扭的，他好像也沒要跟我一起的意思，於是我索性就跟張良肩並肩坐在了項羽對面，這也符合咱們現代人陪客的習慣，要跟客人打成一片嘛。

落座已定，有人開始端上杯盤酒盞，那時採每人一個小桌，都自己吃自己的，我把著面前的酒杯，等他們說開場白。

劉邦看時候差不多了，端起酒杯來面向項羽說：「將軍，自鉅鹿大捷一別，時間已經不短了，那以後你我各轉戰南北，除暴秦、分諸侯，都仰仗將軍神威，季時常在心裡掛念著將軍，這杯酒，季要代天下敬將軍！」

項羽淡淡一笑，拿起酒杯碰了一下嘴唇，劉邦忙不迭地一飲而盡，張良替他滿酒的當兒，他撓頭道：「就是有個怪事我不知道該不該說……」

項羽有點莫名其妙，看來當初沒這句。

「你說吧。」

劉邦喃喃道：「要說呢，其實也不是什麼大事兒——我聽說在鉅鹿的時候，有不少人曾見過我赤身裸體地去到將軍帳下求見，季愚鈍，卻是怎麼也想不起有這麼回事了……」

項羽和我對視一眼，憋著笑道：「沒有的事，定是無聊的人信口胡說的。」

我忍得臉都紅了，這黑鍋果然背到劉邦身上了，早知道我就連條毯子也不搭，讓他把人丟徹底。

劉邦聽項羽這麼說，如釋重負道：「這就好，真要是那樣，可就太得罪了。」

項羽憋不住終於帶出一絲笑意來，劉邦察言觀色見項羽心情甚好，忽然從半跪的姿勢直起身來，顫聲道：「將軍饒命。」

項羽道：「你這是幹什麼？」

劉邦哭喪著臉道：「聽說將軍聞我先入咸陽震怒，要犒賞三軍討伐劉季，我和將軍早年起就共同伐秦，有幸約為兄弟，今日之事卻是何苦來哉？」

項羽道：「有人說你想佔據關中自立為王，有這事嗎？」

劉邦使勁甩手道：「這是哪個小人造謠生事啊？咱們當年共同起事，如今我運氣好，先一步入關，怎麼可能不自量力到這種地步，再說，我又怎麼敢忘了將軍的提攜？」

項羽道：「那你為什麼派人守關呢？」

劉邦委屈道：「這可就是將軍冤枉我了，當今天下虎豹豺狼四處橫行，若不據關，怎麼保證他們不起非分之心，一擁而上？季死不足惜，可為將軍送上一份厚禮的拳拳之心可就全白費了——將軍啊，咸陽我是為你守著，特地等你來收啊。」

項羽呵呵一笑，他的幾句話無非是臺詞而已，所以也說不上信不信，端起杯朝劉邦一晃：「喝酒。」

劉邦長舒一口氣，邊擦額頭上的汗，邊小心地陪了一杯。

這可把邊上范增急壞了，他知道項羽的脾性，戰場上的陰謀詭計未必能騙得過貌似粗豪的霸王，可在政治斡旋上他無疑是個白癡，劉邦幾句軟話一說，范增生怕項羽動搖，忙打岔道：「大王，貴客蒞臨，何不叫人起舞助興？」

項羽默然不語，那意思就是答應了，范增面有喜色，拍手高聲道：「來人，為沛公和大王舞劍助酒。」

話音未落，二傻就從外面蹦進來了，看來是早就等得不耐煩了，他兩隻眼珠子在眼眶裡劈里啪啦地亂轉，舌頭興奮地舔著嘴唇，在屋裡一環，頓時就看見了劉邦，然後二傻就衝劉邦擠擠了眼睛，劉邦莫名其妙，只好勉強朝他笑了笑。

可下一刻，二傻抄劍在手，刷地一下就刺在劉邦臉頰旁，冷風吹得邦子臉上的汗毛都飄擺起來，邦子嚇得「哎喲」一聲，情不自禁地坐在了地上。

不光是他，在場的連我和項羽都有點意外，本來舞劍嘛，最起碼你得由遠及近慢慢的靠過來，哪有上來就劈的？

可二傻才不管，反正是讓他嚇唬劉邦，他就左一劍右一劍，劍劍不離劉邦的腦袋胸口三分處，別說劉邦，我和項羽都毛毛的。

這時最急的當然還是張良，在一邊倒吸口冷氣之後，立刻把目光投向了對面的項伯，從張良勾搭他的眼神裡，就能看出這老傢伙昨天肯定已經跟劉邦串通好了。

這個關頭我也挺希望老傢伙能出來抵擋一會，二傻修理樹叢一樣，在邦子腦袋上比劃，時間長了也不是個事兒啊，可是再看項伯，開始是有意地躲閃張良的目光，最後索性朝張良一聳肩膀，示意自己無能為力。

我也很快看出門道來了：老頭也不傻，他是怕當了替死鬼！

因為在原版裡，舞劍的是項莊，你看，項羽項莊項伯，都姓項，從生物學角度上來講，項伯是項羽的叔叔，也就是項莊的叔叔，項老頭明白項莊是不敢真的對自己下手的，可這回換了二傻不知根不達底的，誰知道他手會不會滑，就算不會，也未必把他放在眼裡，所以老頭巍然不動，最後眼睛瞟著西北角自娛自樂地吹起了口哨，這忙他是鐵定不打算幫了。

劉邦不倒翁一樣躲了一會，終於支持不住了，顫聲跟二傻說：「壯士好劍法，季……季可有幸請壯士飲一杯否？」

二傻表情冷峻，絲毫沒有停下的意思，無論演技還是劍法都是當之無愧的實力派——我要是他，就算留著神只怕也戳了劉邦好幾個窟窿了。

張良焦急得青筋暴起，看樣子就想上去拼命，渾沒有上次的淡定機智。這也不能怪他，事起突然，換誰都得抓狂，再說上次還有老項頭和稀泥呢，眼看親家就要做了二傻的劍下亡魂，我伸手在他衣服上一拽，低聲說了句話：「你們不是有樊噲嗎？」

張良畢竟是大風大浪裡滾過來的人，聽我說完顧不上別的，立即就跑了出去。

二傻把劍劃著八字，回頭看我，意思是問我接下來怎麼辦，我急忙使眼色讓他小心，這時就聽廳外一陣混亂，一個臉上胳膊上都毛茸茸的漢子，手持長劍肩背盾牌打倒侍衛闖了進來，見場上狀況大驚失色，舉劍格開二傻，怒目項羽。

項羽淡淡道：「來者何人？」

張良隨後進來道：「這是沛公的衛士樊噲，我見這位壯士獨自舞劍未免無趣，所以讓樊噲來跟他配合。」

項羽掃了一眼樊噲道：「嗯，是個忠僕，賞他杯酒。」

左右有人端上一杯酒來，樊噲仰頭喝乾，醞釀了一下激動的情緒，侃侃而談道：「我……」

項羽插口道：「好了，劍也看得夠了，都退下吧。」

樊噲愕然：「這……」

項羽揮了揮手，頓時有人上前引路把荊軻和樊噲都領出去了，樊噲邊往外走邊回頭看，好像還有滿腹的話沒說……

樊噲和二傻走後，酒宴再複平靜，劉邦擦著汗尷尬笑道：「季失禮了。」

張良重新落座以後，表面上沒有任何感激的表示，只是用手悄悄拉了我一下，我明白，這一下含義可深遠了，既包含了感謝，也有私下詢問的意思，我沒有過多表示，就一個勁地喝酒。

范增見刺客計畫失敗，用手輕點桌子幾次用目光探詢項羽，項羽視而不見，只是和劉邦聊些過去打仗的事，說到共鳴處，兩人都開懷大笑，只不過現在的邦子是為了討好項羽，而項羽卻是有幾分發自真情實意的。

我知道，在項羽的心裡對劉邦是有感情的，兩個人有仇，那是為了爭江山，虞姬之死純屬意外，劉邦個人卻沒有對項羽做過什麼過分的事情，兩人一起到我那兒，開始還不對頭，但隨著項羽追求張冰，劉邦就不斷給他出謀劃策，二人之間的恩怨已經淡化不少，兩個人平時鬥嘴嘔氣，不知不覺中早已成為一對損友，最後在離開的時刻，這兩個人心裡最惦記的，只怕還是這個自己前世的冤家，所以項羽這次見了劉邦，就總也頤指氣使不起來。

我見狀，想趁機讓他把邦子召回來，衝他一個勁擠眼努嘴，不斷做出小動作吸引他的注意，沒引起項羽注意倒驚動了我旁邊這位，張良關心地問：「小強兄身體不舒服嗎？」

項羽聞言往這邊看了一眼，正好和我四目相對，我拼命眨眼睛，項羽當然明白我的意思，他的手下意識地捏住了袖子裡的藥丸，猶豫再三，還是向我微微搖了搖頭。

我一拍大腿，這該死的英雄情節呀。

見劉項二人親近，范增也十分著急，他一直是堅定的除劉派，眼見現在這個千古難逢的機會就要錯過，不禁又坐不住了，頻頻朝項羽使眼色——話說這頓飯真是一頓眼神亂飛的飯啊。

項羽渾若不見，只顧和劉邦聊天，老范急得抓耳撓腮，下意識地把腰上的玉佩解下來在手裡拿著，我也正想找個東西晃蕩項羽呢，可是我口袋裡就一串車鑰匙……

我一扭頭正好看見范增手裡的玉佩，老頭幾次想舉，又想到項羽有言在先都沒敢，就把玉佩上的絛帶在指頭上絞來絞去地乾使勁，我一探身道：「你到底用不用啊，你不用借我使使。」

范增無語，把玉佩遞了過來，我拿著，看項羽的目光掃過來了，急忙高高舉起，項羽瞧我一眼，隨即把頭轉了過去，我嘆口氣，只好把玉佩在桌上輕輕敲著，等待下次機會；一會兒項羽又扭過頭來的時候，我再次把玉佩拿在眼前，項羽瞪我一眼，還是毫無反應，當我第三次把玉佩舉起以後，項羽頗為不滿地哼了一聲。

劉邦嚇了一跳，以為自己哪句話無意中得罪了項羽，這會兩人都已經喝了不少酒，難免有酒後失言說錯了話的地方，劉邦小心道：「將軍？」

項羽面有慍色一擺手：「不關你事，咱們繼續喝酒。」

我知道項羽倔勁一犯，那是九頭牛也拉不回來，只好把玉佩丟還給了范增，范增默然不語，不知在轉什麼念頭，對他使個讀心術，老頭滿腦袋刀槍劍戟，看來還是在動殺劉邦的念頭。

場上這一微妙的變化自然引起了劉邦的警覺，酒也醒了不少，他起身道：「季要告個方便，將軍恕罪。」說著慢慢退到門口，走了出去。

我大咧咧地一抱拳道：「強也告個方便。」然後就緊跑兩步趕了出來，我得看看劉邦這小子到底幹嘛去了，事已至此，讓項羽給他吃藥是不可能了，我看看能不能再尋找機會，實在不行，也只能把他送走就算完了，看樣子范增那老頭是不達目的不甘休，劉邦留在項營終究是不安全。

我跟著劉邦後頭一路進了廁所。向劉邦招呼道：「沛公也在呢？」

劉邦一邊小解，一點隨意地說：「我沒記錯的話，兄台應該就是那個面對章邯十萬大軍微微一笑的蕭將軍吧？」

我詫異道：「喲，沛公知道我啊？」

劉邦感慨道：「當世英雄，除了項將軍外，只怕就要屬蕭將軍了。」

我忙說：「這可太客氣了。」這話也就是他說我聽，要換別人就該多想了，除了姓項的就是我姓蕭的，分明是有挑撥的意思呀。

劉邦又嘆息道：「可惜，季戎馬半生卻始終得不到一個像將軍這樣的人以做強助，否則季願以兄長之禮待之，旦日不離左右，今後凡有一粟一穀之得，必半予將軍。」

我哼了一聲道：「這就是你不厚道了，你這是公然地挖人牆角啊。」

劉邦看出我不高興了，反應也真快，就勢裝出一副醉醺醺的樣子茫然道：「蕭將軍何故慍惱，是不是季酒後孟浪了？」

我只能嘿嘿乾笑。

劉邦在轉身往外的那一瞬間忽然壓低聲音，像是喃喃自語又像是對我說：「季言皆出肺腑，將軍自量之。」

我追著他出去，見他往飯廳方向走，喝道：「嘿，你去哪啊？」

劉邦愕然：「回去啊。」

我拍腿道：「還回去幹嘛，你是非等著我們殺你啊？」

劉邦一縮脖子：「這話是怎麼說的？」

我指著府門說：「趕緊走。」

劉邦一怔，然後撒腿就跑。

「站住！」這人怎麼說跑就跑，就算撇下張良不管，至少跟我說句客氣話的工夫還是有的吧？

劉邦回頭道：「啊？」

我伸出手來在他面前攤開：「你來的時候就沒給項將軍準備什麼禮物嗎？」

劉邦恍然，從懷裡掏出一對玉斗放在我手裡，然後邊倒退著走邊說：「蕭將軍之恩劉某牢記在心，日後定當厚報。」

我揮手道：「去吧去吧。」

給劉邦藥的機會是沒找到，可總算把他打發走了，項羽的熱情可能引起了他的誤會，以為自己是絕對安全的，可范增卻不能不防。

我拿著一對玉斗往回走，果然，走到門口就見隱約有士兵在快速集結調動，看來老范想學項羽來一回破釜沉舟。

我走進去，把兩隻玉斗放在桌上道：「沛公喝多了，說他跟大王告個罪先回去了。」

項羽哦了一聲，沒有過多表示，張良似乎也對劉邦扔下自己逃跑習以為常了，不慌不忙地起身道：「既然這樣，子房也告辭了，多謝大王盛情款待。」說著狠狠瞪了項伯一眼。

我把他送到門口，說了幾句客套話，張良看我的眼神充滿疑問，那意思好像在說：「你到底哪頭的呀？」

送走張良，范增吹鬍子瞪眼地站了起來，看著桌上一對玉斗，忽然拔出長劍，我搶先一步，一腳把兩隻小東西都踢在地上摔碎了——這東西實在漂亮，我捨不得讓別人砍，一件東西既然命裡註定要毀壞，那就不如毀在自己手裡。

范增怒火得不到發洩，激動之下用手指著項羽，終究是覺得不妥，遂換指在我頭上，一頓足，似乎要發表什麼感慨，還不等他把第一個字說出來，我又趕在他前頭叫道：「行了行了，我承認我是豎子不足與謀！」

范增：「……」

吃完了這頓歷史上最著名的飯，我終於鬆了一口氣，至少在項羽這暫時是沒什麼事了，就等著他跟邦子的最後一戰，他說要把劉邦打服，最後再賣他一個人情，這其中將經歷怎樣的過程誰也不可逆料，讓人怪揪心的，可是項羽的為人我瞭解，你不讓他把願完了，他什麼事都幹得出來，所以我放棄了繼續勸阻他的念頭。

處理完這邊的事，我問二傻：「你怎麼辦，回去嗎？」

二傻緊張地往後挪了挪道：「我不走！」

項羽道：「就讓他跟我待著吧。」

我知道二傻是怕回去以後繼續過那種百無聊賴見不得人的日子，所以也就點點頭說：

「那我得趕緊回去了，竹林七賢什麼的咱不管，隋唐的那十八位爺實在是等不起——也不知道這些位裡具體都有誰。」

二傻忽然學著某評書大師的腔調振振有辭道：「隋唐英雄譜有十八位好漢，第一位就是西府霸王李元霸，使一對八百斤的擂鼓甕金錘，是本部書裡第一的猛將，那誰也不是他的個兒，第二條好漢，天寶大將宇文成都，使一對鳳翅鎦金鎲……」

我忙道：「等會！軻子，這十八個人是誰你都知道嗎？」

二傻不滿道：「不要打斷我。」

我連忙討好道：「好好好，你繼續說。」

二傻：「使一對鳳翅鎦金鎲……使一對鳳翅……」

我急道：「後面呢？」

二傻憨笑道：「記不得了……」

我：「……」

項羽笑道：「我倒是還記得幾個，好像有個靠山王楊林，是隋煬帝楊廣的叔叔，死在羅成的回馬槍下了，還有一個定彥平也是被羅成陰了，而那個李元霸，把十八條好漢裡的宇文成都和伍天錫都打死了，總之最後活下來的不多，而且都是互相死磕喪命的，你沒事可以列個關係表，反正是夠亂的。」

這叫什麼事兒啊，隋唐的英雄譜還得秦末的人告訴我，我一陣頭疼，道：「行了行了，那我走了，羽哥，下次方便的話，把李元霸給你帶來，你倆掰掰腕子。」

項羽笑道：「算了，光比力氣的話我認輸了。」言外之意，對自己其他方面還是很自負的。

我看看一邊鬱悶的范增，對項羽說：「羽哥，提醒你一句，想贏邦子，這老頭的話該聽還得聽。」

項羽不耐煩道：「知道了，你去吧。」

我上了車，先想了一下，是不是再去跟包子道個別交代幾句，可是回憶起她恐怖的編鐘聲，我毅然地直接奔育才了。

回去的路上，看著我身邊空空如也的座位，我忽然苦笑一聲，這一趟又成全了兩個耐不住寂寞的人，我自己倒成了孤家寡人了——哦不對，還有十八位好漢等著我去調解呢。

對於隋唐英雄我其實也不是很陌生，不過我對十八條好漢缺乏系統的瞭解，項羽說的楊林和宇文成都好像是隋朝的王黨和大將，屬於保皇派；而以秦瓊為代表的瓦崗軍則是起義軍，後來才保了李世民，雙方是嚴重敵對的兩派，跟八大天王和梁山好漢的同階級火拼性質還不一樣。

拋開這些不說，光說這些人鬧起來怎麼辦？據我所知，這十八位是按嚴格的武力值排下來的，打起來絲毫不亞於導彈轟炸，我真怕一回育才看到一片荒原，屍浮遍野。

我心急如焚快馬加鞭，經過漫長的跋涉終於閃現到現代，地點是距離育才不遠的一條僻靜小路，遠遠望去，育才巨大的浮影依舊屹立在前方，看來暫時還沒拆樓。

我小心翼翼地看了一路，好像也沒發現什麼異常，當我把車停在學校門口的時候，似乎覺得今天要比以往安靜了一點。

我下了車，順著老校區的牆根悄悄往客戶們開週會的階梯教室摸，一抬頭，一個孩子正瞪著大眼睛看著我，我定定地看著他，他靜靜地看著我，從他清澈的眸子裡，我看到了驚恐、悲傷、絕望以及無助……

我心一抽，這幫禽獸，看來是連孩子都沒放過啊。你看看把我的學生嚇成什麼樣了？我觀察了一下四周，靜悄悄的，看來這可憐的孩子是唯一的倖存者。

請續看《史上第一混亂》九 回到唐朝

史上第一混亂 卷八 王者之戰

作者：張小花
發行人：陳曉林
出版所：風雲時代出版股份有限公司
地址：10576台北市民生東路五段178號7樓之3
電話：(02) 2756-0949
傳真：(02) 2765-3799
執行主編：朱墨菲
美術設計：吳宗潔
行銷企劃：林安莉
業務總監：張瑋鳳

初版日期：2019年9月
版權授權：閱文集團
ISBN：978-986-352-724-4
風雲書網：http://www.eastbooks.com.tw
官方部落格：http://eastbooks.pixnet.net/blog
Facebook：http://www.facebook.com/h7560949
E-mail：h7560949@ms15.hinet.net
劃撥帳號：12043291
戶名：風雲時代出版股份有限公司

風雲發行所：33373桃園市龜山區公西村2鄰復興街304巷96號
電話：(03) 318-1378
傳真：(03) 318-1378
法律顧問：永然法律事務所 李永然律師
北辰著作權事務所 蕭雄淋律師

行政院新聞局局版台業字第3595號 營利事業統一編號22759935

定價：270元

國家圖書館出版品預行編目資料

史上第一混亂 / 張小花著. -- 初版. -- 臺北市：風雲時代, 2019.07- 冊； 公分

ISBN 978-986-352-724-4（第8冊：平裝）--

857.7 108002518